LEGADO

ADRIENNE YOUNG

LEGADO

Traducción de Eva González

Argentina – Chile – Colombia – España
Estados Unidos – México – Perú – Uruguay

Título original: *The Last Legacy*
Editor original: Wednesday Books, un sello de St. Martin's Publishing Group
Traducción: Eva González

1.ª edición: febrero 2023

© 2021 *by* Adrienne Young
Publicado en virtud de un acuerdo con el autor,
a través de c/o Baror International, Inc. Armonk, New York, USA
All Rights Reserved
© de la traducción 2023 *by* Eva González
© 2023 by Ediciones Urano, S.A.U.
Plaza de los Reyes Magos, 8, piso 1.º C y D – 28007 Madrid
www.mundopuck.com

ISBN: 978-84-17854-89-8
E-ISBN: 978-84-19413-32-1
Depósito legal: B-21.932-2022

Fotocomposición: Ediciones Urano, S.A.U.

Impreso por: Rodesa, S.A. – Polígono Industrial San Miguel
Parcelas E7-E8 – 31132 Villatuerta (Navarra)

Impreso en España – *Printed in Spain*

Para River,
forja tu propio destino.

ÁRBOL GENEALÓGICO
DE LA FAMILIA ROTH

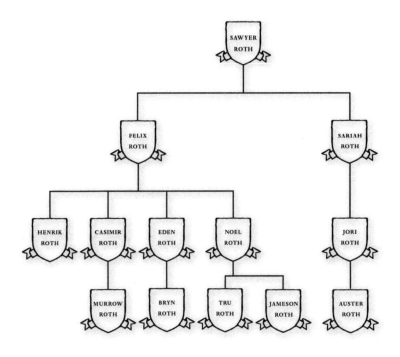

UNO

LOS MUELLES NO ERAN LUGAR PARA UNA DAMA.

Las palabras de mi tía abuela Sariah cayeron al mismo ritmo que la intensa lluvia mientras me recogía las faldas, consciente de que los bajos estaban empapados. Era una de las muchas lecciones que me había dado durante los años que había cuidado de mí. Pero aunque mi tía abuela era muchas cosas, desde luego que no era una dama.

Un pequeño riachuelo rodaba por las escaleras donde estaba ahora, a la entrada del puerto, tratando de evitar el chaparrón.

Levanté mis faldas más alto y miré otra vez hacia la calle. La ciudad de Bastian estaba gris, los tejados puntiagudos envueltos en una espesa niebla blanca. El *Jasper* había llegado puntual, pero a pesar de lo que había dicho mi tío, no había habido nadie ahí para recibirme.

Me aparté cuando un grupo de hombres pasó en tromba por mi lado, aprovechando para mirarme de la cabeza a los pies. El ridículo vestido que Sariah me había obligado a ponerme estaba completamente fuera de lugar entre los vendedores ambulantes, pescadores y tripulaciones varias que atestaban los muelles. Pero me había pasado la vida entera sin pertenecer a ningún sitio y eso estaba a punto de cambiar.

El viento arreció, alanceó mis mejillas y soltó mechones de mi pelo de donde estaban recogidos. Para cuando apareciera Murrow, daría la impresión de que me habían sacado del agua en una red de pesca. Mis faldas pesaban más a cada minuto que pasaba.

Maldije en voz baja, al tiempo que metía una mano en el bolsillo en busca de la carta. Había llegado el día de mi dieciocho cumpleaños, como esperaba. Desde que era una niña pequeña con un vestido arrugado, que aprendía a sujetar la taza de té sin derramarlo, había sabido que esa carta llegaría. Era como un heraldo que me seguía a través de todos mis recuerdos en Nimsmire.

La mañana que desperté con dieciocho años, había bajado las escaleras de la galería para encontrarla cerrada sobre la mesa del desayuno. Mi tía abuela estaba sentada a su lado, las gafas levitando sobre la punta de su nariz mientras leía los informes matutinos de sus muchos negocios. Como si fuese un día cualquiera. Como si el mismísimo aire que respirábamos no hubiese cambiado en el momento en que ese sobre sellado con cera había sido entregado.

Pero sí lo había hecho.

Ahora, encontré los bordes reblandecidos del pergamino y lo abrí. Estaba desgastado por donde lo había doblado y desdoblado tantas veces. Y aunque ya había memorizado las palabras, las leí una vez más.

Bryn,

Ha llegado la hora de volver a casa. Te he reservado pasaje de Nimsmire a Bastian en el Jasper. Murrow te estará esperando en los muelles.

Henrik Roth

No era una invitación ni una petición. Mi tío me reclamaba... Parte de un trato que había hecho después de la muerte de mis padres. La caligrafía era casi impecable, la escritura inclinada en perfecta tinta negra sobre un pergamino blanco perla. Pero había un gesto descontrolado de la pluma al final de las palabras que no era refinado en absoluto, sino más bien rudo.

La mera idea me provocó un escalofrío.

Volví a doblar la carta y la deslicé dentro de mi capa, rechinando los dientes. Me había hecho llamar de vuelta a Bastian desde Nimsmire, pero no había tenido la decencia de venir a recibirme en persona. Aunque con todo lo que me había contado Sariah acerca de su sobrino, no era que fuese una sorpresa, exactamente.

Delante de mí, la gran ciudad que no recordaba yacía oculta bajo la neblina y se extendía por la orilla rocosa hasta desaparecer entre las colinas. Habían pasado catorce años desde que embarqué en brazos de mi tía abuela y me alejé de este lugar. Ella me había hecho una promesa de niña: que nunca me mentiría. A lo largo de los años, había respondido con mirada sombría a todas mis preguntas sobre la familia que habíamos dejado atrás aquí... aunque sus respuestas a menudo me dejaban con el deseo de no haber preguntado. Porque aunque era la sobrina de una de las aristócratas más respetables de Nimsmire, había una cosa de la que nunca podría desprenderme: de mi nombre.

Bryn *Roth*.

Nunca había tenido elección al respecto. Era una verdad tan simple y evidente como el hecho de que tenía los ojos marrones o que había cinco dedos en cada una de mis manos. Mientras que a las jóvenes hijas de familias comerciantes de Nimsmire les buscaban marido y les montaban sus propios negocios, yo esperaba la carta de mi tío. Durante toda mi vida, había sabido que un día iría a Bastian. Lo había anhelado incluso, ansiosa por que llegara el día en que pudiera desaparecer de la atenta mirada de Sariah y escapar del deprimente destino de mis coetáneas.

La campana del puerto repicó como señal de apertura de la casa de comercio. Ya había una larga cola de comerciantes que esperaban a recoger sus mercancías antes de zarpar hacia la siguiente ciudad de sus rutas. Más de uno me miró, luego al baúl que descansaba a mis pies. Estaba lleno de vestidos y zapatos y joyas; todas las cosas que Sariah había empacado para mí. *Mi armadura*, las había llamado. Todas las cosas que dijo que necesitaría si iba a servir para algo en Bastian. Después de todo, esa era la razón de que estuviera aquí.

Observé el baúl y me planteé si podría cargar con él. Desde luego que no con estas engorrosas y pesadas faldas. Si no viniera nadie a por mí, tendría que contratar a alguien para que llevara el baúl al Valle Bajo. Y si lo hiciera, supuse que tendría las mismas probabilidades de volver a verlo como de quitar el barro de los bajos de mi vestido. Por un momento, pensé que eso quizá no sería tan malo.

—¡Nuestra añorada Roth! —me llegó una voz transportada por el frío viento—. Por fin has vuelto a casa.

Solté mis faldas y giré en redondo para rebuscar entre las caras de la calle hasta que lo encontré. Un hombre joven con un elegante abrigo de lana estaba apoyado contra una farola a pocos metros de mí, un pie cruzado por encima del otro mientras me observaba. Llevaba el pelo rapado por ambos lados de la cabeza, pero la parte de arriba era una mata de oscuros rizos sueltos.

Fruncí el ceño mientras él sonreía con un lado de la boca.

—¿Murrow?

Su sonrisa se ensanchó.

—Bryn.

—¿Cuánto tiempo llevas ahí de pie? —espeté, mientras subía las escaleras y dejaba el baúl atrás.

Tenía un rostro anguloso y apuesto, pero fueron sus ojos los que llamaron mi atención. Eran de un gris pálido, casi plateado, y captaban la luz con un brillo peculiar. Asintió a modo de saludo, al tiempo que se separaba de la farola y metía las manos en los bolsillos de su chaqueta.

—El tiempo suficiente. —Se dirigió hacia mí despacio y solo cuando estaba a unos pocos palmos me di cuenta de lo alto que era. Se alzaba como una torre por encima de mí y tuvo que inclinar la cabeza para mirarme a la cara—. Me alegro de verte, prima.

Lo fulminé con la mirada.

—La carta que envió Henrik decía que estarías esperándome.

—Y eso hago.

Sariah me había hablado de Murrow. Un gamberro, lo había llamado. No había sido más que un niño cuando ella partió de Bastian camino de Nimsmire, pero yo tenía el árbol genealógico entero grabado a fuego en mi mente, cada uno de los nombres de los que ahí vivían registrado en mi memoria. Para mí, las leyendas de los Roth eran como los mitos fantásticos del mar que contaban los comerciantes. Excepto por que estas leyendas eran verdaderas.

—¿Sariah no ha venido contigo? —preguntó Murrow, mientras miraba distraído su reloj de bolsillo.

—No. —De hecho, Sariah se había negado a venir. Cuando se marchó de Bastian, había jurado que no volvería a poner un pie en la ciudad jamás, y esa era otra promesa que pensaba cumplir.

—Mejor así. —Soltó un suspiro—. Vamos. —Hizo un gesto con la barbilla hacia la entrada del puerto y echó a andar por el muelle sin mí.

—Pero... mis cosas. —Me gire hacia atrás solo para descubrir que el baúl que había quedado al pie de las escaleras ya no estaba. Cuando busqué a Murrow por la calle, vi su cabeza subir y bajar por encima de las de los demás; dos hombres caminaban delante de él, mi baúl plantado sin ninguna elegancia sobre sus hombros.

—¡Espera! —lo llamé, y apreté el paso para poder alcanzarlo.

Murrow frenó solo el tiempo suficiente para que llegara hasta él y echase a andar a su lado. Se caló mejor el sombrero sobre los ojos, aunque la lluvia ya perlaba el *tweed* gris oscuro como pequeños diamantes. La cadena de su reloj de oro de bolsillo centelleaba mientras se columpiaba desde el bolsillo de su chaleco. A primera vista, vestía con la misma elegancia que cualquiera de los jóvenes de Nimsmire, pero había un aire rudo en su apariencia.

Murrow saludó con su sombrero a un hombre que pasaba por nuestro lado, pero este se limitó a fruncir el ceño y se alejó de nosotros.

Murrow se rio. Estaba claro que aquello lo divertía.

—A él no le gustará que lleguemos tarde.

—¿A quién? —me giré otra vez hacia el hombre, confundida.

—A Henrik. —Murrow dijo su nombre con una rotundidad que me hizo parar un momento.

Mi tío Henrik era el patriarca de un negocio de gemas falsas con varias generaciones de antigüedad. Lo había heredado de su padre, Felix, hermano de mi tía abuela. Cuando mis padres fueron asesinados en un asuntillo que se había torcido, Sariah hizo un trato con Henrik. Si él la permitía criarme en Nimsmire, lejos de los peligros del negocio familiar, Henrik podría recuperarme cuando cumpliese dieciocho años. Él había cumplido su parte del trato. Ahora, mi tía abuela había cumplido la suya.

—¿Qué tal el viaje? —Murrow apretó el paso.

Me levanté las faldas cuando cruzamos por encima de un charco para esquivar a un destartalado carro de ciruelas rojas que habían subido a la acera.

—Bien.

Había pasado una sola noche en el barco y no había dormido, pues me había dedicado a contemplar las estrellas por la ventana del camarote privado que había pagado Henrik. Había estado pensando en Sariah. En cómo me había abrazado y me había besado en la mejilla antes de dejarme ir. Era una muestra de afecto inusual que había hecho que se me hiciera un nudo de inquietud en el estómago. Había notado su piel suave fría contra la mía y había tenido el fugaz pensamiento de que quizás esa fuese la última vez que la vería. Aun así, me había separado de ella sin derramar ni una lágrima. Además de enseñarme a leer y a escribir y los nombres de todas las gemas, Sariah también me había enseñado a comportarme. Y no había nadie tan impropio a sus ojos como alguien que se negaba a aceptar su destino.

—No me recuerdas, ¿verdad? —dijo Murrow de repente, tras detenerse en medio de la calle.

Levanté los ojos hacia su cara y la estudié unos instantes. No, no me acordaba de él. Había momentos en los que pensaba que recordaba el tiempo antes de Nimsmire. Me despertaba después de un sueño muy vívido con imágenes claramente familiares que se disolvían ante mis ojos, pero siempre escapaban de mi alcance justo cuando intentaba agarrarlas. Perdidas en el pasado una vez más.

—No —reconocí—. ¿Tú te acuerdas de mí?

Murrow entornó los ojos, como si estuviese rebuscando en sus recuerdos.

—Tal vez.

Sin decir ni una palabra más, giró por la siguiente calle. Una risa medio desconcertada escapó por mis labios antes de seguirlo. Puede que pareciera bien educado, pero Murrow era una criatura muy distinta a aquellas con las que me había criado. Había un humor irónico en él, y no estaba segura de si eso me aliviaba o me irritaba.

Lo seguí más allá del arco de hierro que teníamos delante, donde una maraña de calles laberínticas discurría entre las hileras de edificios. La luz filtrada proyectaba un resplandor sobre los tejados, que se reflejaba en las turbias ventanas de cristal. En todas direcciones, las aceras estaban llenas de gente y el olor a agua de mar y pan recién horneado flotaba denso en el aire frío.

Aquello no se parecía en nada a la pequeña y pintoresca ciudad de Nimsmire, con sus calles bien cuidadas y su pequeño puerto. Y por el más breve de los instantes, tuve la sensación de recordar este lugar. Como si *pudiera* verme ahí de pie con cuatro años, arrastrada por la mano de Sariah en dirección a los muelles. Pero una vez más, las hebras de la imagen estaban deshilachadas y se deshacían cada vez que intentaba retenerlas en mi memoria.

Delante de mí, Bastian se desplegó como un libro y una pequeña sonrisa curvó mis labios. Era una ciudad de cuentos sin fin. Aunque no todos con final feliz.

DOS

La casa no era una casa en absoluto. No del tipo al que estaba acostumbrada, en cualquier caso.

Murrow se había parado delante de una estrecha fachada de ladrillo encajonada entre otros dos edificios en una callejuela de adoquines agrietados. La lluvia por fin había parado, pero seguía goteando por las esquinas del tejado por encima de nuestras cabezas, donde tres filas de ventanas se abrían hacia la calle. Era la casa ancestral de la familia, habitada primero por mi bisabuelo Sawyer Roth. Según Sariah, los Roth jamás vivirían bajo otro techo, aunque comparada con la mansión en la que me había criado en Nimsmire, esta casa era una choza.

Cerré los puños alrededor de mi falda mientras estudiaba la fachada de la oscura casa adosada. Fue el sutil movimiento de una cortina en una de las ventanas lo que llamó mi atención, pero detrás del cristal solo se veía oscuridad.

Murrow extrajo una llave de su bolsillo, que giró en la cerradura con un leve chasquido. Mi baúl ya estaba esperando al lado de las escaleras cuando doblamos la esquina y yo fruncí el ceño de inmediato, decepcionada por que no se lo hubieran llevado al mercado. Su contenido era como una cadena alrededor de mi tobillo, que me impedía alejarme demasiado del papel que había nacido para desempeñar.

Este extremo de la callejuela estaba desierto, apartado de la bulliciosa calle principal del Valle Bajo; de hecho, en el barro apenas había huellas de pisadas. Estaba claro que no mucha gente pasaba por ahí, así que no podía haberlas. Los que tenían negocios con los Roth no eran del tipo de persona que llamaría a su puerta a la luz del día.

La puerta se abrió con un chirrido agudo y una carita ceñuda se asomó desde la oscuridad. Una sonrisa se desplegó en los labios del niño cuando posó los ojos en Murrow. Abrió la puerta de par en par y fue mi turno de fruncir el ceño al mirarlo de arriba abajo, pues aunque no podía tener más de diez años, iba vestido con la misma chaqueta y los mismos pantalones hechos a medida que llevaba Murrow, los suyos fabricados en *tweed* azul en lugar de gris. Incluso su camisa blanca estaba impoluta, sin una sola arruga.

—¿Es ella? —Sus ojos como platos me examinaron de la cabeza a los pies, como si fuese un pastelillo a la espera de ser devorado.

—Sip —repuso Murrow, y revolvió el pelo perfectamente peinado del niño al entrar por la puerta.

El chiquillo soltó un quejido y se lo quitó de encima, y yo vacilé un instante antes de subir las escaleras hasta la entrada. Con la puerta así abierta, la casa parecía una bestia, la boca abierta y la lengua fuera.

—¿Vienes? —Murrow no esperó mi respuesta antes de desaparecer por el pasillo en penumbra.

Miré a un lado y a otro de la callejuela otra vez. Qué buscaba, ni yo lo sabía. Los Roth no solo eran residentes en el Valle Bajo, eran sus guardianes. Era probable que no hubiese un sitio más seguro en esta parte de la ciudad que bajo este tejado. Entonces, ¿por qué me sentía como si estuviese cruzando un umbral peligroso?

Cuando entré, el niño cerró la puerta a mi espalda. Desabroché mi capa y la dejé resbalar por mis hombros.

—Soy Tru. —Me observaba con una sonrisa radiante, los pulgares enganchados en sus tirantes. Aparte del brillo juguetón de sus ojos, parecía un hombre en miniatura.

Tru. Encontré el nombre en mi archivo mental de la familia. Era el hijo mayor de mi tío Noel.

—Yo soy Bryn. Encantada de conocerte.

—¿No tienes trabajo que hacer? —Murrow arqueó una ceja en su dirección mientras se desabrochaba la chaqueta de modo que le quedara más cómoda.

Tru soltó un suspiro antes de girar sobre los talones y subir por las escaleras a regañadientes. Se curvaban a medida que subían, así que pronto desapareció de la vista y dejó solo el sonido de sus pisadas repiqueteando detrás de las paredes.

La casa estaba fría y, mientras deslizaba los ojos por la entrada, se me puso la carne de gallina, a pesar de que venía acalorada. Viejos paneles de madera cubrían las paredes como los del camarote de un barco. La entrada, por su parte, estaba empapelada de un rico tono granate, el papel ondulado por la humedad y enroscado en algunos de los bordes donde las paredes se encontraban con el techo. Había también unas cuantas lámparas de aceite encendidas sobre apliques de latón que estaban muy necesitados de un buen pulido.

—Estás igual, ¿sabes? —comentó Murrow de repente. Tendió una mano hacia mi capa y yo se la entregué al tiempo que sentía que me sonrojaba.

—Entonces, ¿sí te acuerdas de mí?

—Oh, sí que me acuerdo. —Me dedicó otra sonrisa irónica mientras colgaba la capa de uno de los ganchos de la pared—. También recuerdo tu temperamento.

Fruncí el ceño. Si Sariah estuviese aquí, me lanzaría una miradita significativa. Mi temperamento era la única arruga que no había conseguido planchar del todo en mí.

No me gustaba la idea de que Murrow pudiese conocerme de un modo que yo no lo conocía a él. Había crecido con historias sobre los Roth, pero ¿qué historias habían oído ellos sobre mí? Quizá ninguna. Mi tía abuela no había hablado con la familia desde que nos marchamos, excepto para la correspondencia esencial con Henrik sobre sus negocios solapados.

Su residencia en Nimsmire y la posibilidad de dirigir su parte del negocio familiar lejos de Bastian eran privilegios que le había concedido su hermano Felix, pero ahora que él ya no estaba, Henrik los había mantenido. Por lo que había podido entender, Sariah era lo bastante lista como para no tentar a la cólera de mi tío negándole algo. Era la razón de que no hubiese dudado ni un instante en empacar mis cosas cuando llegó su carta. Eso me decía más sobre los Roth que todo lo que ella me había contado a lo largo de mi vida.

Murrow me guio por el pasillo oscuro. Pasamos por delante de la cocina, donde una mujer menuda estaba de pie ante un bloque de carnicero amasando algún tipo de bollo. Unos mechones de canoso pelo dorado cayeron delante de sus ojos cuando levantó la vista hacia mí, pero Murrow no se detuvo y pasó sin dudar por delante de la puerta. Doblé la esquina tras él y lo encontré esperando ante unas puertas de doble hoja pintadas de negro y con picaportes de latón.

Ahí fue cuando me di cuenta de lo callada que estaba la casa. No daba la sensación de estar habitada, ni de que hubiese personas entre sus cuatro paredes.

Era inquietante, como si las habitaciones hubiesen estado vacías durante años, las chimeneas frías y apagadas. Cuando Murrow alargó la mano hacia el picaporte, lo detuve con dos dedos en el pliegue de su brazo.

—¿Cómo es? —pregunté, tratando de que mi tono sonara más curioso que receloso. La verdad era que estaba medio aterrada. Y ni siquiera estaba segura de por qué. Me habían invitado a venir, pero la atmósfera poco familiar de la casa me hacía sentir como una intrusa.

Murrow soltó el picaporte y se giró hacia mí, con su rostro solo medio iluminado por un rayo de luz que procedía de una ventana alta.

—¿Henrik?

—Sí.

Por un segundo, pareció casi sospechar de la pregunta. Ladeó un poco la cabeza, pero cuando su boca se retorció, me di cuenta de que de verdad estaba pensando su respuesta.

—Es... serio. Capaz. Inteligente. No hay nada que le importe más que la lealtad. —Había una sinceridad tranquila en las palabras que casi me hizo relajarme, pero cuando alargó la mano otra vez hacia la puerta, vaciló un instante—. Pero, Bryn.

Levanté la vista hacia su cara mientras deslizaba las manos por mi falda.

—¿Qué?

Un músculo se apretó en su mandíbula.

—No te enfrentes a él nunca. *Nunca* jamás.

Note cómo se hundía una piedra en mi estómago mientras la puerta se abría y el calor de un fuego llegaba rodando hasta el pasillo y me envolvía en carne de gallina. La habitación era un estudio, con un escritorio de madera pulida delante de una chimenea encendida. Varios montones de pergamino sin usar estaban colocados con cuidado en una esquina del escritorio, y había una pluma y un frasco de tinta en la otra. En el centro había un pequeño libro de cuero.

La luz no llegaba por completo a los bordes de la habitación, con lo que todo quedaba un poco en penumbra a pesar del alegre fuego. La repisa de la chimenea estaba llena de pipas y cajas de gordolobo, con alguna cosa más tirada aquí y allá. Sin embargo, lo que más llamó mi atención cuando entramos fue la pared de detrás de nosotros. No era una pared grande, pero estaba llena de retratos con marcos dorados, todos apiñados como una constelación caótica. El más prominente era un cuadro de mi bisabuelo Sawyer, que había construido tanto la casa como el negocio que se desarrollaba en su taller. A su izquierda había un retrato de sus hijos, Felix y Sariah. Y debajo de este, el del hijo de Sariah, Jori, su único hijo que había perdido la vida en el mar de joven. El hueco de la pared al lado de ese retrato, sin embargo, estaba vacío y había dejado tras de sí un círculo descolorido en la pared.

El cuadro que colgaba encima de la chimenea era el más reconocible para mí: tres hombres jóvenes y una mujer también joven posaban juntos, el más alto de los varones de pie detrás de los otros. Supuse que sería Henrik. Los otros tenían que ser Casimir, Noel y mi madre, Eden.

Henrik, el mayor, iba seguido en orden de edad por Casimir y luego por el más joven de los tres chicos, Noel. Eden había sido la única hija, nacida en tercer lugar.

Había algo en esas caras que me resultaba familiar, pero no estaba segura de si era porque las reconocía o porque quería hacerlo. Todo lo que sabía sobre mi madre había salido de los labios de Sariah y solo en susurros reverentes. Cuando su hijo Jori murió, Sariah le había tomado mucho cariño a Eden y tenían una relación estrecha cuando ella murió. Sariah me había dicho una vez que, para ella, fue como perder a otro hijo.

En el retrato, Eden iba vestida con un traje verde, y su pelo castaño suelto caía sobre sus hombros. Me acerqué un paso más cuando vi el tatuaje en la cara interna de su brazo. Un ouróboros: dos serpientes entrelazadas que se mordían la cola la una a la otra. Era la misma marca que llevaban todos los miembros de la familia Roth. Incluso Sariah. En el cuadro, solo era visible la cabeza de una de las serpientes, el resto quedaba oculto por el vestido.

No había retrato de mi padre. Solo aquellos de la familia directa tenían lugar aquí. Del mismo modo, yo llevaba el apellido de mi madre, no el de mi padre. No importaba de qué lado fuera el parentesco, cualquiera que naciera en esta familia era un Roth.

La puerta del otro lado del estudio se abrió y Murrow se enderezó a mi lado antes de aclararse la garganta. De un plumazo, perdió su actitud relajada y perezosa, levantó la barbilla y echó los hombros atrás. Por imposible que pudiera parecer, de repente se le veía aún más alto.

Al otro lado de la habitación, un hombre al que hubiese reconocido en cualquier sitio ocupaba el hueco de la puerta abierta. No era porque lo recordara, sino porque su presencia inundó el estudio a nuestro alrededor, llenó sus rincones oscuros como tinta negra. Su pelo color canela estaba bien peinado, remetido detrás de las orejas, y su rostro lucía recién afeitado, excepto por un grueso bigote de puntas rizadas. Sus ojos penetrantes se enfocaron mientras me examinaba.

—Chaqueta, Murrow. —Su voz huraña era demasiado sonora para el pequeño estudio.

Murrow alargó las manos de inmediato hacia los botones de su chaqueta para volver a abrocharlos.

—Perdón. —Se aclaró la garganta.

Henrik llevaba un trapo agarrado en sus grandes manos, y me encogí un poco al ver los nudillos de su mano derecha. Estaban cubiertos de cortes en distintos procesos de cicatrización, la piel enrojecida, como si hubiesen dado puñetazos a la cara de alguien no hacía demasiado.

Me quedé ahí de pie en silencio, a la espera de que él dijera algo. Sabía cómo interpretar las indicaciones de otras personas. Cómo adaptar mi comportamiento al de ellas. Pero este hombre era difícil de interpretar.

Después de varios momentos de silencio agónico, una pequeña sonrisa curvó sus labios debajo de su bigote. La sonrisa también iluminó sus ojos, cambió su forma.

—Bryn. —Dijo mi nombre como si pesara sobre su lengua, pero no sin afecto.

Solté el aire que estaba conteniendo.

Henrik terminó de limpiar sus manos y dejó caer el trapo sobre el escritorio antes de quitarse, por encima de la cabeza, el delantal de cuero que llevaba puesto. Debajo, él también vestía una impoluta camisa blanca, y sus zapatos inmaculados centellearon a la luz del fuego. Le entregó el delantal a Murrow, que dio un paso al frente para agarrarlo y colgarlo de la pared.

—Me alegro de que estés aquí —dijo Henrik, y alargó la mano para estrechar la mía. En su dedo anular, vi un anillo de comerciante de los Estrechos. Llevaba engarzado un ojo de tigre redondo y pulido.

Miré de reojo a Murrow, confundida por su repentino cambio de actitud, pero él se mantuvo en silencio pegado a la pared. Acepté la mano de Henrik y él cubrió mis dedos con los suyos y apretó. Luego, no me soltó.

—De vuelta adonde perteneces.

Cuando por fin me dejó ir, se apoyó en el escritorio y cruzó los brazos delante del pecho.

—Ha pasado mucho tiempo.

—En efecto, mucho tiempo —repetí. No estaba segura de cómo eran las normas en una reunión como esta y Henrik no me estaba dando ninguna indicación sobre sus expectativas.

—¿Cómo está mi tía?

—Está bien. —No le dije que le mandaba recuerdos, porque no lo había hecho. Me daba la sensación de que tampoco le sorprendería. Henrik y Sariah parecían tolerarse, en el mejor de los casos. Henrik asintió.

—Me alegro de saberlo. ¿Y tu viaje? ¿El camarote en el *Jasper*?

—Todo muy bien —respondí—. Gracias por organizarlo todo. Te estoy muy agradecida.

Se hizo otra vez el silencio en el estudio mientras él me miraba con curiosidad. Sus ojos estudiaron mi pelo, mi vestido, mis botas. El reluciente brazalete alrededor de mi muñeca.

—Murrow te llevará a tu habitación. Estoy seguro de que debes estar muy cansada. Verás al resto de la familia esta noche, a la hora de la cena.

Había un sutil tono imperioso en sus palabras, pero me relajé un poco. Cuando abrí la boca para hablar otra vez, Murrow ya estaba abriendo la puerta. Miré de uno a otro y me di cuenta de que Henrik no estaba haciendo una sugerencia educada. Me estaba mandando salir del estudio.

Forcé una sonrisa educada.

—Me alegro de conocerte por fin —dije. Ante eso, Henrik dio la impresión de ponerse tenso.

—Supongo que a ti te lo parece.

Mi sonrisa vaciló un poco. No estaba segura de a qué se refería. A lo mejor a él no le parecía un primer encuentro porque me había conocido de niña. O tal vez fuese que no le parecía una desconocida. Fuera como fuere, tampoco parecía exactamente enfadado, así que me lo tomé como buena señal.

—Te veré esta noche —dijo, y se enderezó donde estaba apoyado en la mesa. Se giró hacia el fuego, estiró la mano hacia el pequeño libro de cuero y lo observé por el rabillo del ojo mientras volvía a salir al pasillo.

El aire frío que me aguardaba fuera de la sala fue un alivio. El rugiente fuego del estudio había conseguido que tuviese demasiado calor bajo mi vestido.

—Por aquí. —Murrow señaló hacia las escaleras detrás de mí, por las que había subido Tru.

Lo seguí al piso de arriba; cada escalón de las escaleras en curva crujía bajo nuestros pies. Cuando llegamos a la siguiente planta, entraba un poco de sol desde una ventana alta en el piso superior. En el exterior, el cielo gris se había tornado de un suave tono azulado.

Murrow me condujo por un pasillo y doblamos dos esquinas antes de que se detuviera delante de una puerta cerrada. Más luz inundó el pasillo cuando la abrió. Al otro lado de la pequeña habitación, su única ventana estaba entreabierta y dejaba que una leve brisa flotara por el aire.

Murrow dio unos golpecitos sobre la tapa del baúl depositado al pie de la cama. Alguien lo había llevado hasta allí desde la calle, junto con mi capa, que ahora colgaba del gancho de la parte trasera de la puerta.

Miré a mi alrededor. Había un sencillo tocador, una cama y, apoyado en un rincón, descansaba un largo espejo con una jofaina de porcelana en un extremo y una silla en el otro. Las paredes estaban pintadas de un palidísimo tono verde, pero la pintura estaba descascarillada y revelaba el yeso blanco de debajo.

Era austera y modesta, pero daba la sensación de haber sido vivida. Me gustó.

En Nimsmire, siempre me había sentido como una joya sin pulir engarzada en un broche brillante. Mis aristas eran demasiado afiladas. Mi temperamento, demasiado rápido. Sariah había hecho todo lo posible por convertirme en una de las jóvenes de las familias más prósperas de comerciantes, a las que buscarían marido como uno busca zapatos para un vestido elegante. Sin embargo yo nunca había encajado entre ellas. Nunca había querido hacerlo.

A ese respecto, Bastian era más que mi destino. Era mi oportunidad de librarme de las farsas y las pretensiones y los matrimonios diplomáticos.

—¿De quién era esta habitación? —pregunté, mientras miraba el peine de caparazón de tortuga sobre el tocador—. Antes, quiero decir.

La expresión de Murrow cambió, solo un poco.

—De alguien que ya no está aquí. —Retrocedió hacia el pasillo—. Bienvenida a casa.

Me dejó a solas y di los tres pasos que me separaban de la ventana. Estiré las manos para cerrarla. Afuera, los tejados de Bastian aún centelleaban por la lluvia mientras el sol evaporaba la neblina. Solo entonces me di cuenta de lo grande que era la ciudad. Un mar de edificios se extendía por las colinas a lo lejos y bordeaba la costa hasta donde alcanzaba la vista. En comparación, la pequeña ciudad portuaria de Nimsmire que había sido todo mi mundo parecía diminuta. Esa idea me hizo sentir pequeña delante de esa ventana.

Fui hasta mi capa y metí la mano en el bolsillo para sacar los dos sobres que llevaba. El primero era la carta de Henrik, que estaba llena de arrugas, pero el otro estaba impecable, las esquinas aún puntiagudas. Contenía la carta que me había entregado Sariah antes de partir. El sobre estaba sellado, la cera con sus iniciales grabadas: *S.R.* Aún no había tenido las agallas de leer la carta.

Abrí el cajón superior del tocador y deposité los sobres dentro antes de sentarme en la cama y quitarme las botas. Remetí las piernas debajo de mis faldas y abracé mis rodillas contra mi pecho con un estremecimiento. El silencio de la casa volvió a mí como el sonido de una caverna. Vacío y hueco.

De vuelta adonde perteneces. La voz de Henrik se coló en mi mente.

Yo nunca había pertenecido a ninguna parte. Ni a Nimsmire. Ni con Sariah. Pero una tenue voz susurrante me había encontrado según cruzaba el umbral de la casa escondida en esa deprimente callejuela olvidada del Valle Bajo. Se había abierto paso serpenteando a través de mí y había repetido esa única palabra aterradora que había pronunciado Murrow.

Casa.

TRES

No le escribiría. Todavía no.

En las horas desde que había llegado al Valle Bajo, había desempacado mis cosas para guardarlas en el armario y los pocos cajones que había en la habitación. Había dejado mis joyas en la pequeña cajita de cristal que había sobre la mesa y había caminado adelante y atrás por el suelo de madera delante del largo espejo. Después había pasado una hora entera delante de la ventana, observando cómo las lejanas aguas se oscurecían a medida que caía la tarde. Al final, me senté ante la mesa y saqué un pergamino en blanco.

Los garabatos de la pluma eran un caótico revoltijo de pensamientos inconexos y confesiones, pero en cuanto firmé mi nombre, rompí el pergamino y luego quemé los trozos con la llama de la única vela.

Sariah pensaría que era una debilidad recibir noticias mías tan pronto. Sabría exactamente qué era lo que había detrás de ese mensaje tan tempranero: incertidumbre, miedo. Y lo peor de todo, sabría que la necesitaba.

Sariah nunca había sido especialmente cariñosa, y yo siempre había pensado que era porque estaba destinada a dejarla. O que el dolor de perder a su hijo y a mi madre la atormentaba de tal modo que nunca se permitiría tomarme demasiado cariño. Pero mientras estaba en la cubierta del *Jasper*, había sentido que brotaba un dolor en mi pecho al observar cómo se hacía cada vez más pequeña en el muelle a medida que el barco se alejaba del puerto. Como si la cuerda que nos unía por fin se hubiese cortado. Y por primera vez en mi vida, yo iba a la deriva.

Me detuve en la cima de las escaleras y escuché el sonido tintineante de unas copas y el roce de botas sobre los suelos huecos en el piso de abajo. Risas. La casa estaba llena de gente, desaparecido ya el vacío de la tarde. Durante un momento fugaz, pensé que se removía un recuerdo en algún lugar profundo de mi mente. El olor del aceite de las lámparas y del humo del gordolobo, el resplandor dorado de un fuego y el centelleo del cristal…

Mis faldas rozaron contra las paredes de la estrecha escalera mientras bajaba, e hice una pausa al otro lado de la entrada del comedor. Unas sombras se movían por las paredes y la luz caía en cascada, reflejada desde la lámpara de araña que colgaba del techo. Era un elemento demasiado bonito para esa casa ruinosa.

Me planté en la cara mi sonrisa más dulce y educada antes de entrar por la puerta abierta, los dedos entrelazados a la espalda. Las voces se silenciaron casi al instante cuando mi familia me vio. Conté siete pares de ojos, todos brillantes a la luz del fuego. Entre ellos, había solo una mujer, una figura menuda de pelo oscuro con un niño pequeño a la cadera. Fue la única que no me miró con descaro, ocupada en remeter el pelo del niño detrás de su oreja.

—Ah. —Henrik salió de detrás de los otros, con una sonrisa radiante en la cara.

Dio unas palmadas y vino hacia mí, que me había quedado paralizada, incapaz de moverme bajo sus miradas escrutadoras. Henrik ocupó su lugar a mi lado y pasó un brazo por mis hombros. El olor a especias y abrillantador de cuero me envolvió, olores muy masculinos que rara vez flotaban por mi casa en Nimsmire.

—Bryn, me gustaría presentarte una vez más a tus tíos. —Levantó una mano hacia el hombre que estaba de pie al lado de Murrow. Tenía los mismos hombros rectos que su hijo, aunque no era tan alto como este. La mayor diferencia entre ellos era la expresión pensativa de su rostro. Murrow, por su parte, lucía un humor perpetuo en los ojos—. Este es Casimir.

A modo de saludo, el hombre levantó en silencio una de sus manos desde donde la tenía remetida en el codo.

—Y ya has conocido a tu primo Murrow —añadió Henrik.

Murrow me dedicó un gesto afirmativo con la cabeza y dio la impresión de estar a punto de reírse, lo cual me hizo sentir abochornada. Era probable que se me viese igual de incómoda por fuera de lo que me sentía por dentro.

—Este es Noel. —Henrik señaló hacia un hombre más bajito al otro lado del fuego. Era más joven y apuesto, con los ojos separados y muy abiertos y una curva amable en la boca—. Su familia y él viven en el apartamento del segundo piso.

—Hola —me saludó con voz queda.

—Su mujer, Anthelia —continuó Henrik—. Y sus hijos: Tru y Jameson.

La mujer por fin se animó a mirarme, pero bajó los ojos casi al instante de encontrar los míos. Tru, el niño que había abierto la puerta esa tarde, asomó la cabeza desde detrás de ella y me saludó muy formal con su sombrero, como si fuese un hombre adulto.

—Estoy seguro de que todos coincidiréis conmigo en darle la bienvenida a nuestra Bryn de vuelta a Bastian.

Nuestra Bryn.

Las palabras me pusieron otra vez la carne de gallina.

De repente, Henrik me dio una palmada en la espalda que me hizo caer hacia delante, solo lo suficiente para tener que dar un paso para mantener el equilibrio. Todos los presentes estallaron en carcajadas, lo cual hizo que me ruborizara. Sus modales eran tan confusos para mí como sus expresiones vacías. No lograba distinguir si estaban contentos de verme o si me iban a servir en bandeja de plata y me iban a comer para cenar.

—Muy bien. —Henrik fue hacia la cabecera de la mesa y, casi al unísono, todos se apartaron del fuego y se alinearon detrás de las sillas vacías.

Una mano tocó mi brazo y levanté la vista para ver que Murrow me indicaba la silla que estaba a su lado. Me sentí agradecida. Esta gente no tenía decoro alguno. Ningún orden claro. Iban bien vestidos y acicalados, pero algo en ellos les daba un aspecto de criaturas salvajes recién domesticadas. Lo único que parecía claro era el liderazgo de Henrik sobre el resto de ellos.

Todo el mundo esperó de pie con paciencia y yo miré la silla enfrente de la mía. Era la única que estaba desocupada.

Sobre la mesa, una vajilla elegante, copas de plata y de cristal y servilletas de tela. En el centro, había cerdo braseado, rodeado de patatas aderezadas con hierbas y manzanas asadas. Era una escena que me resultaba familiar, excepto por las oscuras botellas de cristal colocadas en ambos extremos. Aguardiente de centeno. Jamás en mi vida había visto aguardiente servido en una cena formal. Era la bebida de las tabernas mugrientas y de los hoscos tripulantes de los barcos.

Henrik retiró su silla y los otros siguieron su ejemplo, tomando asiento en lo que pareció un movimiento coreografiado. El fuego de la chimenea ardía detrás de mi tío e iluminaba el pequeño libro encuadernado en cuero que descansaba a su derecha, el mismo que había visto en su escritorio.

—Esa silla lleva demasiado tiempo vacía —comentó, y me dedicó una sonrisa.

Me di cuenta entonces de que debía de haber sido el puesto de mi madre a esa mesa. La idea me hizo sentir un poco incómoda, pero pronto le siguió una sensación de pertenencia. Después de todo, por eso estaba aquí: para ocupar su lugar. Para dirigir mi propio negocio en la familia. Para ayudar a Henrik a salvar las distancias entre el Valle Bajo y los gremios.

Murrow agarró una cesta de pan y me la pasó. Me quedé ahí mirándola, sin tener muy claro lo que quería que hiciera. Él reprimió otra carcajada, sacó uno de los panecillos del interior y lo dejó sobre mi plato.

—Tienes aspecto de estar a punto de esconderte debajo de la mesa —murmuró, al tiempo que estiraba la mano por delante de mí para ofrecerle la cesta a Noel, que estaba sentado a mi otro lado.

—Lo siento. —Traté de sonreír, mientras desdoblaba la servilleta en mi regazo y al mismo tiempo observaba cómo todos los demás dejaban las suyas arrugadas al lado de sus platos.

Un intenso rubor subió reptando por el cuello de mi vestido para sonrojar mi piel. No sabía cómo actuar. Qué hacer. Y todos los presentes, excepto Murrow y Henrik, parecían estar observando cada uno de mis movimientos y me lanzaban miradas de soslayo cada pocos bocados.

Una puerta se abrió y se cerró en algún sitio de la casa y noté un leve cambio en el ambiente cálido, como si alguien hubiese entrado desde la calle. Sin embargo, nadie pareció darse cuenta, ocupados en rellenar sus vasos de aguardiente y en cortar su comida sin elegancia alguna. Sonaron unas botas al otro lado de la puerta y apareció una figura que se coló en el comedor sin decir una palabra. Mis ojos lo siguieron en torno a la mesa hasta que encontró la silla vacía enfrente de mí.

Era un hombre joven, vestido con una impoluta camisa blanca y tirantes, el pelo castaño oscuro sobre unos ojos aún más oscuros. Estaba cortado de un patrón completamente diferente al de los otros: la piel pálida y suave, los rasgos definidos.

—Llegas tarde —dijo Henrik, su voz seria y cargada de reproche. Ni siquiera levantó la vista del plato, pero el ambiente del aire se enfrió varios grados.

—Mis disculpas —fue la escueta respuesta del joven. Ocupó su asiento con la espalda muy recta, los ojos clavados en su plato.

El recién llegado agarró su tenedor y se sirvió en silencio mientras Murrow se estiraba por encima de la mesa para llenar su copa. Yo apreté la mano en torno al fuste de mi propia copa cuando vi el surtido de cicatrices plateadas que surcaban sus manos. Giraban alrededor de sus nudillos y sus dedos y desaparecían debajo de los puños de su camisa.

—No seas maleducado, Ezra. —Fue Henrik el que habló otra vez.

Un músculo se apretó en la mandíbula del joven antes de aclararse la garganta y por fin levantar los ojos hacia los míos. Su mirada era tan intensa que un fogonazo de calor cruzó mi piel y me hizo tragar saliva.

Ezra. Un nombre que no conocía.

—Es un placer conocerte. —Las palabras eran educadas, pero les faltaba cualquier semblanza de sinceridad. Y en cuanto salieron por su boca, sus ojos cayeron de vuelta de la mesa.

—El placer es mío —respondí con educación, mientras apuñalaba una manzana con mi tenedor. La sostuve sobre mi plato mientras estudiaba a mi vecino de mesa.

Había algo diferente en él, y no solo en sus rasgos. Estaba segura de que nunca había oído su nombre de boca de Sariah, aunque parecía más o menos de la edad de Murrow. Quizás fuera un par de años mayor que yo. Si eso fuese así, no era familiar directo. Aunque si estaba sentado a esta mesa, de algún modo se le consideraba familia.

—Ezra es nuestro platero —explicó Henrik al percibir mi curiosidad.

Bajé la vista hacia sus manos. Eso explicaba las cicatrices. Eran por la forja.

Henrik se metió otro bocado demasiado grande de asado en la boca y masticó. Dejó caer su tenedor al plato de cualquier manera y todos los presentes levantaron la vista y soltaron sus propios cubiertos. Mis otros tíos se echaron atrás en sus sillas y sacaron pequeños libros del interior de sus chalecos, como si esperaran algo.

Yo seguí su ejemplo y dejé mi cuchillo con cuidado en el borde de mi plato antes de cruzar las manos en el regazo con una sensación un poco incómoda.

Henrik abrió su libro y pasó a una página llena de anotaciones. Desde donde estaba, me pareció un libro de contabilidad.

—¿Casimir? —empezó, tras agarrar su pluma.

Se produjo un silencio tenso y levanté la vista para descubrir a más de una persona mirándome. Lo que fuese que iban a discutir, se sentían incómodos con que yo lo oyera.

—Cass —insistió Henrik con impaciencia.

Casimir apoyó los codos en la mesa y me lanzó una mirada rápida antes de contestar.

—¿Vamos a hablar de negocios esta noche?

—¿No es lo que hacemos en todas las cenas familiares? —replicó Henrik, sin molestarse en disimular su enfado.

—Estoy segura de que Bryn no quiere que la aburramos. —Anthelia sonrió, pero fue una sonrisa tensa.

Yo no era estúpida. Estaba claro que no todo el mundo estaba contento de tener una nueva cara a la mesa, aunque fuese la hija de Eden. Y no podía culparlos. Para ellos, era una forastera.

El silencio era cada vez más denso y llenó la habitación de una tensión asfixiante que se enroscó a mi alrededor y apretó. Me mordí el carrillo por dentro con nerviosismo.

Henrik dejó su pluma en la mesa y se giró hacia mí con lo que parecía un intento de ser paciente.

—¿Estás aburrida, Bryn?

Mis labios se entreabrieron mientras miraba por la mesa a mi alrededor, con la cara roja como un tomate.

—No.

—¿Satisfechos? —La atención de Henrik volvió al instante hacia Casimir.

Este último soltó un gran suspiro y cedió. Observé cómo abría su libro de contabilidad, cómo seguía los números con la yema del dedo a medida que los iba leyendo.

—Cuarenta y tres al aprendiz de Drake y ciento doce al timonel del *Esmeralda* —contestó Casimir.

Sobornos, supuse. El negocio de la familia dependía de información muy sensible que requería dinero. Sariah hacía lo mismo en Nimsmire: pagaba a comerciantes por delatar a timoneles o por información sobre lo que estaba pasando en otras ciudades portuarias. No había nada delicado en ello, así que mantuve los ojos fijos en el fuego, con cuidado de no mostrar ni el más mínimo interés. Había demasiadas personas sentadas a esa mesa que no querían que yo escuchara esta conversación, y no iba a darle a nadie ningún motivo para fijarse en mí.

—¿Y el aguardiente? —murmuró Henrik.

—Llegan catorce cajas de los Estrechos en el *Alder* pasado mañana.

—¿Estarás listo? —Henrik levantó la vista.

Casimir contestó con un asentimiento y cerró su libro.

—Muy bien. Ahora tú, Noel.

—Parece que Tula tiene un barco nuevo. El *Serpiente*. Buscará a un comerciante con el que firmar un contrato y expandir así su ruta a los Estrechos. Me da la impresión de que Simon se va a postular para ello.

Henrik hizo un ruido de fastidio. Cuando los comerciantes expandían sus rutas y añadían barcos a sus flotas, eso abría las puertas a otros vendedores. Sin embargo, esta era una oportunidad a la que Henrik no podía optar. El anillo de su dedo lo autorizaba a comerciar en los Estrechos, pero no en el mar Sin Nombre.

—Esta noche voy a ir a la taberna a ver si puedo averiguar algo más —prosiguió Noel—. No va a haber escasez de comerciantes intentando quedarse con ese contrato.

Henrik ladeó la cabeza al levantar la vista de su libro.

—¿Y los registros del capitán del puerto?

—Los están copiando en estos mismos momentos. Estarán listos para repartirlos mañana.

Cada miembro de la familia tenía su propia parcela en el negocio: una rama o una empresa que llevaba dinero a las arcas. Me dio la impresión de que Casimir dirigía un negocio de aguardiente paralelo y que Noel tenía algo que ver con el director del puerto. Según Sariah, el negocio de mi madre iba a ser un salón de té que nunca llegó a inaugurarse. El único consejo que me había ofrecido mi tía abuela cuando partí de Nimsmire fue que montara mi propio negocio lo antes posible. Cuanto antes aportara cobre a la familia, antes me ganaría su confianza.

Henrik anotó otra serie de números en el libro.

—¿Y el inventario de mercancías, Ezra?

Él fue el único que no sacó un libro de cuero y, en lugar de basarse en anotaciones, respondió de memoria.

—Seis cajas de lingotes de bronce y once barriles de gordolobo. Habrá sedas la semana que viene y unas pocas gemas entre las que elegir. Aparte de eso, es lo de siempre.

—¿Tú qué opinas? —Henrik hizo una pausa. Ezra lo pensó un momento antes de contestar.

—Yo diría que el bronce.

—Muy bien, el bronce pues —confirmó Henrik, e hizo otra anotación.

Terminó su ronda de la mesa mientras la comida de nuestros platos se enfriaba. Cada uno de los presentes dio su informe críptico y Henrik lo anotó todo con cuidado, al tiempo que hacía preguntas y asignaba tareas. En su mayor parte, sonaba a cargamentos de barcos y mercancías de comerciantes, muchos de los cuales no deberían tener nada que ver con ellos si Henrik no era un comerciante con un anillo para hacer negocios en Bastian.

—¿Ha llegado ya la invitación de Simon? —Noel se inclinó hacia delante para ver mejor a Henrik.

Ahí estaba ese nombre de nuevo: Simon.

El bigote de Henrik se movió un poco al tiempo que cerraba el libro de golpe. Fuera lo que fuere de lo que hablara Noel, estaba claro que había tocado una fibra sensible.

—No.

La mesa se sumió en un silencio repentino, y Casimir y Noel intercambiaron una mirada antes de volver a levantar sus tenedores. Y así, sin más, toda conversación sobre negocios terminó y, con ello, dio la impresión de haber un alivio colectivo. No se dijo ni una palabra más acerca del tema y todos terminaron de comer, más relajados a cada vaso de aguardiente que se servían. Todos excepto Ezra.

Cada vez que me daba la sensación de tener sus ojos sobre mí, levantaba la vista para encontrarlo mirando fijamente su plato. Apenas había hablado y, cuando lo había hecho, había sido para contestar deprisa a Henrik si le hacía una pregunta. Pero no había aportado nada más.

Yo jugueteé con mi comida, agradecida de que nadie me prestase atención durante el resto de la cena. Henrik me había hecho volver a Bastian para ocupar mi puesto en la familia, pero no se me había ocurrido que algunos de ellos quizá no me quisieran aquí.

El súbito chirrido de las patas de una silla contra el suelo me hizo parpadear y levanté la vista para ver a

Henrik ponerse de pie. En cuanto tiró su servilleta sobre la mesa, Jameson escapó del regazo de su madre y corrió pasillo abajo. Los otros lo siguieron y, aunque abandonaron sus puestos en la mesa, se llevaron sus vasos de aguardiente con ellos. Yo apenas había tocado el mío, pero Murrow me lo rellenó de todos modos.

—Enhorabuena —comentó—. Has sobrevivido a tu primera cena familiar y no te han lanzado ni una sola pulla. —Se rio entre dientes.

Casi me reí con él, pero opté por agarrar el vasito y beber un sorbo. Hice una mueca y fruncí los labios. Iba a tardar un poco en acostumbrarme al aguardiente.

Los otros habían invadido la cocina para reunirse en torno a una larga encimera mientras la mujer menuda que había visto más temprano servía bandejas con dulces. Nada de tenedores ni de platos. Simplemente agarraban las tartaletas con las manos y daban mordiscos entre risas para luego hablar con la boca llena. No pude evitar sonreír. Tal vez les faltaran los modales de la clase social de los gremios, pero también les faltaba su fría cordialidad.

Los observé desde la entrada. Tenían un ritmo particular los unos con los otros, algo que solo podía asumir que venía de crecer en una familia. Era algo que yo no había tenido nunca, y encontré que el ruido y la falta de decoro eran reconfortantes. Había cierta calidez entre ellos y, a pesar de la incomodidad durante la cena, descubrí que había algo que me gustaba de esta extraña gente.

Cuando se sumieron en sus conversaciones, me escabullí pasillo abajo y subí las escaleras de camino a mi habitación. El primer piso estaba frío y silencioso. Llegué a mi puerta y estaba a punto de abrirla cuando me fijé en un delgado rayo de luz de luna al lado de mis pies. La puerta de al lado de la mía estaba entreabierta y vi unos destellos blancos en la oscuridad al dar un paso hacia ella. Empujé la puerta con suavidad para asomarme al interior.

Era otro dormitorio, y parecía casi exacto al mío. La cama estaba hecha, el armario bien cerrado y la ventana un poco abierta para dejar entrar el aire nocturno. Sin embargo, fue la pared de encima del pequeño escritorio lo que captó mi atención. Estaba cubierta de trozos de pergamino que revoloteaban a la brisa. Cada uno de ellos estaba lleno de una escritura enrevesada. Montones de libros y papeles cubrían cada centímetro de la mesa debajo de ellos con una especie de caos ordenado.

Sobre el tocador, junto a la entrada, había tres dados que parecían hechos de pálida piedra lunar. Eran el tipo de dados que se utilizaban para jugar a «las tres viudas», el juego de azar considerado de mal gusto pero que había llenado el salón de mi tía abuela muchos días hasta altas horas de la noche.

Sonó un crujido suave en el pasillo. Me giré y solté una exclamación ahogada al ver a Ezra de pie detrás de mí. Tan cerca que hubiese podido estirar la mano y tocarlo. Llevaba sus manos desfiguradas dentro de los bolsillos, los botones superiores de su camisa desabrochados y me miró desde lo alto en la oscuridad con los ojos entornados. Ni siquiera lo había oído subir las escaleras.

—Mantente lejos de mi habitación. —Su voz profunda llenó el espacio entre nosotros.

Pasó por mi lado antes de que yo pudiera decir nada y la puerta emitió un leve chasquido en el silencio cuando Ezra la cerró, tras desaparecer detrás de ella. Poco después, el resplandor de una lámpara de aceite asomó por debajo de la puerta e iluminó los bajos de mi falda.

No era tonta. Cuando me bajé de ese barco en los muelles, ya había sabido que unirme a los Roth no sería tan fácil como ocupar la silla de mi madre a la mesa. Había contado con el hecho de que, para ellos, la familia lo era todo. Era la red que me salvaría si cometiera una equivocación o si cayera en desgracia. Pero había una clara línea trazada entre los que pertenecían y los que no. Y haría falta más que sangre para cruzarla.

CUATRO

Mi habitación olía a mar.

Abrí los ojos a la que sería la primera de muchas mañanas en Bastian y arrastré el aire húmedo a lo más profundo de mis pulmones. Unas pisadas de pies pequeñitos correteaban por el piso de arriba, donde los hijos de Noel se estarían despertando. Mi habitación estaba helada, así que me acurruqué mejor debajo de las mantas y me dediqué a contemplar a los pájaros por fuera de la ventana. Tenían las plumas hinchadas contra el frío mañanero, sus colores pálidos casi invisibles entre la niebla.

Compartía una pared con la habitación de Ezra y, aunque lo había oído hasta tarde la noche anterior, con el frufrú de los pergaminos y sus pisadas pesadas sobre el suelo, ahora había solo silencio. El amanecer empezaba a asomar por encima de la ciudad a lo lejos y, cuando el sol salió justo lo suficiente para teñir los tablones del suelo, por fin me obligué a incorporarme y a salir de la cama.

Los sirvientes de Sariah habían empacado mi baúl con una meticulosidad extrema, incluidos el cepillo de plata y los peines enjoyados que ella me había regalado. A mí nunca me había gustado el lujo como a ella, pero en mis esporádicos y patéticos intentos por ganarme su aprobación, me había arreglado de un modo que sabía que ella apreciaba. Entre los Roth de Bastian, semejantes pretensiones parecían absurdas. Aunque lo que Henrik y Sariah querían de mí no era ningún secreto: yo era la gema pulida entre todos ellos y mi tío la aprovecharía a fondo.

Elegí el más sencillo de mis vestidos: uno morado oscuro con una falda generosa y mangas largas que se abotonaban en las muñecas. La tela era más cálida que la que Sariah solía hacerme vestir y la seda cruda llamaría menos la atención en las calles del Valle Bajo. Después de catorce años de ser exhibida ante la élite de Nimsmire, me gustaba la idea de poder desaparecer.

Las botas que había traído conmigo eran, quizás, el único artículo práctico de mi baúl. Se adaptarían bien a los irregulares adoquines y mantendrían mis pies secos. Fui ajustando los cordones de modo que quedaran simétricos y los apreté, antes de atar los extremos por encima de mis tobillos. Cuando me puse de pie, di un par de vueltas delante del espejo y estudié mi reflejo con atención. Casi parecía una de las chicas que había visto por la calle el día anterior. Casi.

El olor del pan recién horneado llenaba el aire cuando bajé las escaleras. El comedor estaba desierto, pero en la cocina había ajetreo y el sonido de voces me llevó por el largo pasillo que conducía a una puerta abierta en un rincón de la casa. Allí, encontré una pequeña sala cuadrada en la que entraba el aire fresco del exterior a través de las ventanas abiertas que cubrían por completo las paredes. En el centro, Henrik, Casimir, Murrow y Ezra estaban sentados en torno a una mesa redonda. Levantaron la vista casi al unísono cuando aparecí.

—El desayuno es a las *siete* —me regañó Henrik en tono abrupto.

Me puse roja como un tomate y levanté las manos hacia el cuello de mi vestido para juguetear con el encaje.

—Lo siento. No lo sabía.

La expresión severa de sus ojos se fundió en una sonrisa tan deprisa como había aparecido.

—Bueno, pues ahora ya lo sabes. —Señaló con el pan que tenía en la mano en dirección a la silla vacía a su lado y Murrow me animó a sentarme con un gesto afirmativo de la cabeza.

En cualquier otra situación de la sociedad educada, uno de ellos se hubiese levantado y hubiese retirado la silla para mí, pero los cuatro hombres siguieron comiendo sin inmutarse. Me di cuenta de que tal vez les resultara útil, pero no era un bien preciado para ellos. Y descubrí que la idea me gustaba tanto como me ponía nerviosa. En esta casa no me iban a tratar con miramientos.

—¿Tienes reloj? —preguntó Henrik, sin dejar de masticar. Tardé un momento en darme cuenta de que todavía me estaba hablando a mí.

—No… no tengo.

—Asegúrate de que consiga uno. Llévala a la tienda del relojero —le dijo Henrik a Murrow, que respondió con un ruido gutural—. Nos gustan las cosas ordenadas y puntuales, Bryn. Eso es lo que mantiene a esta familia en marcha.

—Por supuesto —contesté, mientras desdoblaba con cuidado la servilleta en mi regazo. Me sentía como una niña a la que estaban regañando, pero los otros no parecían afectados por el reproche.

Al otro lado de la mesa, Casimir estaba absorto en la yema de su huevo, que limpiaba de su plato con el pan.

Ezra, sin embargo, me observaba por encima de la humeante taza de té que aferraba en la mano. No la sujetaba por la delicada asa, no, tenía los dedos cerrados alrededor del borde. Se la llevó a la boca y bebió un profundo trago.

Bajé los ojos y puse un pedazo de queso en mi plato.

—Quiero que esas entregas se hagan antes de mediodía, Cass —dijo Henrik.

—Así se hará —repuso Casimir.

—El bronce, esta noche.

Casimir asintió.

Me pregunté si estarían hablando del bronce que había mencionado Ezra durante la cena. Había dado la impresión de que se referían a la mercancía de un barco que se dirigía a puerto y Ezra estaba haciendo su recomendación sobre qué rapiñar de su bodega.

Era el tipo de trabajo que hacían una y otra vez; así el dinero seguía fluyendo. Era también el tipo de trabajo que había conseguido que mataran a mis padres.

Casimir se limpió la boca antes de dejar caer su servilleta en la mesa. Se puso en pie y apuró su taza de té justo cuando la mujer de la cocina entraba como flotando con una jarra de té recién hecho.

Miró a Casimir indignada.

—Eh, espera un minuto. ¡Apenas has comido nada!

Casimir dejó la taza en el platillo y le dedicó una sonrisa. Era la primera que había visto en su cara y hacía que se pareciera más a Murrow.

—He comido de sobra y tengo trabajo que hacer en los muelles.

La mujer le lanzó a Henrik una mirada de desaprobación, como si esperara que él le diera la razón, pero Henrik hizo caso omiso del intercambio, más concentrado en cortar con el tenedor el huevo que tenía en el plato.

—¡Una barriga llena de té no te hará ningún bien, Cass! —lo llamó la mujer mientras él salía de la habitación.

Cuando vio que no contestaba, dejó la tetera en la mesa con un resoplido de indignación.

—Sylvie, Bryn. —Henrik habló sin mirarnos a ninguna de las dos—. Bryn, Sylvie.

La mujer plantó las dos manos sobre sus caderas para mirarme de arriba abajo.

—Ya veo. —Sonrió—. Bienvenida a Bastian, cariño. No dejes que estos brutos te asusten. —Le lanzó una mirada significativa a Ezra, que parecía muy irritado por la repentina atención.

—No lo haré. —Sonreí.

—¿Mensajes? —gruñó Henrik. Sylvie negó con la cabeza.

—Ninguno.

Un músculo se abultó en la mandíbula de Henrik antes de dar otro mordisco.

La mujer salió de la habitación y mis ojos saltaron de Henrik a Murrow mientras comía. Noel y su familia no estaban por ninguna parte, por lo que solo pude suponer que debían desayunar a otra hora. Muchas casas lo hacían cuando había niños de por medio.

No me atreví a mirar a Ezra, aunque sentía su mirada sobre mí cada pocos minutos. Sylvie le había lanzado esa pulla con humor, pero estaba claro que sus palabras llevaban algo de verdad. Había un equilibrio en esta casa y, hasta que me hiciera una idea de cómo funcionaba, no iba a correr ningún riesgo con él.

—Ezra, me gustaría que estuvieras en la taberna esta noche —dijo Henrik, al tiempo que se limpiaba la boca con el dorso de la mano.

—¿La taberna? —Ezra dejó su taza en la mesa.

—Eso es.

Ezra apoyó los codos en la mesa, el ceño fruncido.

—Esta noche tengo recogida de los registros del puerto.

—No, no la tienes. —Henrik se echó atrás en su silla—. Eso lo va a hacer Bryn.

Murrow y Ezra cruzaron una mirada por encima de la mesa y mi cuchillo se quedó paralizado en medio del aire sobre mi plato.

—¿Qué? —La voz de Ezra sonó cauta. Pero Henrik me miró a mí.

—No hay mejor forma de aprender que haciendo, ¿no crees?

—Esa recogida es *mi* ruta. Todas las semanas. —La voz de Ezra había adoptado un dejo cortante, pero si Henrik se percató, no lo demostró.

Miré de uno a otro. Era obvio que Ezra no me quería aquí. Desde mi punto de vista, había dos explicaciones posibles: o bien no me quería implicada en los negocios familiares porque no quería que le quitara el puesto, o bien no confiaba en mí. Quizá fuesen ambas cosas.

—¿Recogida? —pregunté. Henrik se apoyó en la mesa.

—Un regalito que nos quedó después de que nuestra amiga Holland cayera en desgracia. Todas las semanas distribuimos copias de los registros del capitán del puerto y no hay un solo bastardo en todo Bastian que no quiera una copia.

Holland. Conocía ese nombre. Era la comerciante más poderosa del mar Sin Nombre antes de que la desposeyeran de su anillo y la expulsaran del Gremio por comerciar con gemas falsas. La noticia del escándalo había llegado incluso hasta Nimsmire y la gente todavía hablaba de ello.

—Ella solía controlar la distribución del manifiesto. Ahora lo hacemos nosotros.

Era solo una de las muchas partes ilegales del negocio familiar, y cada ciudad portuaria tenía una empresa igual. Alguien siempre tenía al capitán del puerto en el bolsillo y vendía copias del manifiesto semanal a cambio de un buen dinero. De algún modo, Henrik había tenido la suerte de adueñarse del negocio cuando Holland perdió su posición de poder. Era probable que esa fuese la razón de que Ezra supiera qué había en la bodega de ese barco.

—Recogerás el pago y entregarás el manifiesto, eso es todo —explicó Henrik—. Ella puede hacerlo —añadió, con una mirada rápida a Ezra.

Intercambiaron algún tipo de comunicación silenciosa, pero a mi lado, Murrow estaba muy callado.

—¿Bryn? —Henrik me miró—. ¿Tú qué dices?

Los ojos de Ezra dejaron un rastro ardiente sobre mi piel al mirarme de arriba abajo. Había tratado con hombres como él toda mi vida. No me iba a aceptar a menos que jugara a su juego, y yo no podía hacer lo que había venido a hacer si él estaba en mi contra.

—Puedo hacerlo —afirmé.

La sonrisa de Henrik levantó las comisuras de su boca e hizo que las arrugas de alrededor de sus ojos cobraran vida.

—Por supuesto que puedes.

Ezra soltó una bocanada de aire profunda y controlada mientras bajaba los ojos. Estaba segura de que iba a discutírselo, pero justo cuando esperaba que abriera la boca, se levantó, enderezó su chaleco y abotonó su chaqueta gris oscura.

Salió de la sala un momento después. Henrik y Murrow no dijeron nada y terminaron sus desayunos en silencio. Cuando la taza de Henrik estuvo vacía, él también se levantó.

—Eso sí, ponte algo un poco más presentable, Bryn, ¿quieres?

Levanté la vista a toda velocidad.

—¿Qué?

—El relojero —dijo—. Las primeras impresiones son importantes.

Mis labios se abrieron para discutir, pero los cerré de golpe antes de poder decir ni una palabra.

Temperamento, Bryn.

El reproche perpetuo de mi tía abuela sonó tan fuerte en mi cabeza que fue como si estuviese allí a mi lado.

Apreté los dientes y bajé la vista hacia mi vestido. A lo mejor había escapado de la perspicaz atención de Sariah, pero, al parecer, estar lejos del alcance de su vigilancia no me iba a proporcionar el lujo de elegir mi propia ropa.

Murrow se deslizó otra vez en su asiento en cuanto Henrik salió por la puerta. Solo entonces se relajó.

—No le gusto —comenté, y lancé una mirada irritada en dirección a la silla vacía de Ezra.

Murrow medio se rio, luego cruzó los brazos delante del pecho.

—Yo no me lo tomaría como algo personal. A Ezra no le gusta nadie.

Murrow irradiaba una paz que encontraba tranquilizadora, pero me pregunté qué habría debajo de ella. Era todo encanto y comentarios ingeniosos, pero también era el primero en cuadrarse bajo la mirada de nuestro tío.

—Eso sí, es mejor que escuches a Henrik. Le gusta que las cosas discurran con unos horarios estrictos y no tolera el desorden.

—No sabía lo del desayuno —musité.

—Si yo fuese tú, empezaría a dar por sentado que hay reglas donde quizás antes no las había. Empezando por esas botas.

Lo miré con cara de pocos amigos.

—¿Qué les pasa a mis botas?

—Tienen barro.

Levanté un poco mi falda para echarles un vistazo. Había una franja de tierra seca a lo largo de la suela, consecuencia del paseo por la ciudad del día anterior.

—Déjalas a la puerta de tu habitación por la noche. Estarán limpias y esperándote a la mañana siguiente.

Solté mi falda y remetí el pie debajo de la mesa un poco avergonzada.

—¿Algo más que debería saber?

—Sí —contestó—. Tienes que empezar a hablar.

—¿A hablar?

—Habla o no te respetarán. Ser tan callada va a hacer que se pregunten qué estás pensando. Y *no* quieres que pase eso. —Bajó la vista hacia mí, el humor desaparecido ahora. Era una advertencia sincera. Pero no me gustó la sensación que me transmitió, como si me estuviesen vigilando más de cerca de lo que había pensado.

—Gracias —dije, antes de dejar los cubiertos otra vez en la mesa y olvidarme del queso. Se me había hecho un nudo en el estómago.

—De nada. —Tiró la servilleta sobre su plato y se levantó con un suspiro—. Y ahora, vamos.

—¿A dónde?

Sonrió y me guiñó un ojo.

—A conseguirte un reloj.

—Vale. Solo deja que vaya a buscar mi dinero.

Murrow se rio.

—Eres una Roth, Bryn. Nosotros tenemos todo lo que necesites.

CINCO

Había cosas del mundo de los gremios que eran iguales en todas partes. Sellos distintivos de la forma en que vivían.

Las calles mugrientas del Valle Bajo se fueron perdiendo mientras seguía a Murrow colina arriba, hacia el barrio de los comerciantes. No hubiese necesitado un guía para encontrarlo. En cuanto llegamos a los edificios recién pintados con tejas nuevas, supe que estábamos entre las personas más adineradas de la ciudad.

Este era un mundo que conocía. Cuando pasamos por los decorados escaparates de las tiendas y capté mi reflejo en ellos, vi que encajaba a la perfección en esa imagen. Sariah había puesto todo su empeño en educarme como una dama refinada que satisficiera los gustos de los gremios y sirviera de puente entre los Roth y los comerciantes que habían sido sus enemigos durante tanto tiempo. Uno que la dejara en buen lugar a ella y a la familia. Pero ahora que había conocido a los Roth, también me preguntaba si era su intento por redimirlos en cierto modo. A lo mejor quería recrearlos con una nueva imagen y borrar los actos más indecorosos por los que eran conocidos.

Murrow caminaba a paso ligero, sin dejar de lanzar miradas furtivas a las ventanas por encima de nuestras cabezas cada pocos pasos. Reconocí el hábito. Sariah siempre hacía eso, como si pensara que en cualquier momento alguien podría atacarla desde las sombras. Era una práctica que yo misma había adoptado de manera inconsciente, y rara era la vez en que no sentía que me observaba alguien.

En este caso, no me lo estaba imaginando. Todas las personas con las que nos cruzábamos en la calle nos miraban, algunas incluso dos veces. Me había cambiado el vestido, como me había indicado Henrik, y me había recogido el pelo, pero en esta parte de la ciudad era probable que fuese inusual ver rostros desconocidos. Aunque Murrow no era un desconocido aquí, y estaba segura de que había muchos miembros de los gremios a los que no les gustaba la idea de que hubiese un Roth en el barrio. Los negocios de los comerciantes con mi familia eran como un juego de «tres viudas»: les gustaba hacer ambas cosas a escondidas.

Pasamos por delante de tienda tras tienda, sus escaparates de cristal biselado llenos de pan recién horneado, estanterías de plata o porcelana o botas cosidas a mano. El barrio comercial era exactamente lo que su nombre indicaba: el rincón de la ciudad donde cualquiera con un anillo de comerciante vivía y trabajaba. Entre ellos, la élite suprema eran los maestros de los gremios que formaban parte del Consejo de Comercio. No existía ningún poder en el mar Sin Nombre que ellos no tuvieran. Incluso los comerciantes que se enfrentaban a las tormentas en alta mar estaban a su merced a la hora de adquirir permisos para hacer negocios. No obstante, también se podía tener influencia en Bastian sin un puesto a la mesa de los comerciantes. Los Roth eran prueba de ello. Ahora, yo tenía que encontrar mi lugar aquí.

Tener un negocio propio en la familia era la mejor forma de asegurar mi lugar entre ellos. Había aprendido mucho de Sariah y de las tramas multifacéticas que dirigía en nombre de los Roth en Nimsmire. Si jugaba bien mis cartas, yo podría hacer lo mismo aquí en Bastian.

—¿Qué haces tú para la familia? —pregunté, tratando de no sonar demasiado inquisitiva. Murrow siguió andando al mismo ritmo, los ojos fijos en la calle delante de él.

—Me ocupo de las relaciones de Henrik con las tripulaciones que llegan en sus rutas regulares. Pilotos que aspiran a un puesto como timonel, intendentes con necesidad de contar con un poco de dinero extra... quienquiera que esté dispuesto a hablar.

Su negocio era la información, pues, y entendía por qué se le daba bien. Murrow era tan amistoso como apuesto.

De todas las cosas que había oído hablar durante la cena, ninguna sonaba fuera de lo normal. Eran partes de un plan bien pensado que había funcionado durante tres generaciones. Así que si quería impresionar a Henrik, necesitaba una idea. Una buena.

—¿Ya estás haciendo planes? —Murrow arqueó una ceja en mi dirección. Un lado de mi boca se curvó hacia arriba.

—Quizá.

—Bien —repuso—. Eden era así. Lista.

Su mención de mi madre me tomó desprevenida. Todavía no había oído a nadie hablar de ella.

—Sariah dijo que el salón de té que Eden iba a abrir estaba aquí, en el barrio comercial.

—Todavía lo está.

Fruncí el ceño.

—¿Qué?

—Que todavía está aquí. El local lleva años cerrado.

—Pero ¿por qué?

Murrow se encogió de hombros.

—A mí no me lo preguntes. Mi padre ha intentado más de una vez conseguir que Henrik lo vendiera, pero él se niega. Así que está ahí tirado, pudriéndose al final de Fig Alley.

Observé su cara, en un intento por descubrir todo lo que no estaba diciendo. Sariah me había hablado de la casa de té, pero yo había dado por sentado que cuando no se abrió, la habrían vendido. No era propio de los Roth aferrarse a algo que no diera dinero.

Murrow me condujo por unas escaleras anchas hasta una puerta de madera barnizada, con una corona de laurel tallada en la superficie. El escaparate de la tienda estaba inmaculado. Un cartel colgaba de una cadena dorada y el cristal no tenía una sola mancha. Al otro lado, pude ver una hilera de vitrinas de cristal y un suelo de mármol tan blanco como la luz de la luna.

—Escoge el más caro —me indicó Murrow en voz baja.

—¿Qué?

Pero él ya estaba abriendo la puerta y se echó a un lado para dejarme pasar. Vacilé un instante y el olor de un bálsamo me llegó con una ráfaga de aire caliente. Murrow hizo un gesto con la barbilla, en una señal tácita para que entrara. Me mordí la lengua y obedecí. Cada vez que cualquiera de ellos abría la boca, era solo para ofrecer medias verdades y acertijos. Estaba cansada de intentar seguirles el ritmo, y eso que solo llevaba un día aquí.

En el interior, unas paredes de piedra rodeaban una sala pequeña en la que las vitrinas de cristal estaban alineadas de tal modo que quedara un único pasillo por el que los clientes podían caminar y examinar los artículos. Detrás de una de ellas, un hombre corpulento levantó la vista desde su taburete. Su espesa barba gris cubría su boca debajo de unas gafas de montura dorada posadas sobre su nariz redonda.

—Bienvenidos. —Se puso de pie tras dejar en la encimera la pequeña herramienta que tenía en la mano, antes de enderezar su chaleco color borgoña—. ¿En qué puedo ayudaros?

Su traje elegante y la reluciente cadena de reloj que colgaba de su bolsillo me indicaron que no era un aprendiz. Era el dueño de la tienda.

Los ojos de Murrow recorrieron las vitrinas. Variedad de relojes de oro y plata eran exhibidos sobre pequeños cojines de terciopelo, con un surtido de cadenas y esferas entre las que elegir. Reconocí la marca del fabricante en la pieza sobre la que estaba trabajando el hombre. Estos relojes se vendían en Nimsmire y eran unos de los favoritos en el círculo de comerciantes allí.

El relojero guiñó los ojos al mirar a Murrow con más atención.

—Te conozco, ¿verdad?

—Murrow Roth. —Murrow le tendió una mano con un ímpetu un poco exagerado, su voz más alta de lo necesario para el tamaño íntimo de la tienda. El hombre se la estrechó con diligencia.

—Ah, el sobrino de Henrik. —Había la más leve traza de sospecha en sus palabras—. Soy Simon.

El nombre me resultaba familiar, pero no pude ubicarlo hasta que recordé que Henrik lo había mencionado la noche anterior durante la cena. Este era el hombre de quien Henrik quería una invitación. A qué, no tenía ni idea, pero ahora entendía por qué había querido que me cambiara el vestido.

Simon se quitó los guantes y los dejó en el mostrador para revelar así el anillo de comerciante en su dedo. Tenía engarzado un ojo de tigre pulido, lo cual indicaba su pertenencia al Gremio de las Gemas del mar Sin Nombre. Era un anillo por el que muchos artesanos matarían.

Cuando por fin me miró, sonrió.

—¿Y tú eres…?

—Soy Bryn. —Lo saludé con un asentimiento respetuoso que dio la impresión de agradar a Simon. Yo sabía cómo causar buena impresión, como había dicho Henrik. Si esta era una prueba por parte de mi tío, la iba a aprobar sin problema.

—¿Una amiga tuya? —La pregunta iba dirigida a Murrow, pero no apartó los ojos de mí.

Respondí antes de que pudiera hacerlo él.

—Es mi primo —dije, para tomar las riendas de la conversación—. Bryn Roth. —Y dejé que el nombre colgara en el aire entre nosotros.

Las cejas de Simon treparon por su frente al oírlo. Era justo el tipo de reacción que a Sariah le hubiese encantado. Cualquiera que pasara unos minutos con mi familia podía ver que no eran refinados, pero también eran demasiado elegantes para encajar del todo en el Valle Bajo. Eran una raza extraña de algo entre medias. Ahora que yo estaba en Bastian, sería mi trabajo darles a los Roth un puesto a la mesa en el barrio comercial. Y ese trabajo empezaba ahora. Con el relojero.

—Ya veo. No sabía que Henrik tuviera una sobrina —caviló Simon.

—Acabo de regresar a Bastian desde Nimsmire —expliqué. Su sonrisa se ensanchó con conocimiento de causa.

—Ah, Sariah.

—¿Conoce a mi tía abuela?

—Por supuesto. —El hombre se rio—. No hay mucha gente en esta ciudad que no la conozca, aunque ya hayan pasado muchos años desde que escapó.

Mis ojos se entornaron ante sus palabras. Después de que su hijo muriera en el mar, Sariah había convencido a su hermano Felix de que la dejara montar su propia empresa en Nimsmire como respaldo para los negocios de los Roth en un momento en que tenían muchos enemigos en Bastian. No fue hasta después de que él muriera que ella empezó los preparativos reales para mudarse, cosa que por fin hizo por insistencia de Henrik. Según Sariah, Henrik no la quería mirando por encima de su hombro cuando se encargara de la familia. Yo no fui parte del trato hasta que mis padres murieron y Henrik se quedó con una huérfana de cuatro años a su cargo.

—He oído que se ha hecho un hueco bastante importante allí arriba, en Nimsmire —comentó Simon.

—Así es. —Era verdad. Sariah era muy respetada y tenía poca competencia porque nunca había aspirado a unirse al Gremio. Era una experta en empresas mutuamente beneficiosas.

—También conocí a tu madre. —El tono de su voz había cambiado, lo cual me hizo levantar la vista. Sin embargo, en cuanto mis ojos se cruzaron con los suyos, Simon extendió ambas manos sobre la vitrina que tenía delante. Tuvo cuidado de no tocar el marco de bronce y de mantener los dedos lejos del cristal. —Bueno, ¿qué estamos buscando hoy, exactamente?

—Mi tío dice que necesito un reloj y que no hay piezas mejores en esta ciudad que las que se fabrican en su taller —contesté.

A mi lado, una sonrisa titilaba en los labios de Murrow.

—Bueno, pues tiene razón. Habéis venido al lugar correcto. —Se movió entre las vitrinas para pararse delante de una que estaba llena de relojes de plata. Murrow se había retirado un poco para dejarme vía libre, pero sentía toda su atención puesta en mí. *El más caro*, había dicho.

Había relojes exquisitos, pero el oro era mucho más valioso que la plata. Puede que Simon estuviera siendo educado, o bien era presuntuoso y asumía que los Roth no tendrían dinero suficiente para un reloj mejor.

No lo seguí. Opté, en cambio, por quedarme donde estaba para estudiar los artículos de la vitrina de relojes de oro. Buscaba el que tuviese la cadena y el broche más intrincados. La verdad era que no sabía nada sobre relojes. Solían llevarlos los hombres y Sariah no me había dado nunca ninguno. Pero sí conocía las gemas y había solo uno en la vitrina decorado con una espinela de un color de lo más excepcional: un pálido tono violeta.

—Me gustaría ver ese, por favor. —Puse un dedo en el cristal donde descansaba el reloj en pleno centro.

Simon me lanzó una mirada de aprobación mientras sacaba una llave de su bolsillo y abría la vitrina. Sacó el que le había señalado y lo puso delante de mí.

—Un reloj muy bonito. La esfera es una madreperla pulida de los arrecifes de la Constelación de Yuri. Yo mismo elegí el espécimen de entre toda la mercancía del vendedor.

Lo tomé y abrí el reloj con un *clic*. La carcasa se separó al instante y, en el interior, vi que las delicadas manecillas avanzaban a ritmo regular por el dial. Era tan bonito que parecía imposible que unas manos humanas lo hubiesen fabricado.

—Es precioso —dije, y lo giré de modo que la luz se moviera por la superficie nacarada como agua ondulante. Los dibujos eran únicos, los colores vibrantes. Un reloj como ese era propio del bolsillo del maestro de un gremio—. Me lo llevo.

Simon se quitó las gafas de la nariz.

—¿Y la cadena?

—Me gustaría que la eligiera usted. —Sonreí—. Nadie sabe estas cosas mejor que el fabricante.

El relojero asintió.

—¿Y querrás que grabe tus iniciales?

—Sí. —Deposité el reloj otra vez en sus manos—. Por favor.

El hombre volvió a ponerse las gafas y las empujó un poco hacia arriba, antes de tomar un trozo de pergamino del escritorio detrás de él.

—¿Bryn, dijiste?

—Eso es.

Observé cómo escribía mis iniciales: *B.R.* Había habido momentos en los que había deseado poder cambiarme el nombre Roth como quien muda la piel, pero a lo largo de los años, había llegado a creer, o a desear, que era lo que me proporcionaba un ancla en los mares cambiantes. Que tal vez fuese la única cosa que evitaba que me hundiera en la vida que las chicas de Nimsmire estaban condenadas a vivir. Mientras ellas se casaban para beneficiar a sus familias, yo estaría forjando un destino que fuera creado por mí.

Cuando terminó, Simon envolvió un cuadrado de satén negro alrededor del reloj y lo dejó en una cajita de madera.

—Serán trescientos cuarenta cobres. Cincuenta ahora. El resto podéis hacérmelo llegar.

Murrow asintió.

—Haré que se lo envíen esta tarde. —Metió la mano en su chaqueta para sacar un monedero de cuero. Contó cincuenta cobres con dedos ágiles antes de cerrarlo otra vez y deslizar la bolsita por el cristal.

Simon la agarró sin molestarse en comprobar el peso.

—¿No quiere contarlo? —preguntó Murrow con una sonrisita de suficiencia.

—Sé dónde encontraros si falta algo. —Había un brillo en sus ojos que no había estado ahí antes. Un indicio de algo duro. Me recordó a Henrik. —Estará listo en un par de días.

—Gracias —dije, mientras Murrow saludaba con el sombrero y abría la puerta. La luz del sol entró a raudales, centelleó sobre las vitrinas y se reflejó en la montura de las gafas de Simon.

Bajé las escaleras y esperé a Murrow. Mi primo ya estaba sonriendo cuando echó a andar por la acera sin molestarse en esperarme.

—Se te da bien —me llegó su voz desde delante.

—¿El qué?

Murrow lanzó una mirada en mi dirección.

—El juego.

SEIS

Las instrucciones de Henrik habían sido bastante sencillas.

Embarcadero catorce. Pregunta por Arthur. Dile que estás ahí para la recogida.

Era, en la misma medida, una excusa para salir de la casa a solas y una manera de demostrarle a Ezra que estaba dispuesta a luchar por mi lugar entre los Roth. No tenía ningún interés en quitarle su trabajo, pero tampoco me iba a dejar mangonear. Sabía cómo mantenerme firme y eso era justo lo que iba a hacer.

Caminé por la calle que discurría a lo largo del puerto, pendiente de los números de los edificios ahí apelotonados. Había un embarcadero tras otro al borde del agua, más allá de la casa de comercio, antes de que los edificios treparan por la empinada colina a lo lejos. En Nimsmire había solo dos filas de embarcaderos, pero aquí había tantos que ni siquiera estaban alineados. Se retorcían unos alrededor de otros por calles aleatorias, algunas de las cuales parecían no tener salida o desaparecían por completo.

Las aceras estaban llenas de gente que iba y venía procedente de la larga hilera de tiendas a medida que estas cerraban sus puertas. Llevaban en los brazos todo tipo de cosas, desde cestas de manzanas a cajas con restos de hierro. La ciudad se iría a dormir hasta el amanecer, momento en el cual los comerciantes y vendedores empezarían de nuevo, arrastrando sus carros de vuelta al mercado o a los muelles.

Cuando llegué al embarcadero más amplio, me detuve delante de las grandiosas puertas de doble hoja. Aún tenían pintado el emblema de Holland, la comerciante de gemas a la que habían desposeído de su anillo, pero las ventanas estaban oscuras, y el trabajo que una vez había tenido lugar entre sus paredes había cesado. Ahora, el edificio se alzaba a la entrada de los muelles como una cáscara vacía.

Los otros edificios seguían la orilla. Estudié sus carteles pintados a mano, las letras arañadas y descoloridas por los vientos marinos, a medida que me alejaba del centro de la ciudad. Los números casi ilegibles saltaban del tres al siete, al nueve y luego hasta el quince, sin ningún orden aparente. No había un solo embarcadero que llevara el número catorce.

Masculle una maldición. Si ni siquiera podía encontrar un embarcadero por mi cuenta, había pocas probabilidades de que Henrik fuese a encargarme nada más. Y no pensaba darle a Ezra más razones para discutir con él cuando quisiera asignarme el siguiente trabajo. La única manera en la que iba a ganarme un puesto en la familia era haciendo lo que me decían y haciéndolo bien.

Me paré en medio de la calle y giré sobre mí misma justo cuando una mujer doblaba la esquina con una larga hogaza de pan remetida bajo el brazo. Su atención escrutadora encontró mi vestido al pasar. Me había vuelto a cambiar al morado sencillo que había llevado esa mañana, pero seguía siendo demasiado elegante para las inmediaciones del puerto y estaba llamando la atención.

—Perdone. —Di un paso al frente y la mujer retrocedió al instante. Casi me golpeó con el pan—. Lo siento. —Me aclaré la garganta—. Estoy buscando el embarcadero catorce.

Su boca se torció al tiempo que fruncía el ceño.

—Ahí arriba. —Hizo un gesto con un hombro hacia la cima de la siguiente colina y siguió su camino.

Bajé la vista hacia el pedazo de pergamino roto en mi mano y suspiré. Eso no podía ser correcto. Si era un embarcadero, debería estar en el agua, pero el edificio de la cima de la colina estaba en dirección contraria. Su chimenea tenía la boca ennegrecida, las tejas medio desmoronadas y prácticamente no tenía ventanas.

Serpenteé entre la multitud que bajaba hacia la calle, y tuve que ponerme de lado y apretarme contra el edificio más cercano cuando una caravana de carros llenos a rebosar de lana recién esquilada pasó a toda velocidad. Una de las ruedas se enganchó en una ranura de los adoquines y di un salto a un lado cuando el barro salpicó mi falda. Solté un gemido gutural y la sacudí mientras intentaba secar el agua de mis botas a patadas.

La calle se estrechaba para convertirse en una mera callejuela y pronto me encontré sola. El sol descendía a mi espalda, pero aún no habían encendido las farolas, aunque los escaparates de las tiendas colina abajo se habían llenado de velas que iluminaban a medida que los aprendices iban cerrando.

Un sonido similar al latido de un corazón resonó entre las paredes de ladrillo y me detuve para girarme hacia el agua. Era la sensación que tenía siempre, la sensación de que me observaba alguien. Sin embargo, la calle estaba desierta, excepto por dos mujeres que bajaban por la colina. Esperé un momento más antes de retomar mi camino, con paso sigiloso para poder escuchar con mayor atención. No sabía si era la luz menguante o las ventanas oscuras en lo alto, pero un escalofrío subió reptando por mi columna y de repente fui consciente de lo vacías que estaban las calles. Estaba sola en una ciudad que no conocía, la noche ya casi estaba cayendo y en otra hora todo estaría tan oscuro como la boca del lobo.

Tragué saliva y apreté el paso. Murrow no se había ofrecido a venir conmigo y yo no había tenido el coraje de pedírselo. Desde luego no delante de Ezra. Lo último que necesitaba era que alguno de los Roth pensase que necesitaba a alguien que cuidara de mí.

El cartel colgaba de la esquina noreste del almacén, los números uno y cuatro grabados de manera tosca en el metal con lo que parecía la punta de un cuchillo. Jamás lo hubiese visto desde la calle, pero empezaba a darme cuenta de que los edificios desperdigados por la colina era probable que se llamasen todos «embarcadero», sin importar la distancia que los separaba del agua.

Guardé el pergamino en el bolsillo de mi falda y seguí los irregulares adoquines alrededor del lateral del edificio hasta que encontré una puerta. Estaba revestida de tachuelas de hierro, sin picaporte a la vista. El hierro frío me hizo daño en los nudillos cuando llamé, y sacudí la mano, sin apartar la vista de la estrecha callejuela detrás de mí. No había nadie, pero todavía tenía esa sensación, como si los ojos de alguien me estuvieran siguiendo.

Cuando no hubo respuesta, llamé más fuerte y, sin previo aviso, la puerta se abrió de par en par y casi se estampó contra mí. Un hombre delgado con un viejo gorro de lana me miró desde lo alto con una expresión irritada que se volvió inquisitiva cuando sus ojos se enfocaron.

—¿Sí?

Miré más allá de él, hacia el oscuro almacén donde varias hileras de mesas largas estaban iluminadas por faroles. Por el olor acre que emanaba del interior, supuse que era una especie de taller de metales preciosos. Paladio, quizá.

—Busco a Arthur.

El hombre casi se rio y su mano resbaló del borde de la puerta.

—¿Arthur?

—Eso es —dije, impaciente. Al final de la callejuela, las farolas empezaron a cobrar vida, parpadeando una tras otra.

El hombre me miró un instante antes de soltar la puerta para que se cerrara, y me quedé plantada en la calle.

—¡Arthur!

Su voz resonó detrás de las paredes y yo metí mis manos frías en los bolsillos de mi falda, dispuesta a esperar. Un taller como este debía de suministrar material a comerciantes como el relojero, refinando los metales antes de que estos fuesen fundidos para hacer joyas y otros artículos. Pero yo no había ido ahí a por plata, oro o paladio.

Saqué del bolsillo el pequeño sobre doblado que Henrik me había dado y lo volteé. No había nada escrito en él, tampoco estaba sellado. En el interior había listas de barcos que habían ido y venido del puerto la semana anterior y lo que llevaban en sus bodegas. Había solo tres tipos de personas que compraban ese tipo de información: comerciantes que querían saber qué se movía en cada puerto, vendedores que querían mantener un ojo puesto en la competencia, y gente como los Roth, que buscaban llevarse lo que no era suyo. Era probable que Arthur fuese una de las docenas de personas en Bastian que pagaba a los Roth por copias de los registros.

Cuando la puerta se abrió de nuevo, apareció un hombre corpulento con una cabeza llena de pelo negro rizado. Hizo una mueca cuando me vio y apoyó un hombro en el marco de la puerta.

—Bueno, ¿qué quieres?

—¿Eres Arthur?

Sus ojos barrieron la calle detrás de mí, como si esperara que hubiese alguien más.

—Lo soy.

Sujeté el pergamino doblado en alto.

—He venido para la recogida.

Repetí las palabras justo como Henrik me había dicho que hiciera, pero antes de que hubiesen terminado de salir por mi boca, la expresión de Arthur ya había cambiado de irritada a inquieta.

—¿Qué es esto? —gruñó.

—He… —Mis ojos volaron hacia las mesas en el interior—. He venido a por el pago. Para Henrik Roth.

Me miró sin parpadear, como si estuviera decidiendo algo, y antes de que pudiera percatarme siquiera de que se estaba moviendo, me había empujado hacia la calle, casi pisoteándome. Sus ojos saltaron de un extremo de la callejuela al otro antes de agarrar mi brazo por la muñeca y arrastrarme hacia delante. El registro resbaló de entre mis dedos y aterrizó en un charco a mis pies.

—¿Qué estás…? —Intenté soltarme, pero su mano se apretó aún más hasta que el dolor me subía hasta el codo. Empujó la manga de mi vestido hacia arriba, lo cual arrancó el diminuto botón de perla de donde estaba cosido.

—¿Qué es esto, una especie de broma? —Me soltó y me tambaleé hacia atrás. Casi caí al suelo—. ¿Un truquito de la guardia del puerto? —Se giró hacia la puerta sin esperar respuesta—. Lárgate de aquí.

Acuné mi brazo y observé cómo la luz menguaba en la calle a medida que la puerta se cerraba. Pero no pensaba volver al lado de mi tío con las manos vacías. Antes de poder pensármelo mejor, agarré el borde de la puerta con una mano.

—Espera.

El hombre se giró hacia mí y su mano voló por el aire tan deprisa que apenas la vi venir antes de que me golpeara en la cara. Mi cabeza dio un latigazo hacia el lado y mi hombro chocó contra la pared de ladrillo. Solté una exclamación ahogada.

La explosión de dolor en mi boca me hizo apretar los ojos y un sabor a hierro afloró en mi lengua. Intenté aspirar una bocanada de aire superficial y dos pisadas resonaron detrás de mí, seguidas de la pesada puerta del embarcadero al cerrarse de golpe.

Se me anegaron los ojos de lágrimas cuando levanté la cabeza. Estaba sola en la callejuela. Un hilillo de sangre goteaba, caliente y constante, de mi barbilla y me tragué el grito de dolor que se acumulaba en mi garganta. Me temblaban las manos mientras me secaba la boca y, cuando bajé la vista hacia la manga de mi vestido, la tela morada estaba manchada y lucía casi negra. El botón del puño había desaparecido donde el hombre había desgarrado la manga, y un raspón de un rojo intenso había brotado donde su uña me había arañado.

La suave piel pálida de mi antebrazo estaba blanca como la leche en la oscuridad y una enfermiza sensación de inquietud se asentó en mi estómago cuando me di cuenta de lo que había estado buscando: la marca de los Roth.

SIETE

Jamás en mi vida me habían pegado. Nadie.

Estaba delante del escritorio de Henrik en su estudio vacío, los ojos clavados en el retrato que colgaba de la pared. Los cuatro hermanos Roth me miraban desde lo alto de su marco dorado, sus bocas apretadas en línea recta, las barbillas levantadas. Todos tenían aspecto de pertenecer ahí, lado a lado con los otros miembros de la familia. Me pregunté cuánto tiempo habían tardado en que fuese así, *qué* había hecho falta para conseguirlo.

Murrow entró en la habitación y me dio un paño doblado y húmedo que olía a vinagre fuerte. Lo había oído discutir en la cocina con Sylvie, que exigía saber quién estaba sangrando.

Apreté el paño contra mi labio hinchado e hice una mueca. Todavía notaba el sabor de la sangre a pesar del trago de aguardiente que Murrow me había dado cuando entré por la puerta. Era como si me hubiese estado esperando, sentado a la mesa del comedor con la botella y un único vaso.

Oímos sus pisadas antes de que la puerta del taller se abriese y apareciera Henrik, el delantal todavía atado a la cintura. No vi ni la más mínima reacción en sus ojos cuando me miró.

—Bryn. Has vuelto —dijo sin más. Como si mi cara magullada fuese la cosa más normal del mundo. Desató con calma las cintas de su delantal y se lo quitó por encima de la cabeza antes de colgarlo de la pared—. ¿Y? ¿Cómo te fue?

Dejé caer el paño de mi boca y contemplé la mancha rosa antes de mirar de Henrik a Murrow, aturdida. Esperé a recibir alguna pista de lo que se suponía que debía decir, pero Murrow mantuvo los ojos fijos en la parpadeante luz del fuego.

—¿Bryn? —Henrik se apoyó en la mesa con ambas manos, con sus ojos penetrantes clavados en mí.

—Hice lo que me dijiste. —El corte de mi labio tiró de manera dolorosa cuando hablé—. Pedí el pago y él me dijo que me marchara.

—¿Y? —presionó Henrik.

—Cuando insistí, el hombre... Arthur... —tragué saliva—, me golpeó al ver que no tenía marca.

Henrik se enderezó y cruzó los brazos delante del pecho, el labio de abajo fruncido en ademán pensativo.

—Ya veo.

—No recibí el pago —terminé, y dejé caer el trapo sobre la mesa al tiempo que me preparaba para su desilusión. Esto era justo lo que no quería que pasara. No había forma de que me ganara un puesto en la familia si Henrik no confiaba en mí, y había hecho una chapuza con una de las primeras tareas que me había encargado.

La arruga que cruzaba la frente de Henrik se profundizó, como si estuviese confundido.

—Oh, no te preocupes por eso. —Agitó una mano por el aire para restar importancia al tema.

Intenté descifrar qué pasaba por su mente. No parecía enfadado. Ni siquiera parecía sorprendido. Si no hubiese sabido cómo era, habría dicho que había incluso un brillo en sus ojos. Un destello de luz danzarina. Me dolía la cabeza y mi mandíbula palpitaba, pero más inquietante que el recuerdo del hombre de la callejuela o que el dolor de mi boca era la expresión en la cara de mi tío. Parecía casi... *satisfecho*.

Una vez más, mis ojos se deslizaron hacia Murrow. En esta ocasión consiguió mirarme un instante, pero siguió sin decir nada. Sus ojos fueron más allá de mí y me giré hacia atrás para ver a Ezra de pie en silencio en un rincón del estudio. Estaba medio envuelto en sombras y su traje color carbón hacía que pareciera fundirse con la oscuridad.

Tragué saliva y un repentino escalofrío recorrió mi piel. Ni siquiera lo había oído entrar.

Tenía la chaqueta abotonada, y un pie cruzado delante del otro mientras observaba. Sus ojos negros saltaron de mí a Henrik, pero no dijo nada.

—¿Quieres que le pida a Sylvie que te cure eso? —preguntó Henrik, que por fin daba muestras de haber visto mi cara.

Parpadeé, al tiempo que giraba la cabeza otra vez hacia él. Sus ojos se posaron en mi labio por un breve instante, pero no parecía interesado en absoluto, a pesar de la oferta.

—No —dije, demasiado deprisa. Con demasiada brusquedad. Había algo en marcha aquí que yo no entendía. Era evidente en cómo se miraban los tres, pero no sabía en qué lado de todo ello estaba yo.

—Gracias, Bryn —dijo Henrik con tono sincero—. Has sido de gran ayuda.

Lo miré pasmada, mientras trataba de encontrar un sentido a esas palabras vacías; las diseccioné y luego las volví a unir de distintas maneras. No estaba segura de qué había esperado cuando entré en la casa con sangre en la falda, pero no era esto.

—¿*Ayuda?* —repetí. A mi lado, Murrow se movió inquieto sobre los pies—. El hombre *me pegó.*

Temperamento, Bryn. La advertencia de Sariah resonó en mi mente otra vez. Cerré los puños a mi lado y me tragué la maldición que ardía en la punta de mi lengua.

—Sí, es muy desafortunado. —Henrik chasqueó la lengua—. Desearía que no hubiese tenido que suceder.

No se me pasó por alto la forma en que lo dijo. No había dicho *desearía que no hubiese sucedido.* Había dicho *desearía que no hubiese* tenido *que suceder.*

El número de preguntas que tenía crecía por momentos, pero no había respuestas en la mirada gélida de Henrik mientras me estudiaba con atención.

—Murrow, tienes trabajo que hacer, creo —comentó mi tío, y levantó un dedo hacia la puerta detrás de él.

Murrow respondió con un asentimiento silencioso, dio media vuelta y salió de la habitación. Sus pisadas resonaron pasillo abajo hasta que la puerta de la calle se abrió y se cerró. Hacía largo rato que había oscurecido, así que no tenía ni idea de a dónde podía estar yendo. Los únicos sitios abiertos a estas horas eran los que frecuentaban las tripulaciones de los barcos atracados para la noche.

—Más vale que te vayas a la cama. Dormir te vendrá bien. —El intento de amabilidad de Henrik se quedó muy corto. De hecho, le faltaba cualquier indicio de preocupación o de calidez. Me estaba ordenando que me fuese a mi habitación de nuevo.

Quizá *sí* que estuviese desilusionado conmigo. O tal vez pensara que había cometido un error al pedirme que fuese el embarcadero en primer lugar. Fuera como fuere, había fracasado en su prueba y no quería saber lo que tendría que hacer para compensárselo.

Lo observé un segundo más antes de agarrar el trapo ensangrentado de la mesa. Abrí la puerta del estudio de malos modos, con el ardor de la mirada de Ezra pegado a la espalda, pero la voz de mi tío me hizo parar en seco.

—Y... ¿Bryn? —cortó la voz de Henrik en el silencio. Me giré hacia él, los dientes apretados de manera dolorosa para evitar hablar. Los ojos de mi tío se posaron en mis pies—. Por favor, haz algo con respecto a esas botas —dijo; cada palabra resonó como un martillazo.

Lo miré estupefacta. Ya ni siquiera tuve que tragarme la maldición que tenía en la punta de la lengua. Me había quedado completamente sin palabras.

Me habían enseñado a tratar con hombres. A encandilarlos. A persuadirlos. Llevaba años haciéndolo para mi tía abuela. Pero *este* hombre era algo totalmente diferente. Estaba tan enmarañado, tan lleno de nudos, pensé, que a lo mejor no había manera de desenredarlo.

Asintió en mi dirección, como si me diera permiso para irme, y yo salí al oscuro pasillo y me obligué a poner un pie delante del otro hasta llegar a las escaleras. Me paré con un pie en el aire a media subida cuando oí su voz otra vez. Me quedé muy quieta, la mano apretada sobre la barandilla, y respiré lo más suavemente que pude mientras me apoyaba contra la pared para escuchar. El sonido, sin embargo, llegaba amortiguado, distorsionado por el viento que sacudía las ventanas en el piso de arriba.

Di un cauteloso paso hacia atrás, luego otro, hasta que estuve al pie de la escalera. Sylvie seguía atareada en la cocina y el resplandor de la oficina de Henrik rebosaba hacia el pasillo. Podía ver su sombra ondular sobre los desgastados e irregulares tablones del suelo.

—... por la mañana. Debería hacer el apaño. —Henrik estaba hablando con Ezra.

Di otro paso más, muy atenta a la oscuridad mientras escuchaba. El sonido de un cajón al abrirse y luego cerrarse en el escritorio, los golpecitos de una pipa cuando Henrik vació la cazoleta.

—¿Cómo lo hizo ella? —preguntó con voz rasposa.

—Bien —contestó Ezra.

—¿Bien? —Henrik se estaba impacientando otra vez. Sonaba irritado incluso.

—Lo hizo bien —insistió Ezra—. Sucedió justo como ha dicho.

Su voz grave fue como un hierro candente a medida que registraba las palabras. Hablaba como si estuviese informando acerca de lo que había visto. Como si hubiese estado allí.

Mis venas se llenaron de escarcha, mi corazón latía tan fuerte en mi pecho que me resultaba difícil oír por encima de sus martillazos. Esa presencia que había sentido en la callejuela había sido real. *Sí* que había habido alguien observando. Ezra.

—Arthur comprobó que tuviera la marca y, cuando no la vio, imaginó que era una trampa. Dijo algo sobre la guardia del puerto y, cuando ella intentó detenerlo, la golpeó. —Las palabras continuaron e hicieron que las paredes de las escaleras dieran la impresión de estarse cerrando sobre mí.

Él había estado ahí. Ezra había estado ahí, observando. Y no había hecho *nada*. Y lo que era aún más inquietante, Henrik lo sabía. Casi sonaba como si hubiese sido planeado.

—Te quiero trabajando en la colección noche y día. La quiero terminada a tiempo para la exhibición.

La exhibición.

Poco a poco, mis pensamientos fueron encajando. La exhibición era el último paso en el proceso de asegurarse un anillo de comerciante. En cada gremio, había un número limitado de anillos y solo quedaban disponibles cuando un comerciante moría o era denunciado. Era una oportunidad muy excepcional, con una serie de reglas estrictas. Cualquiera que aspirara a un anillo disponible tenía que encontrar primero a un patrocinador; es decir, un comerciante ya existente que lo presentara como candidato. A continuación, los candidatos exhibían una colección ante el Gremio, que votaría para ver quién recibía el anillo.

Henrik tenía un anillo de comerciante para hacer negocios en los Estrechos. Ahora, quería uno para el mar Sin Nombre. Pero ¿qué tenía eso que ver con un forjador de metales preciosos al otro lado del puerto? ¿Qué tenía que ver conmigo?

—Te lo dije, ¿verdad? —comentó Henrik, con una repentina ligereza arrogante en el tono.

Se produjo una pausa larga.

—Así es.

La escarcha se convirtió en hielo cortante y quebradizo, y la luz del fuego titiló cuando mis ojos se llenaron de lágrimas furiosas. Henrik había sabido muy bien lo que hacía cuando me había enviado al embarcadero. Me había enviado a ver a Arthur justo para esto. Pero ¿por qué?

Una sensación enfermiza se retorció dentro de mí y retomé el ascenso despacio, con cuidado de no hacer ruido sobre los escalones de madera. Fui hasta mi habitación, todo el cuerpo helado, y después de cerrar la puerta y encender la vela, me dejé caer en la cama con el corazón en la boca.

Mi madre y mi padre habían estado robando seis cajas de gemas de un embarcadero la noche en que murieron. Fue un trabajo cuidadosamente planeado que se había torcido de una manera horrible cuando el hombre al que Henrik había pagado para que no se presentara a su turno en la guardia del puerto había sido sustituido por otro.

Mi tío había enviado a mis padres directos a la muerte a cambio de unas gemas, y esta noche no había vacilado en enviarme a mí también adonde podían hacerme daño. Se me ocurrió ahora lo cerca de la muerte que había estado. Si Arthur hubiera pensado que yo estaba con la guardia, podría haberme matado. Quizás Ezra hubiese observado sin más mientras el hombre me tiraba a las aguas oscuras para ser devorada por las criaturas marinas.

Me tragué las náuseas de mi tripa mientras desataba las botas con dedos insensibles y me las quitaba. Quedaron tiradas en el suelo, la luz de la vela titilando sobre el cuero embarrado. Una lágrima rodó por mi mejilla dolorida mientras volvía a levantarme, las recogía y abría la puerta. Dejé las botas en el oscuro pasillo antes de volver a cerrarla y quedarme mirando la madera.

Sariah había intentado advertirme, muchas veces. Pero las palabras solo empezaban a tener sentido ahora. Había familia, y había negocios. Y había más en los Roth que solo el nombre.

OCHO

Las botas prácticamente parecían nuevas. Estaba de pie en el umbral de mi puerta, solo con mi camisón, y las miraba asombrada sobre el suelo de madera. Las habían dejado alineadas a la perfección, una al lado de la otra y con cordones nuevos. El cuero teñido de color nuez moscada relucía a la luz de la mañana.

Siempre había creído que la preocupación de Sariah con la apariencia era vanidad. Excentricidad, incluso. Pero ahora, empezaba a tener sentido. *Ordenado y puntual*. Se había criado en esta casa oscura y húmeda con las mismas reglas que los otros Roth y yo tenía cada vez menos curiosidad por saber cuáles eran las consecuencias de romper esas reglas.

Al lado de las botas, mi vestido estaba bien doblado sobre una pequeña banqueta. Me agaché para recogerlo y dejé que la tela violeta se desenrollara delante de mí. Habían retirado toda la sangre y habían sustituido el botón de la muñeca por otro casi idéntico. Todo estaba como debería ser. Como si la noche anterior no hubiese sucedido nunca.

La puerta de al lado de la mía se abrió de repente y llenó el pasillo de luz brillante. Di un respingo y abracé el vestido contra mi cuerpo. Ezra salió de su cuarto y cerró la puerta con fuerza detrás de él; apenas miró en mi dirección antes de girarse hacia las escaleras. Había una frialdad en él que llenaba el aire cada vez que entraba en una habitación, lo cual hizo que me estremeciera bajo mi camisón.

No sabía qué tipo de dureza de corazón hacía falta para quedarse entre las sombras y observar cómo abofeteaban a otra persona. Aunque lo que me enfurecía aún más era la idea de que seguramente me había visto llorar en esa callejuela mientras me secaba la sangre de la barbilla.

Me tragué ese pensamiento y levanté mis botas por los cordones. Cuando cerré la puerta, solté el aire que había estado conteniendo. Quizás Ezra creyera que su problema estaba solucionado, que se había demostrado que él tenía razón. Había dejado claro que no quería aquí a la sobrina largo tiempo perdida procedente de Nimsmire, y que su parte en el negocio familiar era solo suya. Tal vez Henrik y él habían planeado juntos lo que fuera que estuvieron discutiendo en el estudio la noche anterior, pero Ezra no me conocía, como tampoco me conocía Henrik. Había pasado años vestida con enaguas y llevando peinetas en el pelo, pero seguía siendo una Roth. Y si quería evitar otro incidente como el del embarcadero, tenía que actuar como tal.

Tiré el vestido sobre la cama y fui hasta el espejo. Inspeccioné el corte de la comisura de mi boca. Mi cara tenía mucho peor aspecto esta mañana. Aunque le había dicho a Henrik que no quería la ayuda de Sylvie, él la había enviado de todos modos a mi habitación y la mujer había hecho todo lo posible por limpiar la herida a la luz de la vela. También me había ordenado ponerme cada hora una compresa que haría que me trajeran a la habitación a lo largo de la noche. Estaba claro que había visto muchos cortes y magulladuras en esta casa. No tenía ninguna duda de que eran gajes del oficio. Y si Henrik se preocupaba por el aspecto de mis botas, solo podía imaginar lo que pensaría de mi cara ahora mismo. Una parte de mí se regodeó incluso en la idea.

Me vestí deprisa y me miré al espejo varias veces para asegurarme de que todo estuviera en su lugar. Esta vez, cuando bajé al ajetreado salón del desayuno, no llegué tarde.

Casimir, Murrow y Ezra esperaban al lado de sus puestos en la mesa. Cuando entré en la sala, Casimir miró mi mejilla, estudió el moratón.

—Eso va a picar durante unos días —se burló Murrow. Parecía que esa era su manera de actuar: hacer comentarios ligeros sobre cosas trascendentales. Pero yo no me reía.

—Sí, está claro. —Pronuncié cada palabra con gran precisión, hablando más alto de lo necesario mientras fijaba los ojos en Ezra. Esperé a que levantara los suyos.

Las comisuras de su boca se curvaron un pelín hacia abajo, lo cual lo delató. Sabía que yo lo sabía. Puede que no supiera quiénes eran mis aliados en esta casa, pero desde luego que había identificado a un enemigo. Y quería que él lo supiera.

Los dedos de Murrow tamborilearon impacientes sobre el respaldo de su silla mientras Sylvie dejaba en la mesa una bandeja de plata llena de queso y dos jarras de té. Cuando sacó el reloj de su bolsillo para comprobar la hora, la manecilla justo se movió a las siete. En ese mismo momento, las pisadas de Henrik sonaron en el pasillo y mi tío apareció, con su propio reloj en la mano. Lo cerró de golpe mientras tomaba asiento y el resto de nosotros seguíamos su ejemplo tras sacar nuestras sillas.

—¿Algún mensaje? —Miró a Casimir mientras estiraba una mano hacia la tetera. El aludido respondió con un gesto negativo de la cabeza.

—Todavía no.

—Llegará —comentó Henrik, casi para sí mismo.

Empezaba a reconocer cuándo había algo en juego, y esta era una de esas veces. Henrik había hecho la misma pregunta durante la cena hacía dos noches y otra vez durante el desayuno ayer.

—¿Qué sabes del tema ese del *Serpiente*?

Casimir cortó el pan con las manos.

—Parece que tanto Violet Blake como Simon van a competir por ese contrato. La cosa no va a ser bonita cuando todo haya terminado.

—Violet Blake —repitió Henrik, y noté cómo los engranajes giraban detrás de sus ojos.

Este era fácil de descifrar. Simon era el relojero y el *Serpiente* era el barco del que habían hablado durante la cena familiar. Lo más probable era que el contrato fuese un acuerdo comercial. Si Simon estaba pujando por él, entonces Violet Blake era la competencia, otra comerciante de gemas del Gremio.

—No me gustaría estar atrapado entre esos dos —añadió Casimir—. Violet Blake está jugando con fuego. Nadie se enfrenta a Simon y vive para contarlo.

Di un bocado, sin perderme ni una palabra. El Simon que describía Casimir no sonaba como el Simon que había conocido yo, pero sabía lo suficiente sobre los gremios para ser consciente de que había un montón de negocios sucios en los que ahogar a todos y cada uno de los comerciantes.

—Me da la sensación de que Simon ha subestimado a Violet. Hay una serpiente debajo de toda esa seda y ese encaje tan bonito —caviló Henrik—. Sea como fuere, que Simon y Violet quieran cortarse el cuello el uno al otro es algo que solo puede beneficiarnos. Ni yo mismo podría haberlo planeado mejor.

Ezra apoyó los codos en la mesa mientras bebía sorbitos de su taza, sin tocar apenas la comida de su plato. Estaba callado, como de costumbre, dando respuestas monosilábicas a todas las preguntas de Henrik, y la arruga de su ceño le hacía parecer indignado. Sin embargo, esta mañana, sus ojos se deslizaban hacia mí más que de costumbre.

Henrik repasó la agenda del día, e iba marcando cosas en su libro según pasaba de Casimir a Murrow y luego a Ezra. Nadie dijo ni una palabra sobre la noche anterior y yo me alegré. Ya había sido bastante humillante estar ahí de pie en el estudio, con el vestido ensangrentado, y Henrik había dejado claro que esa era la menor de sus preocupaciones.

Cuando terminaron, fueron saliendo uno tras otro de camino a sus tareas diarias y por fin Henrik se giró hacia mí.

—Tú te quedas conmigo hoy, Bryn.

Doblé mi servilleta sin hacer preguntas y lo seguí fuera de la habitación, contenta de poder alejarme de mi comida sin terminar. El té caliente me hacía daño en el labio y masticar me provocaba un dolor furioso en la mandíbula. De todos modos, había perdido el apetito.

Lo seguí más allá de las cocinas, hacia la puerta negra al final del pasillo que todavía no había visto abierta nunca. Sacó una llave del bolsillo de su chaleco y la encajó en la cerradura, que hizo girar con un *clic*. Del interior, emanó un olor húmedo a piedra mojada y mis ojos recorrieron la larga sala rectangular. Había tres mesas de trabajo dispuestas en filas ordenadas delante de una forja que brillaba con fuerza en una esquina y un horno en la otra. Una tenue luz azul entraba por el mugriento techo de cristal, y las esquinas de los paneles inclinados estaban oscurecidas de musgo y hollín. Varios de los paneles estaban abiertos para dejar escapar el calor de la forja y del horno.

Al final de la mesa a la derecha, Ezra estaba pasando un delantal por encima de su cabeza antes de atarlo a su cintura.

O sea que era aquí donde desaparecía durante el día.

Henrik tomó otro delantal de un gancho de la pared y se lo puso sin fanfarria mientras yo estudiaba los detalles de la habitación. Era un taller. Solo había otra puerta, que daba la impresión de conducir al exterior, y la pared de al lado de la forja estaba cubierta de martillos de todas las formas y tamaños, colgados de clavos oxidados por las cabezas. Eran de las pocas cosas de la habitación que brillaban, el hierro pulido y reluciente. Debajo de ellos, había una larga balda llena de otras herramientas: picos y limas y sierras de mano.

—Todos tenemos un trabajo, Bryn —empezó Henrik, mientras zigzagueaba entre las mesas en dirección a la esquina opuesta.

Lo seguí, pendiente de Ezra por el rabillo del ojo. Él se mantuvo de espaldas a nosotros mientras avivaba las brasas de la forja, sin dar ninguna señal de habernos oído entrar siquiera.

—Tú te ganarás tu sustento como todos los demás. —Henrik colocó una banqueta delante de una serie de balanzas y me hizo un gesto para que me sentara.

La mesa estaba llena de gemas. Obsidianas, zafiros, ojos de tigre y esmeraldas centelleaban en pequeñas bandejas de madera. Otro montón que parecían rubíes sin pulir esperaba en uno de los extremos de las balanzas.

Tomé uno de los ojos de tigre entre mis dedos. Estaba suave, tras haber sido volteado dentro de un tambor rotatorio que había revelado las venas negras en el centro de la piedra.

—Todos los días, después de desayunar, comprobarás los pesos y los anotarás —continuó Henrik, al tiempo que dejaba caer un librito a mi lado. Lo abrió por la última página rellenada y me mostró dónde debían ir la fecha y las etiquetas.

—¿Son todas falsas? —pregunté.

—No todas. Empleamos algunas reales para crear uniformidad y pasar las inspecciones. Algunas se utilizarán para fabricar piezas por encargo, otras se venderán a comerciantes. Pero todas nos reportarán dinero.

—¿Cómo se distinguen?

Henrik sonrió con suficiencia.

—No se puede. Ese es el objetivo. Los únicos ojos que pueden identificar estas gemas falsas son los de un zahorí de gemas. Por suerte para nosotros, quedan muy pocos por aquí. —Tomó el ojo de tigre de mis dedos y lo dejó en la mesa—. Confío en que Sariah te haya enseñado todo lo que hay que saber sobre las gemas, ¿sí?

Asentí. Me había enseñado con gran dedicación desde que era pequeña. Conocía sus nombres, las maneras de limpiarlas y cortarlas, y podía identificar las impurezas y los patrones de cada una de ellas. Me pregunté ahora si eso también había sido parte de su trato con Henrik.

—Bien.

Se instaló a mi lado y me explicó paso a paso el proceso, con una paciencia sorprendente cuando le hacía preguntas o le pedía que me enseñara algo por segunda vez. Había una cercanía en Henrik dentro de las paredes del taller que no había visto antes. Trabajaba con movimientos serenos y meditados, y me explicó cada detalle con sumo cuidado. Era evidente que el trabajo era importante para él. No había mostrado ni la mitad de esta preocupación hacia mí la noche anterior, y eso me dijo más sobre él de lo que había sido capaz de recabar en los pocos días que había pasado en Bastian.

—Tres veces —dijo—. Siempre tres. —Sus dedos dieron unos golpecitos en la página, donde cada peso había sido anotado por triplicado en las columnas—. Si desaparece una sola gema, lo sabré. Si los pesos no cuadran, también lo sabré. —Arqueó las cejas, a la espera de que le confirmara que entendía lo que había dicho.

Cuando lo hice, se levantó para ir al otro lado de la mesa, donde tenía largas bandejas planas de cristal separadas por colores. Azules apagados, verdes polvorientos y ámbares pálidos, cortados en trozos de todos los tamaños y formas.

Se concentró en el cristal y yo lo observé mientras ponía un ojo de tigre en la balanza. Había un equilibrio delicado entre la calidez de Henrik y su frialdad seca. Pasaba de una a otra tan deprisa que no lograba distinguirlas hasta sentir el filo cortante de su desagrado. Era como un cuchillo que parecía engañosamente romo pero estaba lo bastante afilado como para cortar a través del hueso.

Dejé otra gema en la bandeja y me puse manos a la obra. No quería encontrarme a merced de ese cuchillo.

NUEVE

Para cuando terminé con esos pesos, Henrik tenía otra bandeja esperándome. Eran un par de docenas de berilos rojos falsos cortados de varios tamaños y más que convincentes.

Comprendí el proceso básico después de observarlo trabajar durante solo un par de horas. Henrik elegía con cuidado los trozos de cristal de su extensa colección y mezclaba los colores con precisión para volver a moldear los trozos rotos. Iban al horno, donde los calentaba otra vez y, cuando salían de ahí, no parecían más que grandes goterones de líquido al rojo vivo. Pero una vez que empezaban a enfriarse, los moldeaba y trabajaba sus formas con herramientas afiladas y limas para crear cortes naturales convincentes. Daba la impresión de que habían salido directamente del taller de pulido de un comerciante de gemas.

Era increíble, en realidad, una serie de pasos muy específicos que producían resultados muy específicos. Era el tipo de proceso que requería varias generaciones para perfeccionarlo, y supuse que Henrik había pasado su infancia en este mismo taller al lado de mi abuelo Felix, aprendiendo el oficio.

Lo que no lograba entender era cómo conseguía que cuadraran los pesos. Cada gema falsa parecía hecha con los mismos pocos ingredientes, pero los pesos eran todos diferentes. Cada bandeja que me entregaba tenía justo el peso que le correspondía según el tipo de gema que estuviera imitando el cristal. Era una hazaña que me tenía estupefacta, y que no había sido capaz de descodificar en mis rápidos vistazos entre anotación y anotación de números.

Levanté uno de los berilos rojos y lo sujeté ante la luz procedente del horno. Lo giré un poco entre los dedos. No había distinción aparente entre el cristal y la cosa real, y algún pobre bastardo de Ceros pagaría una bolsa llena de cobres por ello.

La dejé en la bandeja y mis ojos se deslizaron otra vez hacia Henrik, que estaba retirando un frasco grande de la balda, lleno de lo que parecía un polvo negro. Guiñé los ojos y observé cómo quitaba la tapa, hasta que mis ojos se enfocaron en lo que había más allá de la mesa. Al otro lado de la sala, Ezra estaba puliendo la cabeza de un martillo puntiagudo con un trapo limpio. Pero sus ojos estaban fijos en mí.

Me quedé paralizada, lo cual solo consiguió que las balanzas se columpiaran sobre la mesa. La atención de Ezra voló hacia Henrik, que estaba sacando polvo negro del frasco. Al instante siguiente, podría haber jurado que Ezra me hacía un ligerísimo gesto negativo con la cabeza.

Bajé los ojos por instinto antes de mirar de reojo hacia atrás. Henrik tenía un pico largo apretado entre los dientes, el ceño fruncido con expresión ansiosa mientras rebuscaba en la caja de herramientas de su banco de trabajo lo que fuese que necesitara. Cuando miré a Ezra, me estaba dando la espalda otra vez.

No sabía si me lo había imaginado o si mis ojos me habían jugado una mala pasada a la tenue luz del taller, pero parecía como si Ezra me estuviera advirtiendo sobre algo. Y no era una advertencia teñida de amenaza.

Sonó una llamada imperiosa a la puerta del taller que me hizo dar un respingo. Ezra soltó lo que estaba haciendo y colgó el martillo de la pared. Observé cómo caminaba hasta la puerta y la abría solo unos centímetros hasta que vio quién era.

—Henrik —llamó a mi tío, al tiempo que dejaba que la puerta se abriera más.

Murrow estaba en el pasillo y agitaba un pergamino doblado en la mano. Llevaba una sonrisa taimada en los labios.

—Ha llegado.

Me giré en mi banqueta para ver la misma sonrisa amplia y ladina desplegarse por el rostro de Henrik.

—Muy bien. —Dejó caer el pico sobre la mesa con un ruido metálico—. Reúne a todo el mundo en el estudio.

—Ya he mandado llamar a Noel —dijo Murrow. Estaba radiante.

Henrik abandonó el frasco de polvo negro y desató su delantal con dedos ágiles. Al otro lado del taller, Ezra hizo otro tanto antes de desaparecer por la puerta.

—Venga —me instó Henrik, los ojos fijos en mí—. Vamos.

Sorprendida, me bajé de la banqueta y lo seguí. Oí voces procedentes del estudio. La chimenea estaba encendida, y Henrik tomó su pipa de inmediato y se sentó delante del sobre cerrado en su escritorio. A su lado, había un pequeño paquete envuelto en papel marrón, con el nombre de Henrik y la dirección de la casa escritos con una caligrafía delicada sobre la parte de delante.

Casimir estaba sentado en una de las butacas, Murrow detrás de él, y Ezra estaba apoyado en el rincón que empezaba a pensar que era su lugar habitual. No estaba segura de cuál era el mío, aunque sí era consciente de que en la mente de Henrik debía haber uno. En esta familia, había expectativas tácitas detrás de todo.

Cuando nadie me dijo qué hacer, fui a ponerme de pie al lado de Murrow, el único sitio de la casa en el que me encontraba mínimamente cómoda. Él seguía sonriendo, como si hubiese un secreto maravilloso en la habitación, pero aun así, nadie dijo nada. Henrik chupó de su pipa en silencio hasta que oímos que Noel entraba en la casa.

Había tardado solo unos minutos en llegar, y Tru iba pisándole los talones, aunque se paró a la puerta del estudio antes de que su padre la cerrara. Hasta que Noel no estuvo sentado en la otra butaca, Henrik no levantó la vista por fin del mensaje. Se aclaró la garganta antes de retirarlo de la mesa, y esa sonrisa ladina volvió a su cara mientras deslizaba su abrecartas de plata por el sello de cera.

Todo el mundo contuvo el aliento mientras sus ojos recorrían el contenido de la misiva. Cuando levantó la vista, había una chispa brillante en sus ojos.

—Cinco días.

Casimir dio una sonora palmada que me hizo guiñar los ojos. Cuando busqué entre los rostros de los presentes, todos parecían encantados. Más que encantados. Excepto Ezra, que seguía en el rincón con expresión adusta. Era el único que no estaba celebrando la noticia.

—¿Será tiempo suficiente? —preguntó Noel. Él mismo estaba a punto de esbozar una sonrisa muy poco característica.

Henrik descartó la pregunta con un gesto de la mano.

—Por supuesto que sí.

—Pero... —empezó Noel, y Henrik lo interrumpió.

—No te preocupes. Bryn estará lista.

—¿Lista para qué? —pregunté sin pensar. Apreté la mano sobre el respaldo de la silla de Casimir, y Murrow se puso tenso a mi lado.

El silencio envolvió el estudio y Henrik dejó la carta en la mesa antes de volver a meterse la pipa en la boca y cruzar las manos delante de él.

—No habrás creído que estabas aquí solo para operar las balanzas, ¿verdad? —Se rio—. No, tenemos planes más importantes para ti, querida. Hemos recibido una invitación oficial a una cena en casa de un comerciante muy influyente. Y en cuestión de días contaremos con su patrocinio para entrar en el Gremio.

La comprensión se iluminó en mi cabeza poco a poco. Yo había tenido razón: Henrik iba tras el anillo de comerciante de Holland.

Recogió el pequeño paquete envuelto.

—La carta llegó con esto.

Me lo tendió y di un paso al frente para tomarlo de sus manos. Todo el mundo me observaba, esperaba. Tragué saliva y levanté la esquina de la envoltura hasta que la cajita descansó sobre mi mano. Cuando abrí el cierre, la luz centelleó sobre la suave superficie dorada.

Era el reloj, la esfera grabada con mis iniciales: *B.R.*

—El relojero —musité, casi para mí misma. Henrik buscaba el patrocinio de Simon.

—Bien hecho. —Las palabras de Henrik rezumaban aprobación—. Murrow dijo que lo encandilaste.

No sabía si era por el calor del fuego o por los ojos entornados de mis tíos sobre mí, pero estaba sudando.

—¿Qué has querido decir con que estaré lista?

Henrik se inclinó hacia delante.

—La mayoría de los miembros del Gremio heredaron sus anillos de familiares que habían envejecido o los obtuvieron porque tenían conexiones con gente poderosa. Simon, sin embargo, es el único miembro del Gremio que ha trepado desde abajo. Desde abajo del todo.

Por eso creía Henrik que podría ganarse su patrocinio. Creía que eran iguales.

—Pero no va a aceptar ser nuestro patrocinador a menos que esté convencido de que no lo dejaremos en ridículo. Esta cena pondrá en marcha todo lo que hemos estado trabajando por conseguir. Si logramos el patrocinio de Simon, tendremos ese anillo. Y una vez que tengamos licencia para comerciar en Bastian, todo cambiará para nosotros. —Sus ojos se posaron en el retrato de los hermanos Roth en la pared. Fue algo tan rápido que ni siquiera estaba segura de haberlo visto. Estaba nervioso, parecía casi retorcerse debajo de la piel. Era algo bastante inquietante de ver—. Contamos contigo, Bryn.

—¿Para qué?

Dejó la carta con delicadeza delante de él.

—No sé si te has fijado en que no estamos especialmente bien versados en este tipo de compañía. Tú, sin embargo, eres una señorita bien educada, con buenos modales, y me da la sensación de que pulirás nuestro comportamiento más rudo en poco tiempo.

—Yo... —No sabía qué decir—. No creo que te esté entendiendo bien.

—Quiero que nos prepares para esa cena. No debes pasar por alto ningún detalle. No escatimaremos en gastos. Tendremos una sola noche para convencer a Simon de darnos su apoyo y no podemos malgastarla. Tú y yo necesitaremos ropa apropiada para la cena. Ezra, también.

Miré de reojo al platero, que seguía de pie en silencio en el rincón. No parecía sorprendido por el plan de Henrik, pero yo sí lo estaba. ¿Por qué llevaría Henrik a su platero a una cena con un miembro del Gremio? No tenía sentido.

—También quiero que todos los miembros de esta familia tengan ropa adecuada para la exhibición. ¿Puedes hacer eso?

Lo miré a los ojos con atención. Había una especie de desesperación en su petición. Me necesitaba y esa era una posición ventajosa. Después de lo que había ocurrido en el embarcadero, yo necesitaba algo así.

—Sí —me limité a contestar.

—Perfecto. —Soltó un gran suspiro—. Bien valía un poco de sangre en tu vestido, ¿eh?

Me quedé de piedra. Poco a poco, asqueada, empecé a darme cuenta de lo que había ocurrido; todas las piezas comenzaron a encajar en mi cabeza. Era obvio que Murrow no me había llevado al relojero solo para conseguirme un reloj. Me habían colgado delante de Simon como una zanahoria, pero la sangre en el vestido… Levanté la mano y me toqué distraída el corte del labio. Enviarme a ver a Arthur no tenía nada que ver con darme un trabajo. Tenía que ver con la invitación que Henrik sujetaba ahora en la mano.

Como si me hubiese leído la mente, se puso de pie y la dejó caer sobre la mesa.

—Llevo meses trabajando para asegurarme este patrocinio, pero se había corrido la voz de que Simon se estaba planteando ofrecerle su patrocinio a Arthur. En cuanto la noticia de que le ha puesto las manos encima a una mujer joven, sobre todo una tan bonita y educada como tú, empezó a circular ayer por la noche, supe que Simon se vería forzado a cortar los lazos con él. No importa de qué tipo de pocilga proceda, no querrá que lo relacionen con alguien envuelto en rumores desagradables. —Henrik estaba absolutamente jubiloso—. Bueno, es hora de ponerse a trabajar —dijo, y posó su aguda mirada sobre los otros—. Ya sabéis lo que hay que hacer. Y tenemos cinco días para lograrlo.

Casimir, Noel, Ezra y Murrow contestaron con asentimientos y gruñidos, pero mi estómago se estaba haciendo un nudo sobre sí mismo, las náuseas trepaban por mi garganta.

Henrik me había *utilizado*.

Cuando vine de Bastian, sabía que Henrik tendría planes para mí, como él los llamaba. Sariah se había asegurado de que lo entendiera. Pero mi tío me había enviado a ese embarcadero a sabiendas de que me harían daño. Y lo había hecho en su propio beneficio.

Mis ojos se deslizaron hacia el retrato de la pared, hacia donde mi madre me miraba desde lo alto. El oscilar del péndulo de las iras y los afectos de mi tío era como un peligroso viento cambiante. En solo unos pocos días lo había visto de primera mano, y sabía que había temas muchos más turbios en esta familia que los que había presenciado hasta ahora. Esto era solo el principio.

DIEZ

I BAN A HACER FALTA MÁS QUE PRENDAS ELEGANTES PARA impresionar al relojero, pero una visita al sastre era un comienzo.

El trabajo de los dedos ágiles de una costurera talentosa era más que suficiente para los encargos habituales de vestidos y chaquetas, pero Sariah me había enseñado que si querías prendas dignas de los gustos de un miembro del Gremio, una costurera no era suficiente.

El fondo de armario de Sariah había sido la envidia de Nimsmire, cada puntada y cada costura perfectas, cada cuenta exquisita. Mientras que las otras mujeres iban a costureras, ella acudía a un sastre; esos habilidosos artesanos que fabricaban los mejores trajes y botas.

Solo había uno en el barrio comercial, y yo había mandado un mensaje para reservar la tienda la tarde entera. Necesitaría toda su atención si quería vestir a la familia al completo, y quería ser la primera en elegir entre las telas que habían llegado en los barcos de la mañana. Con un poco de encanto, podría elegir también los adornos. Botones hechos de cuerno de animal o de ónice pulido, hilos que centelleaban con el brillo del oro…

Mis botas recién abrillantadas repiqueteaban a paso ligero mientras seguía la calle que se curvaba a través del barrio comercial. Me había puesto uno de mis vestidos más elegantes y me había recogido el pelo con unas peinetas cubiertas de esmeraldas. Tenía que estar a la altura si quería que el sastre me tomara en serio.

En esta parte de la ciudad, casi nadie se ensuciaba con la mugre del mar y los muelles; las caras rojas curtidas por el viento eran sustituidas por otras de cutis suave e impecable. Los vendedores más humildes no subían hasta aquí desde las tabernas a la orilla del agua. Rara vez necesitaban hacerlo.

Desde que había llegado la invitación, la familia corría como loca de acá para allá. Ezra fue directo a trabajar en las piezas que presentarían ante el Gremio en la exhibición. No habría gemas falsas ni juegos de prestidigitación. Estas serían las creaciones de un maestro platero, sus obras más extraordinarias, para convencer al Gremio de que Henrik era digno de llevar ese anillo de comerciante. Mi tío había depositado toda su confianza en Ezra, lo cual era más que un poco sorprendente: que alguien que ni siquiera tenía lazos de sangre con la familia tuviera el destino de esta en sus manos cubiertas de cicatrices.

Si Henrik obtenía ese anillo de comerciante, todo cambiaría. Con el suficiente tiempo, dinero y reconocimiento, la reputación mancillada de los Roth se acabaría olvidando. Henrik tendría permiso para operar como comerciante y podría expandir sus actividades fuera de Ceros. Era algo con lo que mi bisabuelo Sawyer y mi abuelo Felix solo habían podido soñar. Pero ahora que los vientos estaban cambiando en el mar Sin Nombre a causa de la caída de Holland, y con la creciente influencia de los Estrechos, había un nuevo poder al alcance de la mano. Si Henrik se salía con la suya, para cuando llegara el siguiente invierno estaría trepando por los estratos sociales de Bastian.

Las monedas de cobre tintineaban en los bolsillos de mi falda mientras caminaba, y cerré la mano sobre la suave carcasa de mi reloj. Ver mis iniciales grabadas en el oro era como un ancla para mí. Como si me legitimara para lo que estaba a punto de hacer. A lo largo de los siguientes días, sería cosa mía refinar a los Roth hasta darles el aspecto de una compañía aceptable.

Los ricos estaban tan preocupados por la gente con la que se relacionaban como por el dinero, porque una cosa y otra estaban intrínsecamente unidas. Hasta ahora, los Roth habían dependido de su brutalidad para conseguir todo lo que querían, pero romper narices y sobornar a aprendices no iba a ayudarlos a colarse en este rincón de la sociedad.

Un edificio alto apareció delante de mí, su suave fachada blanca destacada entre todas las demás. Dos grandes faroles estaban encendidos a ambos lados de las puertas de doble hoja, y unas llamas danzaban en su interior a pesar de la hora tan temprana.

La comisión. Me detuve y levanté la vista hacia el sello de Bastian tallado en la pared de piedra. La comisión era el lugar de reunión del Gremio cuando estaba en sesión. En pocas semanas albergaría la exhibición, donde los miembros votarían al receptor del anillo de comerciante. Cuando los Roth entrasen por esas puertas, todas las cabezas se girarían hacia ellos. Yo me aseguraría de que así fuese. Mi recompensa sería la confianza de Henrik. Y cuanta más confianza tuviera, más cerca estaría de conseguir mi propio negocio. Mi propio poder y seguridad.

Saqué el pergamino doblado de mi bolsillo y eché un vistazo al burdo mapa que me había dibujado Murrow del barrio comercial. A lo largo de las siguientes semanas, tendría que memorizar estas calles y sus tiendas, junto con los nombres de sus propietarios. Cada detalle importaba y era imposible saber cuándo necesitaría los retazos de información que tenía a mi disposición. Era todo parte de la tarea que Henrik me había encomendado y, aunque había algunas cosas que eran iguales en todas partes del mar Sin Nombre, los gremios de Bastian debían tener sus propios secretitos.

Hice una pausa cuando mis ojos siguieron una pequeña calle lateral etiquetada por la desordenada escritura de Murrow como «Fig Alley».

Está ahí tirado, pudriéndose al final de Fig Alley.

Eso era lo que había dicho cuando habíamos ido a la tienda del relojero.

Contemplé el ajetreado barrio a mi alrededor y escudriñé los carteles azules en las esquinas de los edificios hasta encontrar el que decía «Fig Alley». Caminé hacia el cruce de la calle, donde terminaban los adoquines y una estrecha callejuela se abría entre las tiendas. Tenía farolas más pequeñas a ambos lados, las paredes de ladrillo salpicadas de unas pocas ventanas. Pero las fachadas de las tiendas no llegaban tan lejos. Parecía más un atajo que conducía al otro lado del barrio comercial que una calle de verdad. Y hasta que la curva de la callejuela dejó atrás la calle principal, no lo vi.

Un edificio independiente con estructura de madera se alzaba entre dos paredes de ladrillo, con la puerta atravesada por tablones. El cristal de las altas ventanas estaba turbio por la sal del aire, pero el cartel que colgaba por encima de ellas aún era legible:

SALÓN DE TÉ DE EDEN

Me detuve y las suelas de mis botas se hundieron en la tierra blanda. Estaba medio en ruinas y olvidada, de un modo muy parecido a algunas de las fachadas que había visto en el Valle Bajo, pero la casa de té de mi madre seguía ahí, escondida entre las sombras del barrio comercial.

Me acerqué despacio y puse ambas manos a los lados de mis ojos para mirar a través del cristal. Daba la impresión de que no la había tocado nadie desde la muerte de mi madre. En el interior, vi mesas y sillas y reservados de madera a lo largo de la pared. En lo alto, unas lámparas de araña sucias colgaban del techo.

Pudriéndose era la palabra correcta. La tela que cubría las sillas estaba agujereada por las polillas en algunas partes, el gran espejo detrás de la barra ya iba perdiendo su trasfondo de plata. Era como el interior de un barco hundido, abandonado a su suerte en la oscuridad.

—Fue muy desafortunado. —El sonido de una voz me hizo dar un respingo y levanté la vista para ver el reflejo de una mujer en la ventana detrás de mí.

Me llevé una mano al pecho al tiempo que me giraba hacia ella.

—¿Perdone?

La mujer estaba a escasa distancia de mí, las manos cruzadas con suavidad sobre su larga falda. Unas delicadas plumas negras ribeteaban el cuello y los puños de su vestido rojo chillón, del mismo tono que sus labios curvos. Me observaba como un gato, y su mirada intensa se cruzó con la mía.

—Siempre pensé que era una pena que este lugar no llegara a abrirse —comentó. Levantó los ojos hacia el cartel que colgaba sobre las ventanas—. Yo misma intenté comprarlo una o dos veces, pero el propietario no quiso saber nada del asunto.

Pasó por mi lado y la punta de una reluciente bota negra asomó por debajo de su falda mientras ella se asomaba a la ventana. Su lustroso pelo negro estaba trenzado sobre su cabeza, bajo un semicírculo de lo que parecían zafiros centelleantes que captaban la luz del sol como los rápidos destellos de un faro.

—Tengo la sensación de que no te había visto nunca. —Sus ojos verdes se avivaron mientras me miraba con atención.

Fuera quien fuere, estaba claro que esta mujer era de la alta sociedad, y no pensaba darle más información de la necesaria antes de saber exactamente cuán importante era.

—Acabo de llegar de Nimsmire. Soy Bryn —me presenté, y le tendí una mano con cuidado de no mencionar el nombre Roth.

La mujer vino hacia mí, una sonrisa triste desplegada en los labios rojos.

—Es un placer conocerte, Bryn. —Puso su mano en la mía y apretó. Sus ojos se posaron en mi boca—. Parece que has tenido algún problemilla.

Levanté la mano al recordar el corte y la magulladura que todavía marcaban mi piel. Pero no insistió y su atención volvió más bien a la ventana detrás de nosotras. Justo entonces, se oyeron unas pisadas de botas por la callejuela. Cuando también oí voces, me giré para ver a dos hombres que asomaban por la curva. Ni siquiera se fijaron en nosotras cuando pasaron por nuestro lado, absortos en lo que sonaba como el principio de una discusión.

—Yo... —La palabra se disolvió en mi lengua cuando volví a girarme.

La mujer que había estado ahí hacía solo un momento había desaparecido, y vi que su vestido rojo sangre doblaba ya la esquina más adelante.

El sonido de sus pisadas se perdió y me dejó sola en el silencio de la callejuela desierta. Ni siquiera me había dicho su nombre.

Deslicé las manos por mi falda azul y levanté la vista otra vez hacia el cartel que colgaba sobre el salón de té. La mujer tenía razón. Era un desperdicio, ahí olvidado en una callejuela cualquiera del barrio comercial. Una empresa perfectamente rentable si Henrik se hubiese molestado alguna vez en abrirla.

Un pensamiento se iluminó como una llama solitaria detrás de mis ojos mientras la miraba; el pincel de mi imaginación coloreó la casa de té y le dio vida. Velas que brillaban en las lámparas de araña de cristal. Cortinas de terciopelo recogidas detrás de las ventanas. El suave tintineo de las tazas y el repicar agudo de una campanilla sobre la puerta.

Quizá... Mi mente empezó a dar vueltas.

Quizá no tendría que encontrar mi propio negocio dentro de la familia después de todo. Tal vez podría adoptar el que mi madre había dejado atrás.

Hasta que me forjara un lugar para mí misma entre ellos, sería una forastera para los Roth. Sariah me había enseñado desde temprana edad que ser indispensable era la mejor protección. Por eso me había enviado Henrik a ver a Arthur y me había colgado de un anzuelo como cebo para Simon. Todavía no me había *necesitado* de verdad.

Quizá había sido la propia superstición de Henrik la que había mantenido cerradas las puertas de la casa de té. Tal vez, en su cabeza, este lugar fuera una especie de monumento a su hermana. O tal vez esta gema que se pudría en las entrañas de Bastian solo me había estado esperando a mí.

ONCE

Esto era algo que sabía hacer.

Esperé delante de la larga mesa en la tienda del sastre mientras él extendía los rollos de tela. Trabajaba con manos rápidas, alineaba todo lado a lado y desenrollaba una esquina de cada *tweed*, lana y tafetán de seda en una cascada de colores para que yo los inspeccionara.

Una tetera llena de té recién hecho descansaba sobre el mostrador detrás de él, el vapor aún humeando por el pitorro, y una medialuna de tartaletas de la pastelería estaba dispuesta sobre un plato de porcelana. Esto nos iba a llevar toda la tarde y el sastre se había preparado bien, asegurándose de tener todo listo y su mercancía a mano.

Tru había sido el primero en llegar y, cuando el niño se acercó demasiado a la mesa de telas con su taza de té en la mano, el hombre casi le taladró un agujero en la cara con la intensidad de su mirada. Los sastres protegían con ferocidad sus telas y jamás se te ocurría ni encender una vela cerca de ellas. Incluso los retales de cuero para las botas se guardaban bajo llave en vitrinas de cristal a lo largo de la pared. Era imposible saber a cuánto ascendía el precio de los artículos de esta tienda.

—Muy bien, ¿qué andaba buscando?

Caminé a lo largo de la mesa mientras estudiaba las telas con atención y palpaba sus esquinas entre dos dedos.

—Esta. —Puse una mano sobre un *tweed* azul marino. Esa sería para Henrik. Necesitaba algo que avivase y compensara esa oscura pesadumbre en sus ojos—. Y esta. —La de color esmeralda fue la siguiente. Un tono perfecto para Murrow. Vestido de verde su pelo castaño claro adoptaría un rico tono rojizo y habría más de una joven dama en la exhibición que lo admiraría.

Ezra sin embargo... Mi mano revoloteó de rollo en rollo mientras conjuraba su imagen en mi mente. Era pálido y serio, con un cutis suave, muy blanco, y pelo negro como el carbón, sus ojos siempre entornados e intensos. Ninguno de esos colores le iría bien. Solo parecerían un disfraz.

No, el suyo sería color obsidiana. Un negro profundísimo.

Desdoblé el borde de la lana, lo sujeté en la palma de mi mano abierta y una sensación como de brasas debajo de la piel me hizo estremecer al imaginarlo. La forma en que sus ojos grises echarían chispas con este color...

Parpadeé para borrar la imagen de mi mente, dejé caer la tela y cerré el puño como si me hubiese mordido.

—¿La siguiente? —El sastre esperaba, el cuchillo aferrado en la mano.

Elegí tela tras tela y las fui asignando hasta que tuve a cada Roth vestido como las piezas de un ajedrez en mi mente. Juntos, serían magníficos.

Henrik nos iba a llevar a Ezra y a mí a la cena en casa del relojero, pero quería ropa formal para todos los miembros de la familia. El primero de muchos compromisos, lo había llamado. Los Roth sabían cómo presentarse, su ropa y sus botas y sus relojes prístinos incluso cuando no había compañía. Pero vestirse para la sociedad refinada era una cosa muy distinta. No importaba lo blancas que estuviesen sus camisas, mis tíos y primos y Ezra tenían los modales de una manada de lobos y el Gremio se daría cuenta a un kilómetro de distancia. Si Henrik quería que los aceptaran, tendría que aprender a ser civilizado. Eso iba a llevar algún tiempo, así que comenzaríamos por lo más fácil: la ropa.

El sastre empezó a cortar sobre la marcha. Deslizaba la hoja de su cuchillo de tela por las costuras en línea recta y dejaba a un lado los rollos que no estábamos usando.

—¿Todo ropa de gala? —Cortó con los dientes un trozo de hilo con el que medir.

—Eso es. —Me acerqué a la ventana para observar la calle. Murrow y Ezra estaban llegando tarde—. ¿Dónde están? —murmuré para mí misma.

—Llegarán —me tranquilizó Tru, al tiempo que dejaba caer un tercer azucarillo en su té.

Saqué mi reloj para comprobar la hora.

—¿Botas? —preguntó el sastre, sin dejar de cortar trozos de tela.

—De todo —contesté—. Los pañuelos, de seda. Quiero las chaquetas ribeteadas también de seda.

Asintió con expresión aprobadora. Esta no era la primera vez que encargaba un traje formal para un hombre, y Henrik había dicho que no escatimara en gastos, así que eso haría.

—¿Y para usted, señorita? —Sus ojos me recorrieron de la cabeza a los pies.

Alargué la mano para tocar un rollo de tela pardo a mi lado. Había ido a la tienda del sastre en Nimsmire cada vez que iba mi tía abuela, y siempre había fantaseado en secreto con soltar mi pelo de sus trenzas y vestir las telas a medida reservadas para los trajes de los hombres. Nunca me habían gustado los ridículos vestidos que Sariah encargaba que hicieran para mí ni las pesadas joyas que insistía en que llevara. Yo era un pájaro con las plumas equivocadas y, de haber podido hacer lo que quisiera, hubiese llevado chaqueta en lugar de faldas. Pero Sariah hubiera preferido verme caminar por la calle desnuda antes que dejarme usar un par de pantalones. Y ahora, en una tienda llena de los *tweeds* y las lanas más refinados del mar Sin Nombre, tenía que elegir algo propio de una dama.

Suspiré. Si era imagen lo que quería Henrik, necesitaba un vestido sofisticado. No tan ostentoso como para dejar a nadie en mal lugar, pero lo bastante impresionante para llamar la atención y dejar huella. Me quedé delante de los otros rollos de tela mientras pensaba. La organza sería demasiado frívola, el satén demasiado sensual. La seda era la elección más común, pero necesitaba ser memorable. Eso era lo que querían de mí. Y se me daba bien dar a la gente lo que quería. Era solo una cuestión de presentación.

—Esta —decidí, y dejé que mis ojos cayeran sobre un rollo de gasa. Era de un cálido tono plateado, rayando en un dorado pálido. Levanté el rollo y acuné la tela entre mis brazos.

El sastre volvió a asentir con aprobación y levantó un trozo para sujetarlo contra mi piel.

—Una buena elección. —Sus ojos saltaron hacia la puerta detrás de mí cuando la campanilla tintineó al abrirse.

Ezra subió las escaleras con el sol a su espalda, la gorra bien calada sobre los ojos y el reloj abierto en la mano.

—Por fin —le dije, con una mirada ceñuda.

Ignoró la implicación de que llegaba tarde. En lugar de eso fue directo hacia la tetera al lado de Tru y se sirvió una taza sin molestarse en quitarse la chaqueta.

—Necesita tomarte medidas. —Le entregué al sastre el rollo de gasa y él lo dejó con los otros que había elegido.

Ezra contestó con un suspiro mientras desabrochaba los botones de su chaqueta con dedos rudos.

—Más vale que sea rápido.

Lo había apartado de su trabajo, y por lo que había visto, el taller era el único sitio en el que Ezra estaba relajado. De pie delante de esa forja, con la pared de herramientas a su espalda, era el único momento en que lo había visto sin esa cara de pocos amigos.

—Tardará lo que haga falta —le dije en tono neutro.

Él me lanzó una mirada fría antes de dejar caer la chaqueta en la silla en la que estaba Tru, que quedó enterrado debajo de ella. Después se quitó el chaleco. Debajo de este, las costuras de su camisa blanca estaban cortadas a su alrededor con mano experta, de un modo que abrazaba su figura. Le quedaba como un guante.

—Aquí. —El sastre le indicó que se pusiera delante de un gran espejo con marco de madera y Ezra obedeció a regañadientes antes de girarse para darle la espalda a la mesa.

El sastre se quedó muy quieto cuando vio el cuchillo en la parte de atrás del cinturón de Ezra. Su boca se tensó en una línea recta. Ezra le hizo caso omiso y bajó los tirantes por sus brazos para dejarlos colgar de su cintura. Yo los observé mientras el hombre tomaba medidas y extendía el hilo de un lado al otro de sus anchos hombros. El sastre encajaba con facilidad en la anchura del cuerpo de Ezra, que además tenía una cabeza más de altura que él.

Ezra se quedó muy quieto, sus manos veteadas de plata colgando a los lados. Las cicatrices eran como bandas relucientes que desaparecían debajo de las mangas de su camisa.

—¿Solapas? —El sastre me miró.

—Con muesca —contesté.

—¿Botones de latón?

Lo miré a los ojos, con la cabeza ladeada.

—¿Le daría a un comerciante botones de latón? —pregunté.

—No, señorita.

—Cuerno. O caparazón de cauri —repuse, con un dejo cortante en la voz.

El hombre asintió avergonzado. El sastre no era estúpido. Sabía quiénes éramos. Y yo no iba a dejar que nos timara porque creyera que no sabíamos la diferencia entre botones de pobretón y botones sofisticados.

Ezra esperó con impaciencia a que el sastre anotara las medidas, levantó los brazos cuando se lo indicó y giró cuando era necesario. Cuando el hombre hizo ademán de sacar el faldón de su camisa, Ezra dio rienda suelta a su irritación.

—Puedo sacar mi propia camisa —masculló, y tiró de ella para extraerla de donde estaba remetida por la cintura de sus pantalones.

Una franja de piel pálida y suave asomó cuando la levantó, y el sastre tomó medidas de sus caderas. Era de ese tipo de criaturas que eran tan bonitas de mirar como inquietantes. Sin embargo, era casi como si no fuese consciente de ello, como si de verdad no se diese cuenta de lo mucho que su silenciosa presencia parecía llenar cada habitación en la que entraba. Con mejor educación, hubiese sido el niño bonito de cualquier familia de Nimsmire.

Cuando miré al espejo, Ezra me estaba observando. Me había pescado mirándolo, así que parpadeé y aparté los ojos para disimular el ardor de mis mejillas.

La campanilla volvió a repicar y Murrow irrumpió en la tienda, la cara arrebolada como si hubiera corrido la mitad del camino.

—¿Qué ha pasado con lo de ordenado y puntual? —Lo fulminé con la mirada.

—Perdón —se disculpó Murrow, y me guiñó un ojo—. Tenía trabajo que hacer en el North End.

El humor se esfumó de sus ojos mientras buscaba algo dentro de su chaqueta. Cuando su mano volvió a emerger, iba acompañada del libro de contabilidad de Henrik, el de las tapas de cuero. Se aclaró la garganta.

—Ezra.

—¿Qué? —No se molestó en darse la vuelta y dejó que el sastre terminara con las medidas que estaba tomando alrededor de su pecho.

Los ojos de Murrow se deslizaron hacia mí. Parecía casi nervioso.

—Acabo de hacer las cuentas.

Ezra dejó caer los brazos y por fin se giró.

—¿Y?

—No están bien —dijo Murrow con tono serio. De repente, tenía toda la atención de Ezra.

—¿Las de quién no están bien?

Los ojos de Murrow fueron hacia Tru, que observaba el intercambio con los ojos muy abiertos desde su butaca.

—Las de Tru.

Ezra apretó los dientes y Tru se encogió bajo el peso de su mirada. Encorvó los hombros.

—Salga de aquí —dijo Ezra.

El sastre obedeció de inmediato. Dejó su pluma en la mesa y salió por la puerta que conducía a la trastienda. En cuanto desapareció, Ezra bajó de la plataforma y se detuvo delante de Tru. El niño ya estaba en pie. Ezra cruzó los brazos delante del pecho.

—¿Por qué no están bien las cuentas, Tru?

Tru se aclaró la garganta, sus manos encontraron sus bolsillos.

—¿Las comprobaste tres veces? —Ezra tenía los ojos clavados en él.

Tru tragó saliva.

—No.

Murrow y Ezra intercambiaron una mirada por encima de la mesa. En la trastienda, podía oír al sastre abriendo y cerrando cajones.

—¿Por qué no? —La voz de Ezra sonaba ahora más seria.

—Me olvidé —respondió Tru.

—Te olvidaste.

—Cometió un error. —Miré de uno a otro, confundida—. ¿No puede esperar esto?

—No, no puede. —Ezra me miró como si hubiese dicho algo incomprensible—. Ven aquí —ordenó, y señaló el suelo delante de él.

Tru vaciló un instante y se me pusieron de punta los pelos de la nuca. La tétrica quietud de la habitación empezaba a ponerme nerviosa. La calma en el rostro de Ezra no encajaba con la tensión en el ambiente. Había un abismo entre ambas y tenía la sensación de que estábamos todos a punto de caer dentro.

Tru fue a ponerse delante de él, respiró hondo y, después de un momento, levantó la vista. Sus manos cayeron de sus bolsillos y me di cuenta, demasiado tarde, de que estaba esperando. Se estaba preparando.

Di un pequeño paso adelante.

—¿Qué estás...?

La mano de Ezra se levantó por los aires y bajó tan deprisa que el grito se quedó atrapado en mi garganta. Su mano voló contra la cara del niño, cuya cabeza dio un latigazo hacia el lado. Yo salté hacia delante mientras el chiquillo se tambaleaba hacia atrás y chocaba con la silla.

—¿Qué estás haciendo? —grité, la voz quebrada mientras giraba en torno a la mesa.

Agarré la cara caliente de Tru entre mis manos y la giré hacia la luz que entraba por la ventana. Tenía los ojos anegados de lágrimas, un hilillo de sangre sobre el labio de abajo. El niño levantó la mano y se secó con el dorso, pero la rojez ya estaba aflorando bajo la piel que había golpeado la mano de Ezra. Se le pondría morado todo ese lado de la cara.

La sangre hervía en mis venas cuando solté al niño y me giré hacia Ezra para darle un fuerte empujón en el pecho con ambas manos. Parecía tan sorprendido que creí que iba a tambalearse directamente contra el espejo detrás de él. Abrió los ojos como platos mientras me miraba desde lo alto y, por primera vez desde que llegué a Bastian, pude ver debajo de la máscara pétrea que llevaba.

—Bryn. —La voz de Murrow sonó detrás de mí pero apenas puede oírla. Tenía los ojos clavados en Ezra. Estaba furiosa.

—Vuelve a tocarlo y yo dejaré esa misma marca sobre tu cara. —Dije esas palabras con los dientes apretados.

Ezra parecía aturdido y tardó unos segundos en recuperar la compostura. Se pasó una mano por el pelo revuelto y me miró. Sus ojos saltaron de uno a otro de los míos.

Pero la máscara volvió en cuanto su respiración se ralentizó y la habitual vaciedad que solía llenar sus ojos los tornó aún más oscuros.

—¿Hemos terminado? —preguntó, su tono hueco.

Ezra se había dirigido al sastre, que estaba ahora de pie en el umbral de la puerta detrás de nosotros con los ojos muy abiertos.

—Sí —balbuceó el hombre con voz temblorosa.

Ezra dio un paso hacia mí, hasta que estuvo tan cerca que pude oler el aroma que emanaba de él: a clavo y a las hojas de té más negras. Había una pequeña gotita de sangre en su camisa blanca. Sangre de Tru.

Cuando su mano se acercó, dejé de respirar. Mis pulmones se retorcieron detrás de mis costillas, y mi pulso se aceleró cuando estiró el brazo alrededor de mí para llegar a la silla y agarrar su chaleco y su chaqueta del respaldo. No apartó los ojos de los míos mientras volvía a ponérselos.

—Dámelo —dijo, y extendió la mano en dirección a Murrow, que dejó en ella el libro de Henrik. Ezra por fin pasó por mi lado—. Vamos.

Tru ya iba de camino a la puerta, pegado a los talones de Ezra mientras bajaba las escaleras hacia la calle.

Solté el aire que estaba conteniendo y unas lágrimas de ira anegaron mis ojos.

Murrow miró por la ventana cómo desaparecía Ezra.

—Creo que jamás había visto algo así —comentó.

—¿Algo como qué? —espeté. Me miró alucinado.

—Puede que seas la única alma en todo Bastian que ha quedado en pie después de haberle puesto las manos encima a ese bastardo siniestro.

DOCE

Querida Sariah,

CONTEMPLÉ EL PERGAMINO HASTA QUE EL NOMBRE DE
mi tía abuela me resultó extraño y desconocido. Llevaba
dos días tratando de escribir esa carta, pero no sabía qué
decir.

No había habido mensajes de Nimsmire y no los habría durante algún tiempo, supuse. Esa nunca había sido
la forma de actuar de Sariah. Mi tía había dicho todo lo
que necesitaba decir cuando se despidió. Cualquier otra
cosa que hubiese querido quitarse de encima estaba es-
crita en la carta de mi cajón, pero seguía sin abrirla. No
sabía si alguna vez lo haría.

Los días desde que había llegado a Bastian no eran
más que ecos de las historias que ella siempre me había
contado. Aun así, había subestimado la brutalidad y la
frialdad de mis tíos. Esta casa era como arenas movedi-
zas debajo de mis pies.

Nimsmire nunca me había parecido de verdad un
hogar, pero ahora me encontré echando de menos la ru-
tina y el silencio de esa gran casona vacía, y las pocas
palabras que me dirigía mi tía abuela. En retrospectiva,
había pasado tanto tiempo esperando irme que nunca

me había instalado de verdad allí. Nunca había hecho amigos y, aparte de unos pocos besos robados en los oscuros rincones de salones en cenas sofisticadas, jamás había entregado mi corazón tampoco.

Mi vida antes de Bastian siempre había parecido como una parada muy larga en mi camino de vuelta a los Roth. Y ahora que había llegado a mi destino, solo estaba más segura de que quizás no pertenecía a ninguna parte.

Alguien llamó a la puerta de mi habitación y me sobresalté. Dejé caer la pluma, que rodó por la mesa inclinada mientras me ponía de pie y recolocaba mis papeles para tapar la carta sin escribir. No había nada que ocultar, pensé, pero todo en esta casa parecía un secreto.

Crucé el dormitorio y abrí la puerta para encontrar a Henrik. Estaba en el pasillo con un pequeño cofre de madera en las manos; la sombra taciturna de Ezra rondaba detrás de él. Fruncí el ceño.

—¿Podemos pasar? —preguntó Henrik.

Su tono sonaba impaciente, pero no de la manera habitual. Estaba nervioso y, si acaso, eso me puso más alerta al instante. Di un paso atrás y dejé que cruzaran el umbral de la puerta. Los ojos de Ezra se posaron un segundo en mis pies desnudos al pasar. Fue hacia la ventana. Parecía aún más irritado que de costumbre y me pregunté si Henrik se habría enterado de lo sucedido en la sastrería esta tarde. No había visto a Ezra desde que le había gritado y lo había empujado. La idea hizo que mi sangre bullera de nuevo. Por la expresión de su cara, él estaba pensando lo mismo.

—Hay algo que necesito que hagas —empezó Henrik, al tiempo que dejaba el cofre en mi pequeño escritorio.

Me quedé de pie en la pared opuesta a Ezra para dejar el máximo espacio posible entre nosotros. No me gustaba que estuviera en mi dormitorio. Que mirara mis cosas. No me gustaba la sensación de que estaba invadiendo el único espacio privado que tenía en esta casa.

—¿Alguna vez has forzado una cerradura?

Parpadeé y levanté la vista hacia Henrik.

—¿Qué? No.

Él soltó un suspiro irritado.

—Sí, eso me suponía. —Parecía sinceramente desilusionado por la revelación.

—¿Por qué habría de saber cómo forzar una cerradura? —Me di cuenta de que la respuesta me daba miedo.

Henrik dio unos golpecitos sobre la caja de madera.

—En algún momento durante la cena en casa del relojero, necesito que encuentres la manera de colarte en su estudio. Hay un escritorio con un cajón que tiene una cerradura similar a esta y necesito que lo abras.

Lo miré boquiabierta. No podía estar hablando en serio.

—¿Quieres que *robe* algo?

—No. —Casi se echó a reír—. Si Simon descubre que falta algo después de una cena a la que hemos asistido nosotros, sabrá muy bien quién se lo ha llevado. Solo necesito que averigües qué hay dentro. Debería haber un libro de contabilidad o registros comerciales de algún tipo.

—No puedo hacerlo —protesté—. ¿Y si me atrapan?

Henrik parecía confuso.

—Bryn, esto es para lo que te necesito. —Lo dijo con una enorme soltura. Como si esa fuese la única respuesta necesaria. Y lo era. No había nadie en esta familia que le negara nada a este hombre.

—Pero… Creía que estabas intentando conseguir su patrocinio.

—Lo estoy —afirmó—. También me gusta estar preparado. Si decide no mostrarse tan dispuesto a hacerlo, necesitaré algo con qué presionarlo. Puede que Simon haya podido engañar al Gremio, pero resulta que yo sé que su negocio no es tan limpio como ellos creen que es. Necesito algo que pueda utilizar si las cosas no van como yo quiero.

Se me aceleró el corazón, las manos apretadas a mi espalda.

—Ni siquiera sabría qué buscar.

—Un nombre —dijo—. Es solo un nombre.

Solté aire despacio y miré a Ezra, pero él era el último que se pondría de mi lado.

—¿Qué nombre? —murmuré. Henrik sonrió.

—Holland.

—¿La comerciante de gemas?

—La *ex*comerciante de gemas —me corrigió—. Simon sigue haciendo negocios con ella. Solo necesito poder demostrarlo. Si tú encuentras su nombre anotado en ese libro, eso será suficiente.

Si el Gremio descubría que Simon todavía trabajaba con Holland, eso le costaría su anillo. Henrik quería información privilegiada para asegurarse su colaboración, pero yo era la última persona de esta familia cualificada para forzar una cerradura en un estudio oscuro durante esa cena.

—Dijiste que necesitabas que preparara a la familia. Ropa. Decoro. Ese tipo de cosas.

—No me había dado cuenta de que eso era todo lo que eras capaz de hacer. —Henrik hizo una pausa y me miró de arriba abajo—. ¿Me estás diciendo que *no puedes* hacer esto?

Las palabras picaron. Mucho. Me había arrinconado yo solita al revelar el abismo entre la frívola niña mimada que había creado Sariah y la sangre Roth en mis venas. Había estado ansiosa por hacer que me vieran como algo más que la muñeca que me habían vestido para ser, y sin embargo aquí estaba ahora, haciéndome la delicada. Al otro lado de la habitación, Ezra me observaba como si pudiera oír cada pensamiento según cruzaba por mi mente.

Tragué saliva. En esta familia no había *damas* ni *caballeros*. Solo había Roths. Y eso era justo lo que había querido encontrar cuando desembarqué del *Jasper*.

—Puedo hacerlo —afirmé, y lo decía en serio.

Cada encargo era una oportunidad. Y cada una me acercaba más a tener mi propio negocio en la familia. Si Henrik quería que forzara una cerradura, lo haría. Si quería que escalara los tejados del barrio comercial en medio de una tormenta, lo haría.

—Bien —dijo él—. Ezra te enseñará lo básico. Estoy seguro de que lo lograrás.

Mis ojos volaron hacia Ezra, que seguía en silencio al lado de la ventana. Henrik nos miró a uno y a otro antes de girarse sobre los talones. Salió por la puerta y la cerró a su espalda.

Nos quedamos ahí plantados, mirándonos, y las paredes de mi habitación de repente parecían más juntas, el aire más caliente. Ezra mostraba una quietud imposible, no parpadeaba siquiera.

—¿No hay nadie más que pueda hacer esto? —pregunté.

—¿Quieres preguntárselo a Henrik? Adelante. —Ezra sacó la banqueta de la esquina y la dejó de malos modos al lado de la mesa. Cuando se sentó, vacilé un instante. Mis ojos recorrieron la habitación entera antes de resignarme a ocupar la silla a su lado.

—Se llama «cerradura de tambor de pines», y todas funcionan más o menos de la misma manera. —Se puso manos a la obra de inmediato. Arrastró la caja hacia nosotros.

Rechiné los dientes y le lancé una mirada gélida. Ezra iba a actuar como si no hubiera ocurrido nada. Como si ponerse una camisa limpia borrara lo que le había hecho a Tru. Hace solo unas horas, había estado dispuesta a arrancarle la cabeza y seguía furiosa. No pensaba fingir que no lo estaba.

—Dentro hay cinco pines, cada uno fijado a distintas alturas —continuó—. Tendrás que manipularlos todos hasta la posición adecuada para conseguir que la cerradura gire.

Me miró y esperó. Cuando no dije nada soltó un resoplido.

—Mira, ¿podemos hacerlo y ya está?

Me di cuenta de que él no quería estar aquí más de lo que yo quería que estuviera. Y tenía razón. Cuanto antes hiciéramos lo que nos había pedido Henrik, antes podría salir de mi cuarto y dejarme en paz.

Me senté más recta y fijé los ojos en la cerradura.

—¿Cómo se supone que los voy a poner en posición si no puedo verlos?

Ezra se recolocó en la banqueta y, cuando su mano se movió hacia mí, di un respingo y retrocedí. Él hizo caso omiso de mi reacción. Sus dedos pasaron por delante de mi cara para deslizarse en el pelo de detrás de mi oreja.

Me quedé paralizada mientras él buscaba las dos horquillas que había ahí y las soltaba con suavidad. El mechón ondulado que mantenían retirado de mi cara cayó sobre mi hombro y Ezra lo miró un instante antes de sujetar las horquillas entre nosotros.

Tuve que hacer un esfuerzo por meter aire en mi pecho comprimido.

—Horquillas.

—Funcionan tan bien como cualquier otra cosa —respondió, al tiempo que dejaba una en la mesa.

Todavía podía sentir el contacto de sus dedos, el rastro ardiente que habían dejado en mi piel. Pero él ya estaba otra vez concentrado en el cofre.

—Tendrás que llevar varias de más en el pelo por si acaso. La primera, tienes que doblarla de este modo. —Moldeó el metal para darle forma puntiaguda—. Eres zurda, así que la otra la usarás con esa mano.

—¿Cómo sabes que soy zurda? —Lo miré con suspicacia.

—Tengo ojos en la cara. —Encajó la horquilla doblada dentro de la ranura de la cerradura antes de deslizar la horquilla recta por debajo de la primera—. Así. —Una vez que me había enseñado a hacerlo, la sacó para dejar que yo lo intentara.

Tomé las horquillas de sus dedos, con mucho cuidado de no tocarlo, y deslicé el cofre hacia mí. Imité lo que él había hecho: introduje primero la horquilla doblada y luego la recta.

—Utiliza la de arriba para palpar dónde están los pines. Se deslizarán hacia arriba con facilidad hasta que llegues al pin maestro.

Presioné hacia arriba con la punta de la horquilla, de atrás adelante, y fui encontrando las ranuras en el metal.

—¿Cómo es el pin maestro?

—Será más resistente que los otros. Más rígido.
—Ezra se estaba dejando llevar por el trabajo; sus aristas afiladas y la tensión de su voz eran más suaves—. Cuando lo encuentres, utiliza la horquilla para empujarlo con suavidad hacia arriba hasta que encaje en su sitio. Lo oirás.

Fijé la vista en el borde de la mesa y traté de ir palpando un pin tras otro hasta que llegué a uno que era más duro que los demás. Me costó unos cuantos intentos, pero por fin logré apalancarlo lo suficiente para que subiera. Oí un suave *clic*.

—Bien. Ese es el fácil. Ahora haz lo mismo, buscando el siguiente.

Bajé la horquilla y avancé, pero la pared de metal en el interior era lisa.

—No lo noto.

Ezra se acercó más a mí y aspiré el olor a clavo que desprendía. Su chaqueta. Su pelo. El aroma lo seguía allá donde iba. Podía saborearlo en la lengua.

Me incliné hacia atrás de inmediato para dejar más espacio entre nosotros.

Él se estiró y colocó la mano sobre la mía. Las puntas de sus dedos se deslizaron por encima de mis nudillos para poder dirigir mis movimientos. El calor de su piel me hizo sentir que tenía el estómago lleno de piedras.

—Ahí está. Inclinó la horquilla hacia arriba en ángulo hasta que la punta encontró la siguiente ranura.

Sin embargo, cuando me soltó e intenté levantar el pin yo sola, se liberó y arrastró el otro pin con él.

—Maldita sea —mascullé.

—Vas a tener que practicar un poco. Inténtalo otra vez.

—Ya lo *estoy* intentando. —Le lancé una mirada significativa.

Tiró la segunda horquilla sobre el montón de pergaminos y apoyó los codos en la mesa.

—Si tienes algo que decir, adelante.

El calor trepó por el cuello de mi vestido mientras sus ojos recorrían mi cara.

—Muy bien. No deberías haberle pegado. Es un niño.

Ezra soltó una carcajada burlona.

—Apenas lo es. Tiene diez años.

—Exacto.

—No sé lo que estabas haciendo tú a esa edad, pero a mí no me estaban sirviendo té con azúcar ni estaba jugando con juguetes —dijo en tono inexpresivo.

Entorné los ojos. Estaba sugiriendo que haberme criado en Nimsmire me había vuelto blanda. Frágil. Que era imposible que comprendiese la forma en que ellos hacían las cosas. Todo se reducía a lo mismo: yo no era una de ellos.

—Niño o no niño, no se va por ahí pegando a la gente cuando no hace lo que le dices que haga. —Ezra sacudió la cabeza y masculló algo en voz baja que no logré entender—. ¿Qué?

—No tienes ni idea de lo que estás hablando —espetó.

—Tú tampoco. Sé que crees que soy ridícula. Que no me merezco estar aquí. Me miras y ves a una chica criada en Nimsmire con azúcar en su té. —Levanté la voz al repetir sus propias palabras—. Crees que no puedo hacer esto.

Ezra, sin embargo, no parecía enfadado, cosa que me hizo sentir aún más tonta. Me miró a los ojos y habló con serenidad.

—Eso no es lo que creo.

—Entonces, ¿qué crees? —exigí saber.

No dijo nada durante un momento. Sus ojos recorrieron mi cara y me entraron ganas de levantarme de la banqueta. Se inclinó más hacia mí y me miró a los ojos.

—Veo a una niña escondida debajo de unas faldas de seda —murmuró—. Me hace preguntarme qué es lo que temes que vean.

Tragué saliva contra el dolor de mi garganta. Había pensado más de una vez que había conocido a cientos de hombres como él, pero empezaba a preguntarme si estaría equivocada. Cuando Ezra me miraba, me provocaba una sensación de inquietud, como si pudiera ver mucho más de lo que yo quería que viese.

No solo estaba enfadada porque hubiese pegado a Tru. Estaba enfadada porque hubiese observado, sin hacer nada, cómo Arthur me pegaba *a mí*.

—Sé que estabas ahí en la callejuela —susurré—. Cuando fui al embarcadero.

La expresión de su boca vaciló y vi cómo sus labios se apretaban, solo por un momento.

—Ni siquiera debía estar ahí —musitó.

—¿Qué?

—Mira —dijo Ezra de pronto—. Solo voy a decir esto una vez. —Hablaba en voz baja, como si estuviera teniendo cuidado de que no lo oyeran—. La familia significa algo diferente para esta gente, Bryn.

Me mordí el labio de abajo hasta hacerme daño. Hasta ahora nunca había dicho mi nombre. Estaba segura de que no lo había hecho, porque nunca había sentido ese fogonazo en mi pecho hasta hoy. Ezra era horrible, insensible y cruel, pero había algo más en él que le daba la sensación de ser una piedra que se hundía en el agua. Una que nunca llegaba al fondo.

—Y ahora… —Devolvió la vista a la cerradura, recuperó la horquilla y me la tendió—. Otra vez.

TRECE

El sastre había trabajado toda la noche, y se había presentado a la puerta después del desayuno con un enorme fardo de chaquetas y pantalones sin terminar. Tenía el pelo desgreñado debajo del sombrero, los ojos oscuros por la falta de sueño, pero en cuanto lo dejé pasar a la biblioteca, se puso manos a la obra.

Las burdas puntadas de los bordes de las prendas eran solo una primera aproximación para el trabajo más detallado que haría una vez que comprobara las medidas. Un sastre que se preciara nunca se fiaba solo de las medidas que había tomado. Hasta que no viera la prenda sobre el cuerpo no terminaría una sola costura.

No se me pasó por alto la forma en que sus ojos recorrían la habitación mientras organizaba sus cosas. Era probable que estuviese acostumbrado a trabajar en las casas más lujosas de los gremios, pero el dinero era el dinero. Sería un tonto si dejara que el orgullo se interpusiera entre él y un monedero lleno, y me pregunté si ya habrían empezado a susurrarse rumores en el barrio comercial sobre Henrik. Si Simon había conseguido mantener en secreto su invitación, no seguiría mucho tiempo así.

—Empezaré por el niño —dijo, al tiempo que extraía la chaqueta más pequeña del montón. La chaqueta de Tru.

Asomé la cabeza por la puerta del estudio y grité su nombre. Mi voz subió por las escaleras y la siguió el sonido de unas pisadas. En cuestión de segundos, Tru entraba por la puerta.

Había intentado no mirarlo con demasiada atención cuando llegó después del desayuno para ayudar a Henrik en el taller, pero tenía un ojo morado y la mejilla hinchada. Por cómo masticaba solo con un lado cuando Sylvie le dio una galleta, supuse que el interior de su boca también tendría un corte feo. Pero el niño no se quejó y no quería abochornarlo preguntándole sobre el tema. El sastre, por su parte, inspeccionó la cara de Tru con ojos inquisitivos mientras él se quitaba la chaqueta. Pensara lo que pensare, se mordió la lengua.

Tru se puso delante de la ventana y abrió los brazos a los lados para que el sastre pudiera ponerle lo que iba a ser su nuevo chaleco. Incluso con las costuras sin terminar, el trabajo era impecable. El corte se ajustaba en todos los sitios correctos, a pesar de la pequeña estatura de Tru, lo cual lo hacía parecer mayor que sus diez años. El frac fue lo siguiente. Tru parecía perplejo por su longitud y apartaba de manera instintiva los faldones de sus piernas.

—Estos son raros. —Enderezó el cuello de la chaqueta debajo de su barbilla.

—Bueno, pues *tú* no estás raro. —Sonreí—. Estás muy guapo. —Aparté sus manos con suavidad y abroché los botones yo misma antes de que él pudiera manchar la tela blanca de la camisa. A la luz, su ojo no parecía tan negro como lo había visto en el taller, pero aún daba la impresión de que dolía. Esperé a que el sastre volviera al estudio antes de dirigirme a Tru en voz baja—. No deberías dejar que te trataran así, ¿sabes?

Tru me lanzó una mirada confusa mientras sacudía una de sus mangas para medir la longitud del puño.

—¿Así cómo?

—Como lo que pasó ayer. Con Ezra. —Hice un gesto con la barbilla hacia la puerta abierta, por la que se oían los golpes del martillo de Ezra resonar por toda la casa. Lo había oído salir después de que termináramos con la cerradura y no había vuelto hasta que casi se había hecho de día.

Tru seguía pareciendo desconcertado.

—Pero olvidé comprobar las cuentas.

Lo miré perpleja antes de suspirar. Luego lo hice girar para verificar el ajuste en los hombros. Estaban locos. Todos. Ni siquiera Tru estaba enfadado por lo que le había hecho Ezra. Las palabras que este había dicho la noche anterior en mi habitación volvieron a mí e hicieron que me estremeciera. *La familia significa algo diferente para esta gente.*

—¿Qué dijo tu padre sobre tu cara? —pregunté, con un dejo cortante en mis palabras. El niño se encogió de hombros.

—Que la próxima vez comprobara las cuentas.

Resoplé con desdén.

—¿Y tu madre?

Esa fue la única pregunta que no parecía demasiado dispuesto a contestar. Prefirió mirar al frente, por la ventana.

Aunque era la única otra mujer en la casa aparte de Sylvie, Anthelia no me había dirigido la palabra en las pocas veces que la había visto. Además, había percibido una tensión entre ella y los demás en la cena familiar. Había cierta distancia ahí, aunque fuese una distancia educada. Sariah no la había conocido, ni a Tru ni a Jameson, así que no estaba segura de si Anthelia había conocido a mis padres. Pero se había casado con un Roth, lo cual parecía su propio tipo de locura.

Me giré hacia el niño otra vez.

—Yo no recuerdo a mis padres, ¿sabes? —comenté, pendiente de su reacción—. Tenía más o menos la edad de Jameson cuando murieron.

—Lo sé —dijo en voz baja.

—Estoy segura de que tú has oído más historias sobre ellos que yo. A lo mejor puedes contármelas.

—A él no le gusta que hablemos de la tía Eden —susurró Tru, la boca retorcida hacia arriba por un lado. Hizo una mueca, como si el movimiento le doliera. Fruncí el ceño.

—¿A Henrik?

Tru asintió.

Era verdad que no había oído a Henrik hablar de mis padres. Ni una sola vez. Escudriñé el rostro del niño en busca de lo que fuese que no estuviera diciendo.

—De Auster tampoco —añadió.

—Auster. —Lo miré con atención—. ¿El nieto de Sariah?

Tru asintió de nuevo y siguió susurrando.

—Solía vivir en tu habitación, pero se escapó hace mucho. Salió por la ventana y nunca regresó.

A él se refería Murrow entonces cuando dijo que quien fuera que vivía en esa habitación ya no estaba. Las pocas veces que Sariah había hablado de Auster, había sonado como que estaba muerto. Pero ahora que lo pensaba, ella nunca había dicho eso.

Mi mente voló hacia la zona descolorida en la pared empapelada del estudio. A lo mejor era su retrato el que habían quitado de ahí.

Me daba la sensación de que, si insistía, Tru me contaría más cosas, pero no iba a dejar que se metiera en más líos con los demás. Quité un polvo inexistente de los hombros de la chaqueta y le eché un último vistazo.

—¿He terminado? —Se avivó al instante y yo le sonreí.

—Has terminado.

Se escabulló del chaleco y de la habitación, y enseguida oí la puerta del taller abrirse y cerrarse otra vez. Murrow ya estaba esperando a la puerta del estudio, leyendo un montón de pergaminos en silencio. Su pelo siempre estaba al borde del desaliño, sus pantalones un poco demasiado cortos, pero era muy agradable de mirar. Podía ver a mis tres tíos en él y me pregunté si se parecería en algo también a mi madre. Ese, sin embargo, era un rostro que no conocía lo bastante bien como para reconocerlo.

—Tú eres el siguiente —le dije, y le hice un gesto con la mano para que pasara. Terminó de leer antes de levantar la vista hacia mí.

—En un minuto. Tengo que…

—Ahora —insistí, una ceja arqueada en su dirección.

Él gimió y dejó los papeles en la mesa de Henrik antes de entrar por las puertas de la biblioteca. El sastre ya sujetaba en alto la chaqueta verde y Murrow se colocó en su sitio a regañadientes para deslizar los brazos por las mangas. Una vez que la tuvo puesta, la enderecé y asentí en dirección al sastre. La lana verde le quedaba muy bien.

—Sigo sin entender por qué necesitamos ropa nueva —musitó—. ¿Qué puede cambiar? El dinero es el dinero. Siempre que tengamos el suficiente, estaremos bien.

—Lo cambiará todo —repuse—. Esta gente no necesita cobre. La imagen es lo que más les importa. Si no das el pego, no perteneces a su ambiente. Jamás invitarán a los Roth a entrar en el Gremio a menos que crean que pueden actuar como uno de ellos.

Murrow apretó la mandíbula. No le gustó mi respuesta. Lo miré con atención.

—¿Tú no quieres entrar en el Gremio? —conjeturé.

—No lo sé. Tú, ¿sí?

La pregunta me tomó desprevenida. Nadie en esta casa me había preguntado nunca qué opinaba sobre nada, pero Murrow me miró a los ojos y esperó, como si de verdad quisiera saberlo.

—No lo sé —admití—. Supongo que todavía no entiendo lo suficiente sobre esto para saber lo que opino de que Henrik obtenga un anillo de comerciante.

—Pero sí sabes cómo son los gremios. Cómo funcionan.

Me encogí de hombros.

—Sariah trabaja mucho con los gremios de Nimsmire, pero no es una comerciante. Ni siquiera ellos quieren asociarse del todo con una Roth.

—Simon lo hizo, de algún modo.

—¿El relojero?

—Solía realizar el mismo trabajo en el North End. No provenía de una familia de comerciantes pero, de algún modo, consiguió entrar en el Gremio.

—No se le nota —comenté.

—Puede que parezca uno de ellos, pero sigue siendo el mismo bastardo que era en el North End. Cualquiera que se cruce en su camino, no saldrá por el otro lado. Ha tirado más cuerpos al agua que nuestra familia entera combinada.

Abrí los ojos como platos ante la admisión y mis manos se quedaron muy quietas sobre las solapas de su chaqueta. Murrow se echó a reír.

—No me digas que eres demasiado refinada para hablar de ese tipo de cosas. No es ningún secreto.

Lo fulminé con la mirada, irritada por la implicación.

—En cualquier caso, ¿cómo consiguió Henrik su anillo de comerciante de Ceros?

Murrow tiró de las mangas de su camisa para comprobar su longitud. Pareció sorprendido al ver que los puños llegaban a la perfección a sus muñecas.

—Tuvo muchísima suerte.

—¿Cómo?

Murrow hizo una pausa y miró hacia atrás para asegurarse de que el sastre no estuviera escuchando.

—Alguien necesitaba algo de él en un momento muy oportuno. No sé si volverá a tener tanta suerte nunca.

—Entonces, ¿por qué le sigues el juego en todo esto?

Casi se rio de nuevo.

—Si Henrik quisiese saber lo que opino, sería la primera vez. Así no es como funcionan las cosas aquí. Ezra es el único al que escucha.

Quería preguntarle a qué se refería, pero empezaba a temer a las rayas rojas de esta casa. Si Tru se ganaba un ojo morado por no haber contado bien el dinero, ¿qué me llevaría yo por hacer demasiadas preguntas?

—¿Es por eso que te quedaste al margen ayer cuando Ezra le hizo daño a Tru? —Murrow me miró desde lo alto, los ojos guiñados bajo su pelo ondulado—. Deberías haber hecho algo. —Ajusté su chaqueta con más brusquedad de la necesaria.

—Ezra le hizo un favor, Bryn —musitó, sin ningún humor en los ojos.

Di un paso atrás y le lancé una mirada de absoluta incredulidad. Estaban todos locos. Todos ellos.

—¿Qué significa eso siquiera?

Ladeó un poco la cabeza y bajó la voz.

—Si Ezra no le hubiese puesto ese ojo morado, Henrik le habría hecho algo peor. No saques conclusiones sobre cosas que no entiendes.

Abrochó el último botón de la chaqueta justo cuando regresaba el sastre. Yo retrocedí y observé cómo ponía alfileres en los sitios donde tenía que ajustar el corte.

No tienes ni idea de lo que estás hablando.

Eso era lo que había querido decir Ezra. Estaba protegiendo a Tru al corregir su error antes de que tuviera que hacerlo Henrik. Y había regresado a la casa con él, quizá para informar del error en persona.

No se me había ocurrido preguntarme por qué Murrow había acudido a Ezra con el problema en el libro de contabilidad en lugar de ir directo a Henrik. Había acudido a Ezra para proteger a Tru de lo que Henrik pudiese hacerle. Y Ezra había sido el encargado de asegurarse de que hubiera evidencia de un castigo. Esa era la razón de que Tru no estuviese enfadado con él. Era probable que también fuese la razón de que su padre no pareciese molesto con lo ocurrido. Quizás incluso estuviese agradecido.

Había reglas y había consecuencias. Y una línea muy delgada dividía a las dos. Pero en esta casa, tal vez a veces la violencia fuera una bendición.

CATORCE

Mis tíos se habían vuelto cada vez más callados a lo largo de los últimos días, antes de la cena en casa de Simon. Todos acataban las órdenes de Henrik con sumo cuidado y, aunque Henrik parecía el mismo, incluso él tenía un aire extraño. Como si todo lo que había en juego en esa cena empezase a pesarle. Estaba nervioso.

Ahora estábamos de pie alrededor de la mesa y esperábamos en silencio a que Henrik sacara su silla. Cuando lo hizo, todo el mundo siguió su ejemplo. Noel y Anthelia intercambiaron una mirada por encima de la mesa mientras ella intentaba sentar a un inquieto Jameson en su regazo. Noel alargó los brazos para quitarle al niño y el chiquillo se asentó en los brazos de su padre y se metió un dedo en la boca, tranquilo al instante. Tal vez estuviesen cubiertos de sangre ajena la mitad del tiempo, y tal vez yo no comprendiera la dinámica que hacía funcionar a esta familia, pero había una especie de ternura entre ellos, lo cual hacía aún más confuso lo que le había ocurrido a Tru. Para mí, todo lo que sucedía allí era una locura. Para ellos, las cosas simplemente eran así.

Desdoblé la servilleta y la extendí en mi regazo, pero di un respingo y mis manos golpearon el borde de la mesa cuando Henrik dijo mi nombre.

—Bueno, Bryn. —Respiró hondo y ahí terminó el ambiente ligero que había llenado la habitación hacía solo un momento—. ¿Qué necesitamos saber para esta cena? —Lo miré pasmada, sin saber muy bien a qué se refería—. La cena —insistió, con menos paciencia—. ¿Qué tenemos que saber si queremos no quedar como unos tontos?

—Oh. —Miré a unos y a otros y me encogí un poco bajo sus miradas. Incluso Ezra esperaba mi respuesta. Tragué saliva y estudié la mesa a mi alrededor—. Bueno, para empezar... las servilletas.

Henrik asintió.

—Muy bien, ¿qué pasa con ellas?

—Todos las dejáis sobre la mesa mientras coméis. Deberían estar bien dobladas sobre vuestro regazo hasta que os levantéis.

—Muy bien. —Henrik obedeció: tomó su servilleta y la puso con cuidado sobre sus rodillas. Todo el mundo le imitó—. ¿Qué más?

—El pan. Vosotros lo rompéis con la mano en lugar de cortarlo con el cuchillo.

—Bueno, eso no tiene ningún sentido —musitó Murrow a mi lado, pero cerró la boca cuando vio la mirada asesina que le lanzó Henrik.

—Y vuestros codos no deberían tocar la mesa —continué, y le lancé una mirada fugaz a Ezra, que había plantado uno a cada lado de su plato como de costumbre. Cuando no se movió, Henrik le hizo un gesto con la barbilla para que obedeciera. Ezra soltó un suspiro irritado.

—Todos coméis demasiado deprisa y os metéis en la boca demasiada comida de una vez. Además, no deberíais dejar el plato completamente limpio o el anfitrión creerá que os levantáis de la mesa con hambre.

Henrik escuchaba con atención, y pude ver cómo pensaba en todo. Cómo repasaba el plan en su mente. Pero había mucho más que corregir en este grupo aparte de sus modales a la mesa si querían ser aceptados en la sociedad de los gremios. Su falta de decoro se veía en todo lo que hacían. En todo lo que decían.

Continuamos así durante toda la cena y Sylvie nos observó desde el pasillo. Vi cómo se tapaba la boca con una esquina del delantal para ocultar sus risitas. Tenía las mejillas sonrosadas y observaba como una gallina clueca mientras yo los corregía. Para mi sorpresa, nadie discutió conmigo en ningún momento. Incluso Anthelia me siguió el juego y ayudó a Tru cuando le costó sujetar el cuchillo en la mano correcta.

Después de la cena, la suave neblina del humo de gordolobo de las pipas de mis tíos flotaba por el aire y envolvía todo en un resplandor propio de un sueño. Empezaba a apreciar la belleza en la casa. Debajo de sus paredes mal empapeladas y del crujir de los suelos de madera, había una historia. Leyendas y mitos. A la luz del día, era fría y oscura, pero de noche, la casa de los Roth se llenaba de calor y la luz de las velas suavizaba sus bordes afilados.

El tintineo de los dados sobre la larga encimera de la cocina reverberaba por el pasillo, seguido del rugido colectivo de mis tíos y primos. Cuando me paré ante la puerta, estaban reunidos en torno al gran bloque rectangular de carnicero que habían despejado para la partida.

La encimera que ocupaba toda la pared estaba llena de bandejas con tartaletas de mermelada de grosellas silvestres y pequeñas hogazas de pan de cardamomo. En Nimsmire se los consideraba dulces rústicos, inferiores a los hojaldres rellenos de natillas y los chocolates espolvoreados

ADRIENNE YOUNG • 139

con polvo de oro que llenaban los extravagantes escaparates de las tiendas. Aquí, sin embargo, eran tesoros.

Fueron los dados los que me hicieron sentir más en casa. «Las tres viudas» era uno de los juegos favoritos de mi tía abuela y de todo el mundo en el barrio comercial de Nimsmire. La gente se reunía en los salones y miradores de las grandes casas con botellas de cava y vino y jugaban hasta altas horas de la noche. Esa era la delgada línea que separaba a gente como los Roth de los miembros de los gremios. Las apuestas eran un placer pecaminoso entre la más alta sociedad, una especie de secreto a voces. Todos jugaban, ganaban y perdían dinero, pero solo dentro de las paredes de casas particulares. Ese tipo de cosas no se hacían a la luz del día.

Noel agarró los tres dados y ahuecó las manos antes de guiñarle un ojo a Anthelia. La mujer estaba de pie delante del enorme horno de hierro y, cuando sonrió, dio la impresión de que rejuvenecía varios años de golpe. Su rostro se iluminó. Noel tiró los dados y dejó que chocaran con la pared antes de rodar por la encimera. Todos contuvieron la respiración al mismo tiempo antes de que los gritos estallaran otra vez. Noel gimió y agarró una de las tartaletas de la bandeja para aliviar el escozor de haber perdido.

No sabía por qué los Roth no comían nunca el postre en la mesa como cualquier familia normal, pero supuse que era justo por eso: ellos no eran normales. Siempre que había asistido a la cena familiar, se habían retirado después a la cocina, del mismo modo que las familias de Nimsmire se habrían retirado al salón.

Henrik estaba de pie, apoyado en la pared con los brazos cruzados delante del pecho, y escuchaba con paciencia cómo Tru le contaba una historia. Desde este ángulo, no podía ver el moratón de su mejilla, y me alegré. Parecía igual que cualquier otro niño, con los ojos brillantes y muy abiertos, las manos gesticulando en el aire mientras describía algo que había ocurrido en los muelles.

Henrik me vio observarlos desde la entrada y se echó a un lado para hacerme un hueco en la pared. Agarré una tartaleta de la bandeja y me encajé entre ellos. Cuando Tru se echó a reír, lo mismo hizo Henrik, y era extraño ver a mi tío de ese modo. Ezra y Murrow habían pensado que era mejor darle un bofetón a Tru que mandárselo a Henrik, pero mi tío era una persona diferente en esa cocina. Como si en el momento en que la cena terminaba, todo el mundo pudiera respirar por fin.

Casimir tenía a Jameson en brazos y hablaba por encima de su mata de oscuro pelo desgreñado con Murrow, hasta que el niño empezó a mostrarse demasiado inquieto para sujetarlo. Lo bajó al suelo y cuando sus manitas se estiraron por el borde de la encimera para agarrar una de las tartaletas, Sylvie las apartó con ternura.

Henrik observó por el rabillo del ojo hasta que la mujer se dio la vuelta y entonces robó un dulce de la bandeja y se lo dio con disimulo al chiquillo. La boca de Jameson dibujó una O perfecta y Henrik lo animó a que saliera por la puerta hacia el pasillo. Me encontré sonriendo mientras otra ronda de gritos estallaba por los aires y fue el turno de Murrow de tirar los dados.

Había un ritmo peculiar en esta familia. Como el latido de un corazón. Vistos desde fuera, eran bestiales. Monstruosos, incluso. Pero empezaba a ver debajo de sus rutilantes escamas.

—¿Estás lista para mañana? —preguntó Henrik. Giró el cuerpo de modo que un hombro quedase apoyado contra la pared a mi lado.

—Sí —respondí, casi al instante. No estaba segura de si era del todo verdad, pero no quería pensar demasiado en ello. Henrik me dedicó una sonrisa de aprobación.

—Eden era así. —Su voz se perdió en el aire—. Siempre intrépida.

Lo observé con atención. Era la primera vez que oía hablar de mi madre. El sonido de su nombre sobre sus labios me hizo sentir un poco inestable.

—Yo no soy intrépida —musité.

La mirada ausente de Henrik pasó por encima de mí, hacia el pasillo oscuro, y no dio ninguna muestra de haberme oído. Parecía perdido en sus pensamientos. O en sus recuerdos.

Mis padres habían muerto poco después que mi abuelo y Henrik había sido el artífice del trabajo que tenían entre manos. Quizás esa fuese la razón de que no le gustara hablar de ella.

Respiré hondo antes de reunir el coraje de preguntar.

—Vi el salón de té en el barrio comercial cuando fui a visitar al sastre.

Henrik parpadeó varias veces antes de que sus ojos se volvieran a enfocar en mí.

—¿Oh? —De repente parecía un poco incómodo y temí que hubiese sido un error mencionarlo.

—¿Cuánto tiempo lleva cerrado?

Metió las manos en los bolsillos y se puso un poco tenso.

—Desde hace años.

Entendí ahora por qué Tru decía que a Henrik no le gustaba hablar de Eden. Toda su actitud cambió, se transformó otra vez en el hombre de nudillos ensangrentados que había visto el día que llegué.

—¿Por qué no lo abriste nunca? —pregunté, en tono más suave. Henrik frunció el ceño.

—La casa de té era cosa de Eden. Cuando llegó el momento de que tuviese su propio negocio, yo la ayudé a comprar el local. Pensé que era una idea absurda, pero se lo di como regalo de boda, y luego Tomlin y ella usaron su propio dinero para montarla.

—¿Por qué un salón de té? ¿Era una fachada para otra cosa?

Henrik negó con la cabeza.

—No, solo un salón de té. Quería que la familia empezase a tener trabajos más respetables. Lo mismo quería Sariah.

Observé sus ojos e intenté ver lo que danzaba en su luz. Le dolía hablar de ella. Eso se notaba. Quizá todo esto fuese para eso: para legitimar a la familia con un anillo de comerciante. Tal vez Henrik estuviera cumpliendo los deseos de Eden, en cierto modo.

—No tenía mucho sentido abrirlo una vez que ella se fue —murmuró.

—¿Por qué no lo vendiste?

El aire a su alrededor cambió y yo contuve la respiración. El problema con Henrik era que no conocía los límites de sus cambios de humor. Había un punto de fusión muy brusco entre su furia y su naturaleza apacible.

—Solo estaba pensando —me arriesgué a decir— que era buena idea. Un salón de té es la manera perfecta de que los Roth se ganen la simpatía de los gremios.

Henrik chupó de la pipa que tenía en la mano y dejó que el humo escapara de sus labios.

—Apostaría a que no hay un solo comerciante o vendedor en Bastian que no celebre reuniones en una casa de té. Si quieres el anillo de comerciante, es un buen lugar por el que empezar.

—¿Eso es lo que piensas?

—Sí.

—Me suena como si estuvieras postulándote para montar tu propio negocio.

—¿Por qué no? Todos los demás miembros de la familia tienen uno.

Henrik hizo una pausa entonces.

—Todos los demás se han *ganado* uno —me corrigió.

La implicación era que yo todavía no había demostrado mi valía, y no estaba equivocado. Pero si conseguía salir con éxito de esta cena y lograba que Simon ofreciera su patrocinio, todo eso cambiaría.

Henrik se giró hacia la cocina antes de que yo pudiera contestar, dejando claro que la conversación había terminado. Sin embargo, aún podía ver los pensamientos iluminados detrás de sus ojos. Conseguir ese anillo de comerciante le daría todo lo que anhelaba. Pero si iba a unirse al Gremio, tendría que dejar de pensar como un criminal, de recopilar chismorreos en tabernas empapadas de aguardiente, de hacer tratos sucios, y de robar información de los libros de contabilidad de otros comerciantes. O, por lo menos, tendría que tener más arte a la hora de ocultar esas actividades.

—¿Estamos listos para mañana? —preguntó para cambiar de tema. Yo asentí.

—Estamos listos.

Dio la última calada de su pipa y contempló el interior de la cazoleta llena de cenizas mientras el humo salía por su nariz. Henrik tendría que cambiar si quería que la familia cambiara, y todavía no estaba segura de cómo hacerle ver eso. Pero Henrik tenía un patrón, igual

que lo tenía cualquier otro hombre, y yo solo debía ser
lo bastante paciente para diseccionarlo.

—Aquí tenéis —anunció Sylvie con voz melosa mientras dejaba en la encimera la última bandeja. Era una
torre de medialunas de hojaldre de frutas con corteza
dorada. En cuanto tocaron la encimera, Henrik se unió
a los otros, tomó los dados y los agitó en su puño.

La familia se reunió alrededor del bloque de carnicero como se reunían las polillas en torno a una llama, y
Casimir sirvió otra ronda de aguardiente. El sonido de
sus voces se perdió en la distancia cuando salí al oscuro
pasillo y seguí el estrecho corredor hacia el taller. Llamé
tres veces y después de unos instantes, la puerta se abrió.

Dentro estaba Ezra, que miró por encima de mi cabeza como si esperase que hubiese otra persona allí.

—¿Qué pasa?

Metí la mano en el bolsillo de mi falda y saqué dos
horquillas. Las sujeté en alto entre nosotros a modo de
respuesta y, en cuanto sus ojos se posaron en ellas, dejó
que la puerta se abriera del todo. Giró sobre los talones
y yo entré, antes de cerrar la puerta a mi espalda hasta
que el pestillo encajó en su sitio.

Ezra volvió a su forja, se acercó al yunque y recuperó
el mazo que había dejado en la mesa. Estaba trabajando
en lo que parecía un brazalete con delicados dibujos intrincados martilleados por el borde.

Pasillo abajo, estallaron más gritos. Sonaba como si
Henrik estuviese ganando.

—¿Tú no juegas? —pregunté y giré en torno a la
mesa que estaba frente a él, donde esperaba el cofre cerrado. Había estado practicando en cada oportunidad
que había tenido, tarde por la noche y temprano por la
mañana en el taller.

Los ojos de Ezra fueron hasta la puerta cerrada.

—No.

—Vi los dados en tu tocador —lo pinché, en un intento por derretir el hielo entre nosotros. Estuviera o no de acuerdo con su forma de tratar a Tru, ahora entendía que no era su brutalidad lo que le había llevado a hacerlo. Ezra, sin embargo, seguía manteniéndome a cierta distancia.

—Ya he perdido lo suficiente a los dados —dijo, más callado ahora.

La forma en que lo dijo me puso los pelos de punta. No era un comentario de pasada ni una broma sobre el dinero. Había una pesadez en las palabras. Una verdad.

Ladeé la cabeza.

—Podrías habérmelo dicho.

—¿El qué?

—Por qué le pegaste a Tru —le dije—. Dejaste que pensara que le habías pegado por crueldad.

Su mano encontró el pequeño pico en el bolsillo de su delantal y volvió a sentarse en el taburete.

—¿Qué importa eso? Aun así, le pegué.

—Sí importa —dije, más fuerte de lo que pretendía.

Ezra me miró, y el espacio entre nosotros se llenó de un silencio aullante. Parecía que siempre oscilaba entre la verdad y la mentira, y yo no sabía qué lado de él era el verdadero.

—¿Qué quisiste decir cuando afirmaste que no debías estar donde Arthur?

Ezra respiró hondo y su camisa se tensó sobre su pecho debajo del delantal. El sonido fue como el roce de las olas contra el casco de un barco.

—Si las cosas se hubiesen ido de las manos, habría intervenido.

Quería decirle que las cosas sí que se habían ido de las manos. Que tenía la marca en mi cara para demostrarlo. Pero me recordé que él vivía en un mundo con una idea muy diferente de lo que significaba *irse de las manos*.

—¿Qué quisiste decir cuando afirmaste que no debías estar ahí? —pregunté otra vez, en voz más baja.

Tardó un momento en decidir si contestar.

—Henrik quería sacar a Arthur de la carrera por el patrocinio de Simon, así que te envió ahí a sabiendas de lo que ocurriría. No se alegró de que te siguiera, pero por suerte su plan funcionó. Simon se enteró y...

—Murrow —susurré. Por eso había ido a la taberna. A contar la historia.

Una sensación tensa tiró del centro de mi pecho y cerré los puños debajo de la mesa. Murrow también había estado en el ajo. Todos lo estaban. A la mañana siguiente, Simon se había enterado y llegó la invitación.

Mantuve los ojos fijos en las llamas de la forja. Ya había deducido lo que tramaba Henrik, pero que Murrow le siguiera el juego me dolió. Era la única persona de la casa que había pensado que estaba de mi lado.

—Si yo hubiese interferido, probablemente estaríamos en una situación peor.

Habló *en plural*, aunque no estaba muy segura de a quién se refería con eso. ¿A la familia? ¿A él y a Henrik? ¿A él y a mí?

Esperó a que yo dijera algo, pero no lo hice. ¿Qué podía decir? Era al mismo tiempo irritante y en absoluto sorprendente. No había nada de nada que yo pudiese hacer al respecto.

Al cabo de un rato, el golpeteo recomenzó y agradecí el sonido. El ruido del trabajo de Ezra era una resonancia constante en la casa y ya me resultaba reconfortante. Ahora era el silencio lo que me ponía de los nervios.

Me puse manos a la obra. Doblé la primera horquilla del modo en que él me había enseñado. No hablamos mientras yo forzaba esa cerradura una y otra vez y la devolvía a su estado inicial cada vez que la abría con un chasquido. Ya había adquirido la memoria muscular, aunque la cerradura de Simon sería un poco diferente. Según Ezra, todas lo eran.

—Inténtalo con los ojos cerrados —dijo Ezra.

No me había dado cuenta de que él había dejado de dar golpes. Estaba de pie al otro lado de su mesa, con las dos manos apoyadas en ella mientras me observaba.

Cuando vacilé, levantó la barbilla en dirección al cofre.

—Inténtalo.

Miré las horquillas en mis manos y las giré a la luz mientras repasaba los movimientos en mi cabeza una vez más. Cerré los ojos y palpé la cerradura delante de mí, el ceño fruncido mientras trabajaba. Esta vez, los pines no se soltaron con tanta facilidad, y mis manos buscaron a tientas el ángulo correcto hasta que saqué las horquillas y probé de nuevo, pendiente solo de la sensación de las horquillas y los pines como guía. Tardé más y tuve que dar cada paso más lentamente, pero cuando el cierre se soltó, abrí los ojos de golpe.

Levanté la vista hacia Ezra, que me dedicó un asentimiento sutil, la más ligera de las sonrisas asomada a las comisuras de su boca. Se produjo una mínima y delicada grieta en la fría y dura fachada exterior del platero. Y yo empezaba a sentirme cada vez más curiosa sobre qué habría debajo de ella.

Mis labios dibujaron una sonrisa radiante, aunque esa era toda la felicitación que recibiría de él.

Soltó la abrazadera del trozo de plata sobre el que estaba trabajando y lo rotó antes de reiniciar su golpeteo con un ritmo constante y tranquilizador. Yo también volví a empezar, y a medida que la noche avanzaba, la luna fue llenando el taller de una pálida luz azul y el sonido de los dados en la cocina se fue apagando.

La puerta del estudio de Henrik se abrió y se cerró, y yo me senté más erguida, al tiempo que recomenzaba con la cerradura. Había habido un brillo diferente en los ojos de Henrik durante la cena de esa noche, un aire de respeto que no había estado allí antes. Era un hombre que no contaba con nadie, pero en esto, estaba contando conmigo.

QUINCE

Incluso yo tenía que admitir que el vestido era perfecto.

Estaba de pie delante del largo espejo con marco de mi habitación. Deslicé las manos por la gasa y la falda onduló desde mis caderas, donde la cintura estaba ceñida a un ajustado corpiño plateado que daba paso a unas largas mangas vaporosas. Abroché el último cierre en la parte de atrás de mi cuello. La gasa tenía bordadas, con hilo de purpurina, unas hojas al viento. Era un vestido propio de un baile con ninfas marinas. El sastre había hecho un trabajo espléndido y ahora yo tenía que hacer el mío.

La imagen que vi en el espejo fue como mirar atrás en el tiempo, hacia Nimsmire. En este momento, era justo lo que Sariah me había educado para ser: una muñeca con un vestido elegante, dispuesta a desempeñar un papel para mi tío. A la imagen, sin embargo, le faltaban las paredes pintadas de brillantes colores de la casa de Sariah; los muebles de madera pulida y las alfombras coloridas que cubrían el suelo. La habitación que me envolvía era oscura y llena de sombras, y la luz de la vela jugueteaba sobre mi cara hasta hacerla casi irreconocible.

La chica del espejo esta noche no era yo, me recordé. Era un personaje en una elaborada obra de teatro que llevaba representándose a lo largo de toda mi vida. Esta noche era Bryn, la encarnación del refinamiento de los Roth.

Debajo del rutilante vestido, bullía con un nerviosismo sombrío. A una parte de mí le gustaba la idea de ponerme en el lugar de mi madre. En Nimsmire, nunca había encajado en la estantería dorada de las cosas bonitas. Era una rosa con demasiadas espinas. Pero aquí, tenía un lugar. Y cuanto más tiempo pasaba con los Roth, más esperanzada me sentía de poder llegar a pertenecer a este lugar algún día.

Abroché las hebillas de mis zapatos antes de recogerme el pelo; después solté unos cuantos mechones con sumo cuidado alrededor de mi cara. No me parecía a mi madre en el retrato del piso de abajo. No tenía sus curvas, pero el vestido creaba formas donde yo no las tenía. El color contrastaba como escarcha contra mi piel, y los bordes desiguales de la gasa aleteaban contra mis clavículas, donde tres pecas dibujaban una constelación irregular. Me parecía más a la mujer que había visto en Fig Alley. La que había aparecido y desaparecido como un espectro. Esa mujer era el tipo de clienta que hubiese convertido la casa de té de mi madre en un lugar elegante y prestigioso frecuentado por los miembros de los gremios. Y si jugaba bien mis cartas en casa de Simon, eso era justo lo que planeaba decirle a Henrik para convencerlo.

Colgué la gruesa capa de terciopelo negro de mi brazo y bajé. Las puertas del estudio estaban abiertas y la chimenea rugía como de costumbre. Sin embargo, el hombre sentado detrás del escritorio era nuevo.

Henrik estaba inclinado sobre su libro de contabilidad, vestido con su elegante frac azul, garabateando anotaciones con la pluma.

—Cuidado —le dije con una sonrisa—. Como manches de tinta esa camisa jamás conseguiremos limpiarla.

Levantó la vista y me miró de arriba abajo, y por un momento, pareció triste. Sin embargo, su expresión se animó al hablar.

—Estás preciosa.

—Gracias. —Sonreí.

Soltó la pluma y fue hacia la repisa de la chimenea para agarrar un pequeño estuche de entre las velas. Se abrió en sus manos y la luz centelleó sobre lo que había en su interior mientras él giraba en torno al escritorio y venía hacia mí.

Mis labios se entreabrieron cuando vi los pendientes. Eran de una plata tan lisa y pulida que podía ver mi reflejo en su superficie. Al metal lo habían moldeado con la forma de dos pájaros, sus alas desplegadas en pleno vuelo, cubiertas de zafiros estrella.

—Son preciosos —susurré.

—Bueno, adelante. —Henrik esperó.

Estiré la mano hacia el estuche, saqué los pendientes y los sujeté entre los dedos.

—Son parte de la colección que presentaremos en la exhibición del Gremio.

Abrí los ojos asombrada.

—¿Ezra ha hecho esto?

Henrik miró detrás de mí y me giré para encontrar a Ezra ahí de pie, enmarcado por el umbral de la puerta como si fuese un retrato. Me quedé paralizada y cerré las manos sobre los pendientes. Su chaqueta color carbón le quedaba como un guante y hacía aún más despampanantes sus oscuros rasgos. De algún modo, él siempre conseguía llevar la ropa bien abotonada y recién planchada, incluso después de días enteros de trabajo delante de la forja, pero este Ezra era una obra de arte.

Me miró de soslayo y jugueteó un poco con el cuello de su camisa. Estaba azorado y la idea me pareció encantadora. Me gustaba verlo así.

—Bien hecho. —Henrik lo miró con expresión satisfecha—. Creo que puede que lo consigamos.

Nos miró a uno y a otro, pero yo seguía con los ojos clavados en Ezra, a la espera de que él me mirara. Sin embargo, no cedió y mantuvo los ojos fijos en el escritorio hasta que abrí mi mano y me puse los pendientes. Los pájaros colgaban de la delicada cadenilla de plata, justo hasta el borde de mi mandíbula.

Por fin, Ezra deslizó los ojos por mis hombros, subieron por mi cuello y me giré para darle la espalda antes de que un intenso rubor tiñera mis mejillas.

—Bryn, te excusarás hacia el final de la cena. —Henrik repasó el plan otra vez—. La puerta del estudio de Simon está al final del pasillo que sale del salón. La verás cuando entremos en el comedor.

Asentí mientras escuchaba, todavía muy consciente de la presencia de Ezra detrás de mí.

—El escritorio está debajo de la ventana y, por lo que me ha dicho Ezra, no deberías tener problema con la cerradura.

Ezra no dijo nada, pero no pude evitar preguntarme cómo podía saberlo. A lo mejor tenía algo que ver con la razón por la que Henrik lo traía con nosotros.

—Buscas un nombre y una fecha. Ya está. No te preocupes por las sumas. Y no te lleves *nada*.

—Entendido.

Caminó en torno al escritorio y se sentó en el borde, delante de Ezra y de mí.

—Una cosa más. —Hizo una pausa—. Bryn, quiero que prestes especial atención al hijo de Simon, Coen.

Ezra se puso tenso a mi lado y yo parpadeé, confusa.

—¿Qué?

—Tiene bastante influencia sobre su padre y seguro que heredará su anillo de comerciante cuando muera. Sería un buen marido para ti y un aliado aún mejor para esta familia.

Noté cómo la sangre desaparecía de mi cara y me dejaba fría.

—¿Quieres que…? —No estaba segura de si lo estaba entendiendo bien—. ¿Quieres emparejarnos?

—¿Por qué no? Si su hijo se enamora de ti, Simon seguro que acepta patrocinarnos con el Gremio. —Hizo un amplio gesto hacia mi vestido—. No deberías tener ningún problema en captar su atención con este aspecto. Y a pesar de ese temperamento tuyo, sé que puedes ser encantadora.

Estaba tan aturdida que no se me ocurría qué decir. La idea era humillante. Insultante.

Un intenso rubor trepó por mi cuello, abrasador en su ascenso. Nunca pensé que Henrik se refiriera a esto cuando me dijo que quería meterme en el negocio familiar. De hecho, esta era justo la razón de que estuviera tan impaciente por abandonar Nimsmire.

A mi lado, Ezra estaba quieto como una estatua. Los músculos de su mandíbula estaban tensos mientras observaba a Henrik con ojos tormentosos.

Mi tío dio una palmada, como para que nos pusiéramos en marcha, pero nos quedamos los dos clavados al suelo mientras él echaba a andar pasillo abajo. Ezra no se movió y permanecimos ahí parados, hombro con hombro, contemplando el fuego sin decir una palabra, hasta que levantó la mano y recolocó el pañuelo de su cuello por enésima vez. Tiró del satén con tal fuerza que parecía que lo iba a romper.

—Para —espeté. Me giré hacia él y aparté sus dedos de un suave manotazo.

Dio un respingo cuando me estiré para ajustar los bordes de la corbata y, aunque intentó dar un paso atrás, tiré de él hacia mí con más fuerza de la necesaria. Estaba respirando demasiado fuerte, mis costillas apretadas bajo el corpiño del vestido, y tuve que morderme el labio para evitar que temblara. Estaba enfadada. Avergonzada de mí misma. Abochornada.

Ezra bajó la vista hacia mi cara mientras yo deshacía el nudo mal hecho y empezaba otra vez con manos hábiles. Aspiré una larga bocanada de aire para ralentizar mi corazón desbocado. Había atado corbatas como esta cientos de veces a petición de Sariah. Ella me había estado entrenando para vestir a un marido, y yo le había seguido el juego porque pensaba que era la fantasía de una anciana. Que una vez que llegara a Bastian, todo eso quedaría olvidado. Pero aquí estaba, dejándome llevar de la correa a un salón de subastas. Otra vez.

—¿Sabías algo de esto? —Mantuve la voz baja.

Estaba aterrada de su posible respuesta. E incluso más aterrada de la razón por la que me importaba.

Por una vez, Ezra no apartó los ojos de los míos.

—No. —La palabra vino acompañada de una profunda respiración rasposa.

Parpadeé para eliminar las lágrimas de mis ojos y plegué el brillante satén alrededor de mi dedo para pasar luego el extremo a través. Me tiraría al fuego antes de dejar que una sola lágrima rodara por mi mejilla.

Cuando terminé, estiré las manos hacia el cuello abotonado de la camisa de Ezra para enderezar el nudo. Sin embargo, cuando mis nudillos rozaron el hueco de su cuello, mis manos se pararon y dejé que el dorso de mis dedos se moviera despacio por su piel. Más despacio de lo necesario.

Ezra tragó saliva. Su pecho subía y bajaba debajo de la camisa. No me atreví a levantar la vista. Dejé que mis manos resbalaran por su camisa y quité un polvo inexistente de los hombros de la chaqueta para tranquilizarme.

Al final del pasillo, la puerta de la calle se abrió y las llamas de la chimenea ondularon con violencia e iluminaron el rostro de Ezra. Después de lo que pareció una eternidad, dio un paso atrás y esta vez no lo detuve. Giró sobre los talones, metió sus manos con cicatrices en los bolsillos y yo me quedé ahí sola en la puerta, los dedos enredados con tal fuerza en la tela de mi falda que me dio la impresión de que los huesos podrían romperse.

Henrik esperaba en la calle cuando bajé las escaleras, sujetando la puerta abierta. Discutir no serviría de nada. Henrik tenía un plan y lo seguiría hasta el final. Esta noche, era Bryn Roth, la preciosa y refinada sobrina de Henrik, cuyo posible compromiso con el hijo del relojero podría ser muy beneficioso para ambas familias. Mañana tendría que empezar a excavar para sacarme a mí misma de esa tumba.

DIECISÉIS

La puerta del relojero tenía una aldaba de oro embutida en un círculo de estrellas.

Henrik llamó cuatro veces y yo aspiré una bocanada de aire profunda y tranquilizadora. Eché los hombros atrás y encontré el calor de Ezra inesperadamente cerca, detrás de mí en el escalón inferior. Henrik me quería en primer plano cuando esa puerta se abriera así que me planté mi sonrisa más elegante, aunque el gesto agrió mi estómago.

Ezra no había dicho ni una sola palabra durante todo el trayecto desde el Valle Bajo hasta el barrio de los comerciantes. Había caminado detrás de nosotros con paso seco mientras Henrik soltaba una ristra de información sobre Simon y su hijo para que yo la memorizara. Fingí escuchar, mientras observaba el centelleo de las luces sobre los adoquines mojados y envolvía los brazos a mi alrededor debajo de mi capa.

Henrik estiró los brazos y recolocó los puños de su camisa, ajustó el borde de su frac. Ya no parecía nervioso. La emoción iluminaba su rostro y transformaba todo su aspecto.

Henrik vivía en un mundo hecho de cristal, uno sobre el que tenía un control férreo. Siempre pensaba por adelantado y se preparaba para distintos escenarios, lo cual evitaba que se sorprendiera demasiado a menudo. Incluso ahora, mientras esperaba, estaba calmado y sereno, sin rastro del patriarca de puño de hierro que gobernaba la familia y sus negocios. Estábamos a punto de averiguar si a Simon se le podía engañar.

La puerta se abrió y un sirviente con un elegante chaleco negro se apartó a un lado para hacernos pasar.

Detrás de él, Simon esperaba con las manos cruzadas. Me dedicó una sonrisa de una calidez genuina. Desde donde estaba, no veía ni una sombra del hombre despiadado del North End del que me había hablado Murrow.

—Henrik. —Saludó a mi tío con una sonrisa educada y dio un paso al frente para estrecharle la mano—. Me alegro mucho de que hayas aceptado mi invitación. Por favor, adelante. —Nos hizo un gesto para que entráramos y yo recogí mis faldas para cruzar el umbral de la puerta.

Los suelos de mármol estaban tan pulidos que la luz se reflejaba en ellos como si fuesen el agua de un estanque, y una escalinata de madera con la barandilla tallada subía en espiral por encima de nuestras cabezas. La casa era preciosa, digna de los gustos del Gremio. Ezra, sin embargo, no parecía impresionado y entró sin echar un solo vistazo al extravagante vestíbulo.

—Ya conoces a mi sobrina —dijo Henrik con voz amable, al tiempo que daba un paso atrás como para presentarme. Había sido él quien me había enviado a la tienda del relojero y me pregunté ahora si lo de emparejarme con su hijo ya había estado en su cabeza entonces.

—Así es. —Simon asintió.

—Ha llegado hace poco de Nimsmire, donde ha estado viviendo con mi tía —explicó Henrik—. Te acuerdas de Sariah, ¿verdad?

Hubo una pausa breve pero palpable al mencionar el nombre de Sariah, y tomé nota del sutil cambio en el rostro de Simon antes de que la extraña expresión se perdiera en la cambiante luz de las velas.

—Por supuesto. —Me tendió la mano y yo deposité mis dedos en los suyos al tiempo que inclinaba un poco la cabeza—. Es un placer verte de nuevo, Bryn. Confío en que tu reloj haya llegado bien y sea de tu agrado.

—Sí, llegó perfecto. —Sonreí con dulzura—. Es un artículo tan precioso que lo llevaría ahora mismo si este vestido tuviese algún sitio donde guardarlo.

Simon se rio.

—Bueno estoy impaciente por vértelo puesto. —Miró de reojo a Henrik—. Tiene un gusto exquisito, si es que puedo decirlo.

—Sí que lo tiene —confirmó Henrik.

—Oí lo de ese terrible incidente con el forjador —dijo Simon en voz baja mientras deslizaba los ojos por mi mejilla. Me ardía la cara mientras me inspeccionaba. Había intentado ocultar hasta el último rastro de ese moratón de modo que fuese indetectable, pero podías verlo si mirabas con la atención suficiente.

—Sí. Un suceso muy desafortunado. —Henrik chasqueó la lengua—. Pero no necesitas que yo te diga que Arthur no hace negocios como un caballero, precisamente.

Simon hizo un ruido gutural a modo de respuesta.

—También conoces a Ezra —continuó Henrik.

—Por supuesto que sí. ¿Qué tal estás, hijo?

Lo miré, sorprendida. Ezra no había dicho nada de que conociera a Simon.

—Estoy bien —contestó Ezra con educación. Él también estaba siguiendo el juego, pero había una rigidez inusual en su porte. Estaba nervioso.

—Nunca ha sido muy hablador, ¿verdad? —comentó Simon medio en broma. Henrik se rio.

—No, desde luego que no.

Ezra no parecía divertido y miró de uno a otro con una expresión indescifrable.

—Bueno, ¿os parece que entremos? —Simon dio media vuelta sin esperar respuesta y nos condujo por el pasillo forrado de madera.

Mis ojos estudiaron las puertas cerradas por las que pasamos y, cuando llegamos a unas puertas de doble hoja con pomos de bronce, Henrik me hizo un ligerísimo gesto con la mano en su dirección.

El estudio. Mi objetivo. Para cuando terminara la cena, debería haber encontrado una manera de colarme en él.

La sala que teníamos delante refulgía por la luz del fuego, que se proyectó por el pasillo cuando entramos. Dos enormes chimeneas se alzaban a ambos extremos de un salón rectangular cuyas paredes empapeladas rielaban de un tono dorado. Había muebles elegantísimos y el brillo de adornos de plata por todos los rincones, una alfombra tejida a mano mullida bajo mis zapatos. Henrik no había estado exagerando cuando dijo que Simon había trepado en la sociedad. Esta casa era tan sofisticada como cualquiera que yo hubiese visto en Nimsmire.

Había un puñado de hombres reunidos delante del fuego en el otro extremo de la habitación, pero su conversación se cortó en seco cuando entramos. Sospeché que Simon los había invitado para que le dieran una segunda opinión. No iba a aceptar patrocinarnos a menos que tuviese apoyo dentro del Gremio y que creyera que podía ganar la votación en la exhibición. Esta noche, teníamos público ante el que actuar.

Simon se aclaró la garganta.

—Me gustaría presentaros a Henrik Roth, su sobrina Bryn Roth y su platero, Ezra Finch.

Mis ojos volaron hacia Ezra. *Finch*. Nunca había oído a nadie decir su nombre completo antes y tampoco se me había ocurrido preguntar. Levanté una mano hacia uno de los pendientes que colgaban de mis orejas cuando me di cuenta de la relación. Los pájaros... Eran pinzones, pero en algún sitio había oído que también los llamaban *finch*.

—Esos pendientes son preciosos. —Un hombre de pelo rubio bien peinado se inclinó hacia mí, los ojos entornados mientras inspeccionaba los pendientes.

—Son obra de Ezra —dijo Henrik con orgullo.

Los invitados se volvieron hacia él, pero aun así, Ezra no dijo nada. Se quedó ahí de pie, pegado a la pared, con aspecto de no estar disfrutando de la atención.

—Lo que le falta en materia de conversación lo compensa en talento, os lo aseguro. —El bigote de Henrik se curvó en una sonrisa taimada.

Los hombres se rieron y sus voces llenaron la cálida habitación mientras yo me encogía un poquito con una mueca.

—Creo que todos estaremos de acuerdo en que la conversación no es siempre la mejor jueza del carácter de una persona —comenté, con una mirada significativa en dirección a Henrik. Mantuve la sonrisa plantada en mi cara, pero las risas se apagaron.

La sonrisa de Henrik vaciló cuando lo miré a los ojos, confirmando que comprendía lo que quería decir:

yo tenía más poder en esta habitación que en ninguna otra parte, y no temía utilizarlo. Si quería usarme para meterse a Simon en el bolsillo, que así fuera. También estaba utilizando a Ezra al exhibir su trabajo, pero no se iba a reír a su costa.

—Muy cierto. —Henrik se aclaró la garganta. El hombre rubio me sonrió.

—Es un cambio agradable tener a una dama entre nosotros.

—Estoy de acuerdo —confirmó Simon—. Nos mantendrá civilizados.

Los otros casi parecieron disfrutar de mi contestación cortante, pero los ojos de Henrik se tornaron suspicaces mientras me miraba. Los deslizó hacia Ezra y luego de vuelta a mí. Luego los entornó.

—Yo conozco bien tu trabajo —comentó uno de los hombres, tendiéndole la mano a Ezra. —No sé si hay un solo comerciante en Bastian que no lo conozca ya.

Ezra estrechó la mano y asintió agradecido.

Técnicamente, Henrik no debía de estar produciendo piezas de ningún tipo para venderlas en Bastian. Su comercio estaba limitado a Ceros, en los Estrechos, pero era obvio que la fama de su platero había corrido como la espuma.

Simon chasqueó los dedos y una mujer con una bandeja de plata llena de pequeñas copas talladas apareció a nuestro lado. Henrik tomó uno, me lo entregó y aprovechó para mirarme a los ojos con frialdad mientras Simon nos daba la espalda. Mi tío estaba desempeñando su papel a la perfección, con cuidado de recordar todo lo que le había dicho, pero no le gustaba que lo pusieran en su sitio. Daba la impresión de que le iban a brotar colmillos y me los iba a clavar en el cuello en cualquier momento.

—Henrik, me gustaría presentarte a Peter. —Simon le hizo gestos para que se acercara a la chimenea y la sonrisa volvió a sus labios mientras daba un paso al frente.

La evaluación había empezado. Nos estaban examinando.

Di un paso atrás mientras Henrik entablaba conversación con los demás invitados, y encontré un lugar donde ponerme al lado de Ezra, que tenía una copa de cava en la mano y, sorprendentemente, no parecía del todo fuera de lugar.

—No hagas eso —me dijo en voz baja.

—¿Hacer qué?

Bebió un sorbo.

—Ya sabes qué. No necesito que me protejas.

Levanté mi propia copa hacia mis labios, la mirada perdida en el fuego. Ya sabía que no necesitaba protección, pero no me había gustado el brillo en los ojos de Henrik cuando había hablado sobre Ezra. Quizás estuviera enfadada por lo que había dicho Henrik antes de partir de la casa, pero no era solo eso, en ese momento me había sentido ferozmente protectora de Ezra.

El ambiente de la habitación cambió y las conversaciones se acallaron cuando llegó un hombre joven desde la entrada.

—¡Ah! —exclamó Simon—. Coen.

Los hombres se hicieron a un lado y mis ojos se posaron en el hijo de Simon. Era guapo y esbelto, con grandes ojos azules y el pelo castaño claro retirado de la cara y remetido detrás de una oreja.

Me bebí el cava de tres tragos ansiosos que dejaron un rastro ardiente en mi garganta.

Simon hizo un gesto con la cabeza en mi dirección y guio a su hijo a través de la habitación. Me resistí al impulso de juguetear con mi copa.

—Coen, esta es Bryn.

Coen se detuvo delante de mí y su mirada escrutadora me examinó de la cabeza a los pies. Me hizo sentir como si cien ojos estuvieran puestos en mí.

—Es un placer conocerte. —Una pequeña sonrisa curvó sus labios cuando tendió una mano abierta entre nosotros. La estreché.

—El placer es mío —dije, con cuidado de mantener la voz serena.

No era lo que había esperado. Cuando Henrik dijo que haríamos buena pareja, había imaginado a un hombre mayor con el dinero suficiente para inundar el negocio de Henrik, pero por su aspecto, Coen solo podía tener unos pocos años más que yo.

—Supongo que recuerdas a Ezra —comentó Henrik.

Ezra estaba detrás de mí, los hombros tan rectos en su chaqueta que parecía que fuera a reventarse por las costuras.

—Por supuesto. —Coen le tendió la mano ahora a Ezra, que dudó un instante antes de ceder y estrechársela.

Me empezó a doler la mandíbula de tanto apretar los dientes. Ezra parecía más que incómodo ahora y no se molestó en fingir una sonrisa educada. No quería estar ahí, pero en el fondo, yo me alegraba de que estuviera.

—Coen, acompañarás a Bryn, ¿verdad? —Henrik interrumpió mis pensamientos y me di cuenta de que los hombres ya se dirigían hacia el comedor.

—Será un placer para mí —repuso Coen al tiempo que me ofrecía el brazo.

Observé a Ezra desaparecer por el arco de la puerta delante de nosotros y pronto lo perdí de vista. Forcé otra sonrisa en dirección a Coen.

Henrik conversaba con todos los presentes, su cálida simpatía era una destreza útil en situaciones como esta. No obstante, podía sentir cómo la mitad de su atención seguía puesta en mí. Estaba jugando a un juego largo.

No se trataba solo de que captara la atención de Coen. Mi tío quería estar atado a su influencia por sangre. Él había colocado todas las piezas en su sitio. Cuando llegara el momento también sería él quien las moviera.

DIECISIETE

F<small>UE COMO VOLVER A CASA</small>.

La fastuosa cena de Simon la iba a servir un ejército de sirvientes bajo las titilantes velas encendidas sobre lámparas de araña de cristal. Su luz danzarina proyectaba colores fragmentados por las paredes y el calor de la sala aumentó con las voces atronadoras de los hombres mientras nos reuníamos alrededor de las sillas.

Coen sacó la mía y esperó a que me sentara. Me resistí al impulso de reírme al recordar mi primera noche en casa de los Roth, cuando nadie se molestó en hacer lo mismo. Las costumbres con las que había crecido en Nimsmire estaban por todas partes en esta casa y me resultaban familiares. Me parecían seguras. Pero también me recordaron a esa sensación de estar enjaulada que siempre había tenido bajo el tejado de mi tía abuela. Hasta ese momento, no fui consciente de que no había vuelto a sentirla desde que había llegado a Bastian. No hasta esta noche.

—He oído cosas muy buenas sobre la evolución de tus negocios en Ceros. —Simon tenía la espalda pegada a su silla mientras orientaba la conversación hacia Henrik.

Mi tío parecía cómodo con la atención, pero yo tenía un nudo en el estómago. Cuanto más lo miraran, más miedo tenía de que hiciera o dijera alguna estupidez.

—Me alegro de oírlo. No tengo ninguna duda de que funcionará igual de bien en Bastian.

Hice una mueca. Eso era demasiado descarado. Demasiado fuerte para una charla ociosa sobre negocios, pero Simon dio la impresión de perdonarle el error.

—Lo de Holland ha sido duro. Creo que todos estaremos de acuerdo en que llenar el agujero que dejó atrás será buena cosa, pero habrá más de un candidato para su anillo de comerciante. —Lanzó una mirada en dirección a uno de los otros hombres y yo tomé nota de ello. Estos hombres iban a invertir sobre seguro y, si Simon ofrecía su apoyo, sería a alguien que pudiera beneficiarlos.

Henrik asintió mientras el sirviente llenaba la copa de al lado de su plato. Exudaba confianza.

—Esas joyas son solo una pequeña muestra de la colección que estamos preparando para la exhibición.

—Oh, trabajando en una colección ya. —Simon sonrió con suficiencia—. Debes de estar muy seguro de ti mismo.

Busqué malicia en sus palabras, pero no encontré ninguna. A Simon parecía gustarle la arrogancia de Henrik. Mi tío se encogió de hombros.

—La destreza de Ezra aumenta a cada año que pasa. Tiene un futuro brillante.

—Pues eres muy afortunado —repuso Simon, levantando su copa. Esta vez, percibí un insulto, pero no supe lo que era.

Coen se inclinó hacia mí y desvió mi atención de esa conversación.

—Mi padre dice que acabas de llegar a Bastian. —Apenas podía oírlo sobre la voz atronadora de Simon.

—Así es —respondí con una sonrisa—. Crecí en Nimsmire con mi tía abuela.

—Por lo que sé, eres la primera Roth que no se cría aquí en Bastian.

Tenía razón. Si él había crecido en el North End, y Henrik y Simon se habían movido alguna vez en los mismos círculos, debía saberlo. No obstante, me pareció atrevido que empleara mi apellido de un modo tan informal. Ni siquiera había un dejo de desaprobación en su tono y eso me gustó. Coen tenía la misma cualidad que parecía tener su padre: la sinceridad.

Me miraba a los ojos cuando hablaba, lo cual me tranquilizaba en la misma medida que me ponía en guardia.

—¿Y qué opinas del lugar hasta ahora?

—Es... grande. Mucho más grande de lo que estoy acostumbrada.

Cuando el sirviente llegó hasta nosotros, Coen se quedó callado y dejó que el hombre hiciera su trabajo antes de continuar.

—¿Por qué no te has quedado en Nimsmire?

Agarré mi copa y la sujeté delante de mí.

—El negocio de la familia está aquí. Mi tío me necesitaba.

A Coen le gustó mi respuesta. Arqueó una ceja y asintió.

—La familia es el único legado que perdura, ¿verdad? —Lo dijo con tal convicción que me hizo levantar la vista.

La casa y el decoro puede que me resultaran familiares, pero este relojero y su hijo no eran como los hombres de educación pulcra que había conocido. Eran francos e iban al grano y no pude evitar que me gustaran. A Henrik, pensé, puede que le fuese bien incluso con ellos.

Coen habló de su padre y me contó cómo había construido su negocio de la nada en el North End. Estaba claro que respetaba a Simon. Que lo quería incluso. La idea me hizo sentir remordimientos por lo que había venido a hacer Henrik aquí y por mi papel en todo ello. Pero había más en juego que el anillo de mi tío. Si quería librarme de ese compromiso indeseado y tener mi propio negocio, no podía permitirme el lujo de escuchar a una conciencia culpable.

Ezra estaba sentado en el otro extremo de la mesa, enfrente de Henrik. Cortaba su faisán con delicadeza y daba pequeños mordiscos. Él era la única cosa fuera de lugar en esta escena. Contestaba las preguntas de los hombres con monosílabos aquí y allá y se ponía rígido cada vez que se daba cuenta de que estaba a punto de apoyar los codos en la mesa. Parecía tan desgraciado que casi sentí pena por él. Sin embargo, más preocupante era el hecho de que no podía dejar de mirarlo. Mis ojos se deslizaban en su dirección cada pocos minutos y aunque él fingía no darse cuenta, no era así. Cada vez que mis ojos se posaban en él, hacía rotar los hombros o se pasaba una mano ansiosa por el pelo. Al final del primer plato, el pelo le caía por los ojos.

La cháchara aumentó de volumen y los comerciantes volvieron su atención hacia él. Hicieron preguntas sobre su último trabajo, una serie de moldes complicados de los que habían oído hablar y que Ezra había creado para fabricar broches de diamantes. Él se mostró educado pero falto de interés, y se notaba que Henrik estaba más frustrado a cada minuto que pasaba. Ezra no estaba desempeñando su papel y me sentía cada vez más angustiada por la reacción que podría tener Henrik cuando acabáramos aquí.

—Es... un tipo interesante, ¿verdad? —comentó Coen de repente, y me di cuenta de que me había sorprendido mirándolo.

Bajé la vista y jugueteé con una patata asada por mi plato.

—No sabía que os conocierais.

—Sí, durante muchos años. Ezra creció en el taller de mi padre.

Mi tenedor arañó el plato.

—¿Trabajó para Simon?

Coen asintió.

—Aprendió a fundir y moldear en nuestra forja. Estuvo de aprendiz aquí hasta sus doce o trece años.

Había deducido que había algún tipo de historia entre Ezra y Simon, pero parecía algo envuelto en cierto secretismo.

—¿Cómo acabó con Henrik? —pregunté, antes de poder pensármelo mejor. Estaba siendo muy obvia, pero no podía evitarlo. No sabía prácticamente nada sobre Ezra.

Mi pregunta dio la impresión de picar la curiosidad de Coen. Me miró con atención y supuse que se estaría preguntando por qué no lo sabía ya. Era un tropiezo por mi parte y él se había dado cuenta.

—La astucia de tu tío derrotó a mi padre.

El comentario de Simon de repente tenía sentido. Había más en esa historia de lo que nadie había revelado y esta era toda la explicación que yo iba a recibir.

—Lo siento —dije—. Simon parece un buen hombre.

Coen lanzó una mirada al otro extremo de la mesa.

—Lo es. Nuestros comienzos fueron humildes, pero ha forjado su propio destino a partir de una conjunción de estrellas muy improbable.

El brillo en sus ojos estaba cargado de orgullo. Me pregunté si su referencia a sus orígenes humildes sería su forma de poner las cartas sobre la mesa. Tenía que saber que Henrik tenía un compromiso en mente. Puede que su padre estuviese metido en el ajo, incluso.

—No creo que tenga que decirte nada sobre *nuestras* estrellas —comenté. Coen sonrió.

—No, no tienes que hacerlo. Todo el mundo en esta ciudad conoce el nombre de tu familia. —Se inclinó hacia mí—. Pero tú no pareces una Roth.

Noté que me ponía roja como un tomate.

—¿Por eso has aceptado sentarte a mi lado?

Coen se echó a reír.

—Me he sentado a tu lado porque me han dicho que lo hiciera. Pero me alegro de haberlo hecho.

No ocultó lo que quería decir. Henrik había creído que no me costaría llamar la atención de Coen, y había estado en lo cierto. Tal vez las mujeres jóvenes del barrio comercial no se sintieran inclinadas a prestar atención a alguien con su pasado. O quizás al artesano que había en él le gustaran las cosas bonitas.

—Pronto, creo. —La voz de Henrik rompió el hechizo entre nosotros—. El salón de té lleva cerrado demasiado tiempo. Ya es hora.

Volví a deslizar los ojos hacia el otro extremo de la mesa. Henrik estaba relajado en su silla, su plato vacío excepto por un bocado o dos, justo como le había indicado. Vaya, podía obedecer órdenes, después de todo.

—Estoy pensando en abrirlo en un par de semanas.

Notaba la mirada furiosa en mi cara e incluso yo me sorprendí por la tormenta que provocó en mi pecho.

—No le haría daño a tus posibilidades con el Gremio —comentó Simon—. Todos los comerciantes de Bastian toman té.

Tuve cuidado de apartar la vista. Agarré mi copa y bebí un trago largo. Henrik iba a abrir el salón de té. El salón de té de mi madre. No sabía por qué me sorprendía ni por qué estaba tan enfadada. Después de todo, se lo había sugerido yo. Pero no me había hecho ni caso cuando le di la idea y ahora pretendía llevarse el mérito.

—¿Estás bien? —Coen se había dado cuenta de mi cambio de actitud. Frunció el ceño.

—Sí, muy bien. —Miré al otro lado de la mesa. Ezra me estaba observando por primera vez desde que había empezado la cena. Él también se había dado cuenta.

—Pero bueno, he oído que tú también tienes tu propio pequeño negocio nuevo —comentó Henrik—. El *Serpiente*.

Di otro bocado mientras escuchaba. El *Serpiente* era el barco del que mis tíos y él habían estado hablando.

Simon se inclinó hacia atrás en su silla con expresión vanidosa en la cara.

—Ah, sí. Violet Blake estaba empeñada en quedarse con ese contrato, pero tú sabes que no podíamos aceptar eso.

—Desde luego que no —convino Henrik.

Al reconocer el nombre, me incliné hacia Coen para hablarle en voz baja.

—¿Quién es Violet Blake?

Sonrió como si creyera que estaba de broma.

—¿En serio?

—En serio.

—Es una comerciante de gemas que está en auge en Bastian. Su negocio se ha estado quedando con cada moneda de sobra que había en esta ciudad y ha caído en desgracia con los demás comerciantes debido a ello. Si hubiera cerrado también este contrato, habría tenido más poder que cualquiera de los otros miembros del Gremio, así que mi padre pujó más que ella.

—Ya veo. —Así era como funcionaban los gremios: un equilibrio precario entre alianza y competencia.

—Es una suerte que la cosa saliera bien. La gente debería saber ya que no es bueno enfadar a mi padre. —Lo dijo con humor, pero lo que me había contado Murrow acerca de Simon volvió a primer plano de mi mente. Según mi primo, cualquiera que se enfrentara a Simon acababa flotando en las aguas del puerto.

Uno de los hombres le hizo a Coen una pregunta, lo cual desvió su atención de mí, momento que aproveché para dejar el tenedor en el plato. Si quería llegar al estudio y volver mientras los hombres aún estuvieran comiendo, tenía que hacer algo. Ya.

Apreté la mano en torno a mi copa de cava e hice girar el contenido en su interior. La incliné con discreción, un ojo puesto en el borde de la mesa.

—¡Oh! —Volqué la bebida hacia mí y terminé por derramarla en mi regazo con una exclamación ahogada.

Coen se levantó de un salto y me ofreció su servilleta. La acepté y la presioné contra la gasa con firmeza para absorber el líquido.

—Te ayudo. —Alargó una mano hacia mí, pero me levanté y me puse fuera de su alcance.

—Lo siento muchísimo —me lamenté, al tiempo que trataba de secar las manchas.

—Kit. —Coen llamó a una sirvienta, pero yo levanté una mano para detenerla mientras ella se apresuraba hacia mí.

—Estaré bien.

—Pero su vestido —se preocupó la chica—. Permítame que la ayude, señorita

—Es solo un poco de cava. —Me reí—. ¿Puedes mostrarme el aseo? Solo necesito limpiarme un poco.

Henrik me observó con un destello jubiloso en los ojos mientras la seguía afuera, la falda aferrada en las manos. La chica me condujo de vuelta por el camino por el que habíamos venido, hacia el salón, y solté un suspiro aliviado cuando vi las puertas del estudio.

—Es aquí. —Se detuvo delante de la entrada del aseo—. ¿Está segura de que no necesita mi ayuda? Estaría encantada de...

—Estoy segura. —Le hice un gesto para que se retirara—. Solo ha sido una mano torpe. Gracias.

Me dedicó una leve reverencia reticente antes de encaminarse de vuelta al comedor. Yo abrí la puerta del aseo de par en par y dejé que se cerrara por su cuenta con un chirrido sonoro. Cuando dejé de oír sus pisadas, avancé por el pasillo con sigilo. La puerta del estudio estaba cerrada, pero el pomo giró con facilidad y me colé dentro sin hacer ni un ruido.

La pequeña habitación estaba envuelta en oscuridad, la chimenea fría, pero la luna llena en el exterior llenaba la ventana de un suave resplandor. No perdí ni un instante. Saqué las dos horquillas extra de mi pelo y giré en torno al escritorio. Mis faldas ondearon a mi alrededor y me senté en la mullida silla de cuero antes de palpar en busca de la abertura con la yema de un dedo. Luego encajé las horquillas en la ranura.

El sonido de mi respiración aullaba en mis oídos, mi pulso era atronador. Los pines del interior de la cerradura no se deslizaban tan fácilmente como los del cofre de Henrik. Al primer intento, se negaron a moverse.

Lo intenté de nuevo. La punta de las horquillas arañó contra las ranuras cuando las moví y, cuando sentí que el primer pin se levantaba, solté el aire y fui hacia el siguiente. Uno tras otro, encajaron con un chasquido en su sitio y yo me mordí el labio de abajo cuando todo el bloque giró por fin y la cerradura se abrió.

El cierre de bronce se soltó y metí la mano en el cajón. Palpé en busca de un libro. Tuve cuidado de no mover los papeles ni la cera de sellar en su interior, mis pequeñas manos delicadas con el contenido del cajón. Sin embargo, no había ningún libro.

Dejé caer las manos en mi regazo y miré a mi alrededor hasta que vi un armarito cerrado pegado a la pared. También tenía cerradura, aunque esta era diferente. Redonda, con un agujero más grande para la llave, y el cierre parecía más elaborado.

Cerré el cajón con suavidad y eché el pestillo. Devolví la silla a su sitio antes de cruzar la habitación. Deslicé una horquilla en la cerradura y palpé por el interior con ella. Era parecida a la otra, pero había más ranuras. Más mecanismos que manipular. Me tragué el dolor de mi garganta e intenté serenar mis respiraciones. Tenía las manos sudorosas y temblorosas.

Una vez que las horquillas estuvieron en su sitio, me puse manos a la obra. Alargué mis inspiraciones para emparejarlas con mis espiraciones, mientras una pátina de sudor frío empapaba mi piel. En cualquier momento, la sirvienta querría chequear que estuviera bien. Si la puerta se abría, no habría forma de ocultar lo que estaba haciendo.

Cerré los ojos del modo que me había indicado Ezra que hiciera, y hurgué con las horquillas sin un ritmo real. De hecho, no supe si fue el tembleque de mis manos lo que por fin dio sus frutos, pero cuando la cerradura se abrió lo mismo hicieron mis ojos y se me escapó un gritito entre los labios.

La puerta del armario se abrió y metí la mano dentro. Rebusqué entre los papeles hasta que lo encontré:

un libro con tapas de cuero, más o menos del tamaño del que Henrik llevaba siempre encima. Lo saqué y lo incliné hacia la luz de la luna. Pasé las hojas y leí lo más deprisa que pude. Y me quedé paralizada cuando vi el nombre en la columna de la izquierda. Se repetía una y otra vez con la misma caligrafía.

Holland.

Se hizo un silencio en mi interior y cerré el libro de inmediato antes de devolverlo a su sitio. Henrik tenía todo lo que necesitaba. Un patrocinio inminente por parte de Simon, un arma para utilizar en su contra, un platero con el que impresionar al Gremio, y una sobrina a la que utilizar como moneda de cambio.

Cerré la puerta con suavidad y dejé que el pestillo encajara en su sitio antes de devolver las horquillas a mi pelo. Mi tío sabía lo que estaba haciendo. Había trazado su camino hasta el Gremio con mano experta, pero ahora yo tenía mi propia baza.

DIECIOCHO

La ciudad estaba fría y yo tiritaba. Me ceñí mejor la capa a mi alrededor mientras caminábamos los tres juntos por la oscura calle. No éramos más que sombras que se movían por las paredes de los edificios. No habíamos intercambiado ni una sola palabra desde que salimos de la casa de Simon. Henrik andaba tan deprisa que apenas podía mantenerle el ritmo, pero esperó hasta que pasamos por debajo del arco de entrada al Valle Bajo antes de preguntar:

—¿Y? —dijo, sin alterar el paso lo más mínimo—. ¿Lo encontraste?

Agarré mi falda con más fuerza y el sonido de mis zapatos resonó con eco. Había más de una forma en que podía provocar la ira de mi tío. La primera era con el reproche que le había hecho por su comentario sobre Ezra antes de la cena. En cuanto vi su reacción, había sabido que tendría sus propias consecuencias, pero no estaba segura de cuándo llegarían. La otra era con ese libro de contabilidad.

Había ensayado las palabras en mi cabeza durante el resto de la noche mientras fingía escuchar a Coen. Su voz no había sido más que un sonido zumbón en el fondo de mi cabeza mientras yo alineaba las piezas en mi mente.

No me gustaba que me utilizaran y eso era lo que había hecho Henrik desde que había entrado en su casa. Pero esta información sobre Holland me proporcionaba un poco de poder, el primero que tenía desde que desembarqué del *Jasper*. Y estaba dispuesta a servirme de él.

—No estaba en el cajón —dije. Henrik se paró en seco para girarse hacia mí.

—¿Qué?

No perdí la compostura, los dedos aún retorcidos en mis faldas debajo de mi capa, donde él no pudiera verlos. Me sentí agradecida por la oscuridad cuando sus ojos entornados encontraron los míos.

—Al final hallé el libro, pero no se mencionaba a Holland en ninguna parte.

Henrik me miró pasmado mientras su mente corría a toda velocidad. Levantó una mano y la deslizó por su grueso mostacho antes de clavar los ojos en el suelo. Me gustaba verlo así. Sorprendido.

—Debe de habérsete pasado por alto —musitó, casi para sí mismo.

—Lo comprobé más de una vez. Si está haciendo negocios con Holland, no lleva el registro en ese libro de contabilidad.

Henrik estaba haciendo todo lo posible por controlar su reacción, aunque no estaba segura de por quién lo hacía. Dejó que se produjera un largo silencio entre nosotros, pero detrás de mis costillas, mi corazón latía con fuerza. Justo cuando estaba segura de que sus ojos se enfocarían con suspicacia, suspiró.

—Maldita sea —masculló. Su aliento formó nubecillas de vaho mientras ponía las manos en sus caderas. Estaba reformulando su plan. Buscando uno nuevo en su mente retorcida.

—Lo siento —murmuré, y traté de sonar sincera. Sin embargo, esta era la primera vez que yo tenía el poder y fue agradable ver que era él quien se retorcía incómodo.

—No pasa nada. Lo has hecho bien esta noche. —Me puso una mano en el hombro y su breve muestra de afecto me tomó desprevenida. La miré hasta que me di cuenta de que estaba esperando a que levantara la vista. Cuando lo hice, tocó con suavidad el moratón ya casi desaparecido de mi mejilla. Hubo cierta protección paternal en el gesto.

—Soy más dura de lo que parezco.

—Lo sé. —Lo dijo en serio y sus ojos se movieron más allá de mí hacia la oscuridad—. Creo que ha llegado el momento de que tengas la marca.

Me giré para encontrar a Ezra detrás de nosotros. Su traje era como la noche personificada, el cuello de su camisa y los puños relucían, pero su rostro quedaba oculto en las sombras del arco.

—Quiero que se haga. Esta noche —indicó Henrik.

Ezra asintió.

El nudo volvió a mi estómago cuando miré de uno a otro. Henrik se refería al ouróboros. El tatuaje que llevaban todos los Roth.

Con eso, Henrik giró sobre los talones y echó a andar por la calle delante de nosotros. Ezra lo siguió sin esperarme. Levanté la capucha de mi capa para protegerme del viento y observé cómo se hacían más pequeños en la oscuridad mientras mi corazón por fin se ralentizaba. Henrik me había creído. Había creído mi palabra, y ahora estaba dispuesto a darme su mayor signo de aprobación: la marca.

Había cierto carácter definitivo en la decisión. Podía sentirlo. Un punto de no retorno.

Cuando llegamos de vuelta a la casa, Murrow estaba en la taberna y Casimir, en los muelles. Incluso las cocinas estaban en silencio cuando pasé por delante de las puertas abiertas de camino al taller en el que había desaparecido Ezra. Henrik ya estaba encerrado en su estudio con la chimenea encendida, supuse que trabajando en una nueva forma de conseguir una ventaja antes del patrocinio de Simon.

El taller estaba más frío de lo que había estado la noche anterior, con las brasas de la forja apenas encendidas. Cuando miré hacia la mesa de trabajo de Ezra, vi las elaboradas piezas de plata de lo que parecían ser delicadas hojas.

Ezra dejó caer su paño de pulido sobre ellas, como si no le gustara que yo inspeccionase su trabajo. Luego fue a una de sus baldas para sacar una cajita de madera.

—¿Estás segura de esto? —preguntó.

Desabroché la capa de mis hombros y dejé que cayera en mis brazos.

—¿Acaso tengo elección?

—Probablemente no.

Mi pulso iba a trompicones y mis ojos se posaron en la cara interna de mi codo, donde estaría la marca. La había imaginado ahí incontables veces y había admirado la que tenía Sariah desde que era una niña. Siempre me había parecido como un rito de iniciación. Una marca de pertenencia. Y eso había hecho que mi corazón se hinchiera; ya no sería la niña en una ciudad en la que no tenía un clan propio. En la que ni siquiera había tenido nunca un futuro. Pero aquí, con los Roth, había algo que construir. Eso era lo que quería creer.

En cierto modo, había anhelado el día en que llevaría la marca de los Roth. Al menos entonces, sabría quién era.

—En realidad, ¿qué cambiará? —me pregunté en voz alta, mientras mi mano acariciaba la zona en la que pronto estaría el ouróboros.

Ezra dejó la caja en la mesa.

—En cuanto a protección en esta ciudad, es lo siguiente mejor a una bolsa llena de monedas.

Distraída, levanté la mano y toqué el corte de mi labio, que todavía no se había curado del todo. Eso era lo que había estado buscando Arthur cuando fui a recoger ese pago para Henrik. Si hubiese tenido la marca entonces, no se habría atrevido a ponerme una mano encima. A pesar de lo que Sariah me había dicho siempre sobre vestidos y joyas, la marca de los Roth era la única armadura real que tenía.

—Entonces, sí. Estoy segura —sentencié, y abrí el botón de la manga de mi vestido.

Ezra dejó una vela encendida delante de la caja abierta. En su interior, el contenido estaba bien ordenado: varias agujas de diferentes tamaños con un extremo plano y el otro con punta, una botella de tinta y un bloque de madera cuadrado.

Ezra extendió un paño limpio entre nosotros y dispuso los artículos en una fila ordenada, como si hubiera hecho esto mil veces. En cualquier caso, estaba nerviosa mientras observaba sus manos callosas y con cicatrices cerrarse en torno al pequeño pincel. Retiró el corcho del frasco de tinta y el olor acre llenó el aire cuando sumergió el pincel en su interior. A continuación, dio la vuelta al bloque de madera para revelar el ouróboros tallado sobre el otro lado. Dos serpientes enroscadas mordiéndose la cola la una a la otra en una especie de nudo precioso. Pintó con cuidado el dibujo con tinta negra, evitando las esquinas del bloque, y cuando terminó, lo levantó y estiró su otra mano. Sus dedos se abrieron delante de mí. Esperó.

—Tu brazo. —Su voz grave rechinó en el silencio.

Vacilé un instante antes de posar mi brazo en su mano abierta, y vi cómo tensaba la mandíbula cuando sus dedos se cerraron por encima de mi muñeca. Su mano se apretó alrededor de mi antebrazo cuando lo hizo girar y, una vez que mis nudillos estuvieron pegados a la mesa, sostuvo el bloque por encima de mi piel y entornó los ojos antes de presionarlo contra ella. Lo hizo rodar de un lado a otro y, cuando lo levantó, había dejado la marca como un perfecto sello negro.

—No te muevas —me indicó, y se tomó su tiempo en limpiar el bloque.

La tinta centelleaba mientras se secaba. A continuación, alargó la mano hacia una aguja antes de agarrar mi muñeca de nuevo. Se inclinó sobre mi brazo para estudiar la marca negra, y cuando inspiré pude oler su aroma. A clavo y té negro fuerte.

Levantó los ojos hacia mí sin mover la cabeza.

—Relájate.

—Estoy relajada —repuse, de un modo un poco más brusco de lo que pretendía. Pero Ezra estaba tan cerca que podía sentir su aliento sobre mi piel.

Me lanzó una mirada significativa.

—Noto tu pulso.

Sentí cómo me sonrojaba mientras bajaba la vista hacia su pulgar, apretado con firmeza contra mi muñeca para sujetar mi brazo en el sitio. Cuando me di cuenta de que no estaba respirando, aspiré una rápida bocanada de aire y él me soltó de repente.

—¿Qué haces?

No me contestó, pero fue al otro lado de la mesa de trabajo, donde se agachó hacia las cajas que había debajo. Rebuscó entre unas cuantas herramientas antes de ponerse de pie, una botella oscura con un tapón de corcho en una mano y un pequeño vaso verde en la otra. Dejó el vaso a mi lado y abrió la botella para llenarlo. El olor del aguardiente impregnó el aire.

No dijo nada cuando volvió a sentarse, pero estaba esperando, con las manos cruzadas en el regazo.

Suspiré antes de agarrar el vaso y verter el aguardiente en mi boca. Conseguí tragármelo sin atragantarme pero mis ojos se llenaron de lágrimas y me ardía la garganta.

Cuando dejé el vaso en la mesa, Ezra lo llenó de nuevo. Lo agarró y se bebió el aguardiente de un trago.

Lo miré con atención. Yo no era la única que necesitaba relajarse. Ezra había estado muy tenso toda la noche. Desde nuestra conversación con Henrik en el estudio antes de la cena.

Dejó el vaso en la mesa y agarró la aguja, que brilló cuando la sujetó sobre la llama de la vela mientras la giraba despacio. Una vez más, agarró mi muñeca con su mano izquierda, pero con más suavidad esta vez. Casi al instante, puede sentir el aguardiente extenderse por mis venas y calentar mi sangre contra el frío del taller.

—Picará unos minutos y luego será como si tu mente se insensibilizara —explicó.

Sumergió la aguja en el frasquito de tinta y la colocó sobre la marca, como si estuviera decidiendo por dónde empezar. Noté el momento en que tomó la decisión. Sus hombros se separaron de sus orejas, sus dedos se apretaron sobre mi muñeca. El primer pinchazo me puso la carne de gallina y tuve que hacer un esfuerzo por resistirme al impulso de quitar el brazo de su mano. Ezra esperó con paciencia a que me quedara quieta antes de continuar, y empezó a clavar la punta de la aguja con un ritmo regular.

Rechiné los dientes a medida que el escozor aumentaba poco a poco hasta lo que parecía fuego, e intenté no apretar el puño. Ezra no pareció darse cuenta, tan centrado en su trabajo que después de unos minutos era como si se hubiese olvidado de que yo estaba ahí.

Estudié su cara, observé las comisuras de su boca. Su mandíbula fuerte estaba recién afeitada, su pelo muy bien recortado alrededor de las orejas. No había nada desaliñado en él, excepto por las cicatrices que cubrían sus manos y sus brazos.

—¿Esas son por la forja? —pregunté en voz baja, al tiempo que cerraba los ojos y trataba de no pensar en el implacable ardor que me producía la aguja.

—Sí —contestó, y se acercó más a mí.

Aspiré su olor de nuevo, esta vez a propósito. Mi corazón seguía acelerado, pero me temía que no se debía a la aguja. Era por el hecho de que me gustaba que me tocara. Me gustaba que estuviera cerca.

No obstante, Ezra era para mí en la misma medida un misterio y un imán. Tenía el respeto de la familia. La adoración de Henrik. La lealtad de Murrow. Pero lo que no lograba descifrar era lo que pensaba Ezra sobre el nuevo horizonte de la familia o mi lugar dentro de ella.

Me había sentado enfrente de él a la mesa de la cena, pendiente de cada vez que se ponía tenso, consciente de cada vez que sus ojos se deslizaban hacia mí. Yo sabía bien cuándo había captado la atención de un hombre, pero esto era diferente. Ezra había tenido cuidado de mantener las distancias y siempre que creía ver un destello de algo en sus ojos, lo sustituía esa vaciedad que parecía residir ahí.

—Coen me dijo que solías trabajar para Simon —comenté, con la esperanza de que mi curiosidad no le hiciera apartarse de mí.

Esta vez tardó más en contestar, y sumergió la aguja en la tinta de nuevo antes de hacerlo.

—Así es.

Algo caliente resbaló por el pliegue de mi codo y bajé la vista para ver sangre arremolinada en el hueco. Ezra agarró el trapo y limpió la zona con firmeza antes de volver a empezar. Contemplé la mancha de un rojo intenso sobre la tela blanca.

Ezra tenía razón. Después de unos minutos, el dolor no me había abandonado, pero ya no me producía un retortijón en el estómago cada vez que la aguja pinchaba, y me relajé bajo sus manos cuando me di cuenta de que estaba haciendo todo lo posible por no lastimarme. Sus movimientos eran precisos y deliberados y trabajaba con rapidez.

—Entonces, ¿cómo es que acabaste aquí? —pregunté.

—Una partida de dados.

—¿Dados?

—Henrik le ganó a Simon una partida de «tres viudas». Habían apostado por mí.

Mis dedos se enroscaron contra la palma de mi mano y un suave ardor se prendió entre mis costillas donde estaba mi corazón. Eso era lo que había querido darme a entender cuando me dijo que ya había perdido lo suficiente a los dados.

—¿Cuántos años tenías? —pregunté en voz aún más baja. Se enderezó un poco para sumergir la aguja en la tinta.

—Doce, creo. Once, quizá. No lo sé. —Siguió concentrado en mi piel y secó la sangre a medida que brotaba.

Había contestado a mis preguntas con naturalidad, lo cual había creado entre nosotros una atmósfera diferente a la que estaba acostumbrada. No quise tentar a la suerte con otra.

Ezra retomó el trabajo y apenas lo noté. Tenía la piel entumecida en su mayor parte y me dediqué a observar la llama mortecina en la vela mientras él trabajaba en silencio, tan concentrado que una vez más parecía haber olvidado que yo estaba ahí. Era la misma expresión que adoptaba cuando estaba ante la forja.

Cuando terminó, se enderezó, dejó la aguja en la mesa y limpió todo mi brazo hasta que la tinta sobrante y las últimas gotas de sangre desaparecieron. Hice una mueca por la quemazón, pero cuando giró la marca hacia la luz, abrí los ojos como platos. Lo que había parecido un manchurrón negro, era una reproducción perfecta del sello. Los ojos de las serpientes me miraban, grandes y abiertos.

—Es... —empecé, pero mi voz se perdió.

—¿Qué? —Ezra frunció el ceño.

Noté una pequeña sonrisa tironear de las comisuras de mi boca y me encogí de hombros. No estaba segura de lo que había pensado decir. Me sentía reconfortada por tener la marca, a pesar del escozor que rabiaba en mi piel enrojecida. Me daba la sensación de que la última semana había sido un sueño y solo ahora estaba despertando en Bastian.

El ouróboros no solo era la marca de la familia o la cosa que me ataba a ellos. Era algo más. Algo que podía sentir en mi interior.

Ezra dejó caer el paño y cruzó los brazos sobre la mesa.

—¿Por qué le has mentido a Henrik sobre el libro de contabilidad?

Me quedé paralizada, todos los músculos de mi cuerpo en tensión.

—¿Qué?

—Mentiste. ¿Por qué? —Esperó. No sonaba como una acusación, pero no lograba descifrar la expresión de sus ojos. Era calmada. Demasiado calmada.

—Te sientes culpable —aventuró, cuando no contesté.

Mi boca se retorció hacia un lado. Tenía las palabras en la punta de la lengua, y por alguna razón, quería decirle la verdad, pero no logré animarme a hacerlo.

—Te gustó… el relojero —conjeturó de nuevo.

¿Cómo hacía eso? Siempre parecía ver más allá.

—¿Y el hijo del relojero? —preguntó.

Levanté los ojos de golpe, la cara como un tomate.

El aire que Ezra había inspirado salió en tromba de sus pulmones. Levantó la mano y se frotó la mandíbula.

—Lo siento. No debí decir eso.

—Entonces, ¿por qué lo has hecho? —pregunté sin apartar los ojos de él.

No necesitaba decirlo. La razón había estado muy clara en su rostro en el estudio, antes de la cena. No le gustaba la idea de que me comprometieran con Coen. Y tampoco le había gustado vernos juntos en casa de Simon. Pero la verdad más inquietante era que me sentía aliviada por que no le gustara.

Contemplé su mano sobre la mesa y mis ojos recorrieron las pálidas cicatrices plateadas que cubrían su piel. Durante casi cada momento después de haberlo tocado en el estudio, había sentido su eco en mi interior. Antes de pensarlo siquiera, levanté la mano y la moví por encima de la mesa.

Ezra se quedó muy quieto. Observó mientras yo trazaba con la yema de un dedo el dibujo de las cicatrices en su mano. Cuando no se apartó de mí, entrelacé mis dedos con los suyos. Durante un segundo fugaz, una mirada dolida agrietó la superficie de su fachada reservada. Contempló nuestras manos unidas, y un centenar de pensamientos cruzaron su rostro en un instante.

—Bryn. —Tragó saliva—. Henrik tiene planes para ti. —Buscó mis ojos—. Lo entiendes, ¿verdad?

No me importaba. Lo único que me importaba en ese momento era la forma en que mi piel estallaba en llamas cada vez que él me miraba.

—Es parte de todo esto. —Miró a nuestro alrededor—. Así es como son las cosas aquí.

Despacio, me levanté de la banqueta y mi falda cayó en cascada alrededor de mis piernas. No lo solté mientras me inclinaba por encima de la mesa. Ezra se quedó muy quieto mientras yo me acercaba; observé cómo entreabría los labios. Sus ojos cayeron hacia mi boca y los segundos se alargaron, el tiempo se estiró hasta que ya no pude respirar. Hasta que mi corazón latió con tal fuerza que podía sentirlo en cada centímetro de mi cuerpo. Tenía unas ganas inmensas de que me besara.

Las bisagras de la puerta chirriaron y Ezra retiró la mano de la mía antes de dejarla caer de la mesa. Los dos nos giramos para ver a Tru en la entrada.

—Henrik quiere verte.

Ezra pareció aturdido durante un momento. Cerró la caja de tinta con torpeza y se puso en pie.

—Tú, no. —Tru me miró—. Quiere verla *a ella*.

DIECINUEVE

EL CALOR DEL CONTACTO DE EZRA SEGUÍA VIVO EN MIS dedos, pero ahora se había metido las manos en los bolsillos de los pantalones, los músculos de sus brazos en tensión.

Tru ya había desaparecido, aunque había dejado la puerta del taller entreabierta y podía oler la pipa de Henrik desde su estudio.

—Más vale que vayas —dijo Ezra, pero su voz sonó forzada. Parecía que estaba a punto de salirse del pellejo.

Dejé que mis manos cayeran de la mesa, y el dolor se enroscó entre mis costillas. Me sentía como una tonta ahí de pie, con un vestido que centelleaba a la tenue luz del taller y mis cartas sobre la mesa mientras Ezra aún guardaba todas las suyas.

Las palmas de mis manos sudorosas se cerraron en torno a mi falda cuando eché a andar hacia la puerta, pero la voz de Ezra me detuvo.

—Espera.

Me giré hacia él, y la tensión de mi pecho se aflojó justo lo suficiente para permitirme respirar.

Ezra me miró un instante antes de ir hacia la estantería de la pared. Pescó un pequeño frasco redondo y vino hacia mí sujetándolo en el aire entre nosotros.

—Dos veces al día hasta que esté curado. —Sus ojos se posaron en mi brazo.

Bajé la vista. Había olvidado que estaba ahí: el ouróboros. Tatuado en la cara interna de mi brazo, donde la manga de mi vestido seguía enrollada hasta mi codo. Apenas sentía la piel enrojecida de la zona, pues cada centímetro de mi ser aún vibraba por lo cerca que había estado de Ezra hacía tan solo unos segundos.

Ahora dio media vuelta y fue hacia la mesa pegada a la pared, dejándome ahí sola. Quería que él dijera algo. Cualquier cosa que me diera la sensación de que no me estaba dando la espalda. Cuando no lo hizo, apreté el frasco entre las palmas de mis manos y lo dejé a solas en el taller.

La casa parecía vacía mientras caminaba por el oscuro pasillo, pero la sombra de Henrik se movía por el rayo de luz que iluminaba el suelo.

—Adelante —me llegó su voz, según levantaba la mano para llamar a la puerta.

Cuando esta se abrió vi a Henrik al lado del fuego, fumando su pipa. La habitación estaba llena de humo fragante, y hacía que pareciera una escena de uno de los óleos de mi tía abuela. La chaqueta de su traje estaba tirada sobre una de las butacas de cuero, pero su camisa blanca seguía abotonada hasta el cuello.

Una sensación de inquietud se extendió a través de mí, lenta y fría. Temí que supiera, como Ezra, que había mentido. O que quisiera regañarme por lo que le había dicho durante la cena. O que de algún modo, supiese lo del casi beso en el taller y la salvaje maraña de enredaderas que crecía alrededor de mi corazón y se apretaba con fuerza cada vez que pensaba en Ezra.

Sus ojos se deslizaron hacia el tatuaje que marcaba ahora mi brazo y sonrió. Giró en torno al escritorio para agarrar mi muñeca y sujetar mi brazo delante de la luz del fuego a fin de inspeccionarlo.

—Muy bonito —comentó, casi para sí mismo.

Había una especie de sensación de propiedad en sus ojos que no me gustó. Algo posesivo.

—Quería hablar contigo en privado. —Soltó mi brazo y volvió a la chimenea.

—Tú dirás —contesté.

Me hizo un gesto para que me sentara en una de las butacas, pero él se quedó de pie. No pude evitar preguntarme si era para poder mirarme desde lo alto. Después de unos momentos, sin embargo, cambió de opinión y ocupó la otra butaca. Apoyó un pie sobre su rodilla y dejó escapar otra voluta de humo entre sus labios.

—Quería decirte que he pensado en lo que dijiste —empezó. Esperé sin decir nada—. Lo de la casa de té. Creo que tienes razón.

Noté que sus palabras tenían trampa en algún sitio. Algo que rondaba detrás de lo que estaba diciendo. Henrik ya le había hablado a Simon de sus planes para abrirla y, hasta ahora, a mí no me había dicho ni una palabra.

—Y tú eres perfecta para el trabajo —añadió, los ojos chispeantes. No pude ocultar mi sorpresa.

—¿Quieres que yo la dirija?

—Sí. —Se rio, enseñando sus dientes blancos—. Por supuesto que sí. Fue idea tuya.

Mis dedos se aflojaron sobre el reposabrazos de la butaca y me dejé caer hacia atrás. Después de todo, no me había dejado fuera del plan.

—Tú sabes mucho más sobre estas cosas que yo y es una buena forma de hacer que tu cara y tu nombre se conozcan en el barrio comercial. Esta noche has demostrado que estás a la altura. Manejaste a esos comerciantes muy bien.

Lo miré sin saber exactamente qué decir. No había quién entendiera a Henrik. Era impulsivo. Tan pronto estaba enfadado como se mostraba orgulloso, y yo no parecía capaz de seguirle el ritmo.

La piel tierna de mi brazo escoció cuando deslicé mis dedos por la marca. Por eso había querido que me la hiciera. Me estaba introduciendo en la familia por completo. No habría más pruebas.

Abrió el cajón del escritorio y sacó un gran monedero. Lo dejó en la mesa delante de mí.

—¿Qué es eso?

—Querías un negocio propio, ¿no?

—Sí —admití, y me pareció que mi voz venía de muy lejos.

—Bueno, pues ya lo tienes. Ese es el cobre para empezar. Espero que lo administres bien. Necesitaremos la casa de té en marcha lo antes posible. Quiero que todos los miembros del Gremio hayan entrado por esas puertas para cuando tengan que votar en la exhibición. ¿Puedes hacerlo?

Levanté los ojos.

—Puedo hacerlo. —Noté una sonrisa en mis labios. Cada vez me resultaba más fácil decir esas palabras. Henrik estaba radiante.

—Parece lo correcto, ¿verdad? Después de todo, era de Eden para empezar. Todo el mundo en esta familia tiene un negocio propio y este te va como anillo al dedo. Pero sobre todo, te has ganado mi confianza, Bryn.

Levanté la vista y una sensación enfermiza agrió mi estómago. Detrás de sus ojos, vi que estaba pensando en la cena, durante la cual había sonreído al hijo del relojero con mi bonito vestido. Como él me había dicho. Había jugado su juego y ahora él me estaba dando mi premio.

Había conseguido lo que quería, pero no estaba orgullosa de cómo me había ganado su aprobación.

Me miró a los ojos.

—Hemos tenido muchos legados en esta familia, Bryn. De ladrones, criminales, tramposos. Pero *este*... —Hizo una pausa—. Este será nuestro último legado. Justo como quería Eden.

Lo miré mientras el nombre de mi madre llenaba el estudio a nuestro alrededor. Henrik de verdad quería legitimar a la familia. Limpiar su nombre de gemas falsas y sobornos y tratos turbios. Pero no solo era el legado de la familia. Era el de Eden. ¿Tendría que ver todo esto con ella, en realidad?

—Tenía la sensación, incluso cuando eras pequeña, de que eras especial. Que desempeñarías un papel importante en el destino de esta familia. Los otros no estaban seguros cuando llegaste de Nimsmire, pero yo sí. Y Ezra... —Dejó la frase en el aire.

—¿Qué pasa con Ezra? —Intenté que mi voz no llevase ninguna emoción. Estaba aprendiendo que el oído de Henrik percibía mis cambios de humor. No se le pasaba nada por alto.

—Estaba convencido de que no serías capaz de hacerlo. Te echó un solo vistazo la noche que llegaste y dijo que no valdrías para nada. Que eras demasiado blanda para este trabajo. —Se encogió de hombros—. Te subestimó.

Me encogí un poco. Las palabras dolieron más de lo que hubiese querido.

—No es más que un poco de competencia. Yo no me preocuparía —terminó.

—Yo no soy competencia para él.

—Por supuesto que lo eres. —Henrik se puso en pie y volvió a la repisa de la chimenea. Observé cómo rellenaba su pipa con gordolobo y la encendía otra vez—. Él tiene una posición poderosa en esta familia. No es de sorprender que no quiera que llegue alguien y le quite lo que es suyo. No quería incluirte. Me dijo que debería mandarte de vuelta a Nimsmire. Pero al final, te aceptará.

Tragué saliva con esfuerzo, preocupada por no permitir que una sola emoción cruzara mi cara. Ya había sabido que Ezra no me quería aquí. Que no le gustaba la idea de que pudiera tener alguna influencia en el negocio familiar. Pero una parte de mí había empezado a pensar que eso había cambiado. Nunca había imaginado que actuaría a mis espaldas e intentaría poner a Henrik en mi contra.

—Ten cuidado, Bryn —continuó Henrik, y me miró entre el humo de su pipa—. Ezra tiene mucho talento. Y es brillante. Y lo que es más importante, no es ambicioso. Sin embargo, hay una cosa que siempre será verdad. —Su mirada se afiló—. No es de nuestra sangre.

—No confías en él —afirmé, comprensiva.

—Oculta algo. —Henrik se apoyó en la pared y lo pensó un poco—. Podría ser otro trabajo, una chica… No sería la primera vez. O podría ser algo importante. Solo el tiempo lo dirá.

El aire se apretó detrás de mis costillas, las costuras de mi vestido se clavaron en mi piel. Dolía cada vez que metía aire en mis pulmones.

—Solo quiero que seas lista —insistió, con más suavidad—. Vas a ocupar tu puesto en esta familia y Ezra ha intentado socavarlo. Pero lo necesito si quiero conseguir ese anillo de comerciante.

Solté el aire despacio. Quería preguntarle a qué se refería, pero ya estaba al borde de revelar cuánto me importaba. Y lo último que quería era que Henrik supiera cómo hacerme daño.

—Lo entiendo.

—Bien. —Parecía aliviado—. Ahora, tienes mucho trabajo por hacer. Empiezas mañana. Vas a estar muy ocupada. Me gustaría oír tu primer informe en la cena familiar.

Asentí, obediente, y me levanté de la silla con el corazón en la boca. Henrik fue hacia el escritorio mientras yo abría la puerta, pero hice una pausa antes de salir al oscuro pasillo. Me giré hacia él.

—¿Y Coen?

Henrik levantó la vista.

—¿Qué pasa con él?

Dejé que mis ojos conectaran con los suyos y tuve cuidado con mis palabras.

—No quiero un compromiso.

Henrik medio se rio.

—No, ¿verdad?

—No —confirmé—. Pondré esa casa de té en marcha. Llenaré las arcas de dinero y forjaré un lugar para los Roth en el barrio comercial. Pero *no* quiero que se me empareje con nadie.

—Entonces, demuéstramelo —se limitó a decir.

—¿Que te demuestre qué?

—Demuéstrame que eres más valiosa para mí aquí que en casa de Simon —repuso—. Y entonces hablaremos.

Apreté los dientes. La furia ardía en mi interior como la plata fundida de la forja. Clavé los dedos en el suave cuero del monedero.

—Aunque Ezra no se alegrará demasiado de oírlo —murmuró para sí mismo. Mis ojos volaron hacia él.

—¿Qué?

Henrik se inclinó hacia delante para levantarse de su silla con un quejido gutural, como si le dolieran los huesos.

—Fue idea de él lo del compromiso con Coen.

De repente, la habitación empezó a dar vueltas a mi alrededor y me hizo sentir como si rugiera un viento furioso. Azotaba mi pelo, bajaba por mi garganta. Me mareaba.

Ezra es al único al que escucha.

Eso era lo que había dicho Murrow. Porque Ezra era brillante. Tenía una mente que sabía cómo moldear y dar forma a las cosas, como su plata. En los últimos días, creía haber encontrado algún tipo de refugio en el platero. Un escondite. Pero él estaba haciendo apuestas contra mí. Me estaba utilizando igual que el resto de ellos.

—Y Bryn... —Henrik levantó la vista una vez más. Una sonrisa tierna en los labios—. De verdad que estabas preciosa esta noche.

Apreté los dientes con tal fuerza que me dolió la mandíbula. Cerré la puerta con el pesado monedero presionado contra el pecho. La negrura del pasillo me ocultó mientras subía las escaleras de vuelta a mi habitación. Todo esto era un juego para Henrik. El Gremio. El salón de té. El compromiso con Coen. Como un trío de dados tirados por su mano. Y todo el mundo en esta casa estaba jugando. Incluido Ezra.

Entré en mi habitación y cerré la puerta, con demasiada fuerza. Empecé a caminar adelante y atrás, mis manos frías apretadas contra mis mejillas ardientes y, cuando capté mi reflejo en el espejo, me paré en seco y contuve la respiración.

Ahí, en el marco dorado, estaba la imagen de todo lo que se suponía que debía ser. Preciosa. Útil. Maleable a la voluntad de todos. El pálido vestido oro y plata había parecido como las prendas etéreas de un sueño a la luz de las velas esta noche. Había hecho su trabajo, me había convertido en una criatura de un cuento de hadas. Y ahora, parecía un fantasma.

Estaba cansada de que me miraran. De que me evaluaran. De que me midieran y me sopesaran.

Saqué la silla de la mesa junto a la ventana y agarré con torpeza la pluma del tintero, sin importarme si goteaba sobre mi falda. Empecé a escribir a toda prisa, con el corazón acelerado; tenía la mano helada cuando firmé mi nombre. Mis ojos se deslizaron hacia el ouróboros tatuado ahora en mi piel. Me miraba, su forma distorsionada entre mis lágrimas.

Nadie me iba a dar un lugar en esta familia. Yo tendría que reclamarlo.

Doblé el pergamino y lo sellé con cera. Luego lo volteé para escribir la dirección del sastre. Había una prenda más que quería que confeccionara para mí.

VEINTE

ME SENTÍA COMO SI TODOS LOS OJOS DEL BARRIO comercial estuviesen puestos sobre nosotros.

Murrow y yo caminábamos por el centro de la calle, hombro con hombro a la luz de la mañana. Era más de una cabeza más alto que yo y me ocultaba en su sombra, pero nuestras botas golpeaban los adoquines al unísono, como el ritmo de un tambor.

Podía sentirla… mi sangre más acelerada. Ya no pensaba seguir tratando de demostrar mi valía ante Henrik. Ante todos ellos. Pero todavía tenía algo que demostrarme a mí misma.

Que pertenecía aquí. No sabía si era el tatuaje en el brazo o el secreto que le había ocultado a mi tío sobre Holland, pero por fin me sentía como una Roth.

Decenas de miradas inquisitivas nos seguían a Murrow y a mí al pasar, y más de una persona apartó los ojos cuando le devolví la mirada. Descubrí que me gustaba la sensación de poder que me daba. Tendríamos que establecer un equilibrio delicado si queríamos encontrar un sitio para nosotros en el Gremio; la raya divisoria era muy fina entre ser influyente y peligroso. Nosotros teníamos que ser ambas cosas. Los comerciantes de Bastian tenían que temernos, y al mismo tiempo, tenían que querer asociarse con nosotros. Y había un abismo entre donde estábamos ahora y donde teníamos que llegar si queríamos ganar el voto en la exhibición.

Me había pasado la vida entera fingiendo que era una cosa suave con pétalos. Una cosa que crecía a la luz del sol. Pero empezaba a preguntarme si no sería una criatura de oscuridad, como los rostros que se sentaban a la mesa de mi tía. Si ese calor que sentía bajo la piel cuando veía las miradas apartarse de la mía no había estado ahí desde un principio.

Ezra se abrió paso hasta mi mente, como había hecho una y otra vez desde que había abierto los ojos esta mañana. La línea recta de su boca. La dureza de su mandíbula. Había salido al amanecer y su silla a la mesa del desayuno había quedado vacía. Pero lo que Henrik había dicho la víspera aún dolía.

Repasé el momento en que mis dedos se entrelazaron con los de Ezra, el roce de su aliento contra mi piel mientras mi boca se acercaba a la suya.

Había querido que se encontrara conmigo a mitad de camino sobre esa mesa y me besara. Que me demostrara cuál era su postura. Pero eso había sido antes de que Henrik me ofreciera el salón de té y antes de que supiera que Ezra había estado maquinando en mi contra.

No era tonta. Las afirmaciones de Henrik podían haber sido su intento por mantenerme acunada en la palma de su mano. Pero algo de lo que había dicho parecía verdad. Desde que había llegado a Bastian, Ezra había dejado claro que no me quería aquí. Y aunque notaba sus ojos sobre mí cada vez más a menudo estos últimos días y el espacio entre nosotros parecía bullir de hambre, no estaba segura de que eso significara que podía confiar en él.

Lo que sí sabía era que mis crecientes sentimientos hacia Ezra me habían llevado a perder de vista las líneas entre lo que había venido a hacer aquí y lo que todos los demás tenían planeado para mí. Ahora, me alegraba de que no me hubiese besado. No sabía si habría habido marcha atrás después de eso.

—¿Dónde estaba Ezra esta mañana? —pregunté, los ojos fijos al frente mientras caminábamos.

—Supongo que haciendo algún recado para Henrik. —Si Murrow albergaba las mismas sospechas que Henrik sobre Ezra, no lo demostró.

Capté nuestra imagen en un escaparate al pasar. Murrow me observaba con atención pero no pude evitar mi siguiente comentario.

—Desaparece muy a menudo.

Un levísimo cambio en el paso de Murrow me indicó que no se estaba tragando mi intento de sonar indiferente.

—¿Qué sucedió, exactamente, en esa cena ayer por la noche?

—¿A qué te refieres?

Parecía más divertido que preocupado y me lo tomé como buena señal.

—Cuando volví, Ezra estaba en el taller. Lo noté raro. Pensé que a lo mejor algo no había ido como estaba planeado, pero Henrik no dijo nada durante el desayuno.

—No pasó nada. —Mantuve un tono ligero. Había perdido la poca confianza que tenía en Murrow cuando me enteré de que sabía lo que planeaba Henrik al enviarme a ver a Arthur. Me gustaba, pero no estaba de mi lado. Ninguno de ellos lo estaba. Ahora, trataba de sacarme información. La cantidad de cartas que tenía en la mano crecía por minutos y eso me gustaba. Las necesitaría todas cuando quisiera reclamar mi puesto en la familia.

Anduvimos unos cuantos pasos más antes de llegar a la esquina de Fig Alley. Murrow se giró por fin para mirarme.

—¿Por qué sientes tanta curiosidad por él de repente?

—No lo sé. —Me encogí de hombros—. Es solo que no logro entenderlo del todo.

Murrow me miró con ojo clínico.

—Todos tenemos nuestros secretos. A mí me gustaría guardar los míos. Estoy seguro de que a él le gustaría guardar los suyos. —Lo dijo con buen humor, pero había un dejo serio por debajo. Era una advertencia.

Tal vez sabía que saldrían a la luz muchas cosas si tirara de ese hilo. A Murrow le gustaba Ezra. Se mostraba protector con él, incluso. Pero no tenía ninguna duda de qué lado se pondría si tuviese que elegir. Haría exactamente lo que se le dijera.

Cuando llegamos a la casa de té, el sol centelleaba sobre el viejo cristal como un reflejo sobre el agua de un estanque. El cartel descolorido me miraba desde lo alto y la pintura dorada y arañada con el nombre de mi madre casi parecía refulgir.

Murrow sacó la mano del bolsillo y una cadenita dorada y corta colgaba de la punta de su dedo. Al final de ella había una llave larga y delgada que parecía no haber visto la luz del día durante años. Observé cómo oscilaba.

Mi primo extendió el brazo hacia mí y la depositó en mi mano con una sonrisa pícara.

—Adelante. Es todo tuyo.

La misma sonrisa se dibujó en mis labios mientras la introducía en la cerradura oxidada. Chirrió cuando giré la llave, pero cuando accioné el picaporte, este no se movió.

—Déjame a mí. —Murrow esperó a que me apartara antes de apoyarse contra la jamba de la puerta y sacudirla sobre sus bisagras hasta que el cierre cedió.

La parte inferior de la puerta arañó el suelo de mármol cuando la abrí. Contuve la respiración al cruzar el umbral y entrar en la oscuridad del salón. Estaba frío pero no tenía el mismo ambiente húmedo que flotaba entre las paredes de la casa Roth. Una espesa capa de polvo cubría todas las superficies y suavizaba los perfiles de la habitación. Levanté la vista hacia el techo. Lámparas de araña doradas con puntas de cuarzo colgaban sobre una larga barra tallada. Detrás de esta, la pared estaba cubierta de altos espejos cuyo fondo de plata se estaba separando del cristal. Unas elegantes teteras junto con sus correspondientes tazas pintadas a mano llenaban las baldas que rodeaban las mesas repartidas por el salón. Era como si el lugar se hubiese quedado congelado en el tiempo, intacto desde la última vez que mi madre había estado entre estas paredes.

Giré en redondo y una sensación de asombro me consumió.

—¿Qué opinas? —Murrow quitó el polvo de un taburete cercano antes de sentarse en él. Cruzó un tobillo por encima del otro y me observó.

—Es perfecto. —Sonreí de oreja a oreja.

Y lo era. Lo imaginé en funcionamiento: las velas encendidas y el vapor brotando de las teteras; los vestidos coloridos y las chaquetas, y el fulgor del cristal. El salón de té era tan bonito como útil. No había ni un cotilleo que no cruzara las puertas de las casas de té de Nimsmire.

Si Henrik quería entrar en la sociedad de comerciantes, esta era una puerta tan buena como cualquier otra.

—Sí que me acuerdo de Eden —dijo Murrow de repente. Su voz ya no sonaba llena de humor, sino que reflejaba la ternura de su rostro—. También recuerdo este sitio.

Me instalé en un taburete a su lado y me apoyé en la barra.

—Nadie habla nunca de ella.

—No les gusta hablar de lo que sucedió.

—¿Los tíos?

Asintió.

—Las cosas cambiaron cuando Eden murió. Henrik, Noel y mi padre también cambiaron. Lo que pasó ha atormentado a Henrik durante años y creo que esperaba que tú la sustituyeras de algún modo. Que arreglaras lo que él no pudo.

Observé cómo jugueteaba con la cadena de su reloj. Estaba siendo más sincero de lo que habría esperado.

—Crees que se siente responsable. —Intentaba llegar al fondo de lo que estaba diciendo.

—*Es* responsable. De todos nosotros —afirmó Murrow—. Yo no querría cargar con un peso así.

Se me ocurrió que Murrow no solo estaba hablando de Eden. En cierto modo, estaba defendiendo a Henrik. Trataba de ayudarme a ver por qué hacía las cosas que hacía. Por qué Murrow obedecía todas sus órdenes.

No me cabía ninguna duda del amor de Henrik por la familia, ni de su sentido del deber con respecto a sus negocios. Si tuviera que adivinar, diría que se cortaría sus propias manos antes de dejar que nadie nos hiciera daño. Pero eso no significaba que quisiera ser su marioneta.

—¿Qué le pasó al hombre que mató a mis padres? —pregunté con voz queda. Era una pregunta que no había hecho nunca, pero tenía la sensación de que Murrow me daría una respuesta sincera.

Bajó la voz.

—Mi padre, Noel y Henrik salieron esa noche, después de haber recibido la noticia de lo sucedido. —Hizo una pausa—. No regresaron hasta casi el amanecer. La camisa de mi padre estaba empapada de sangre. No la vi hasta que salí para hacer mis rondas de la mañana... La puerta.

—¿La puerta?

Murrow tragó saliva.

—La puerta de la casa. Estaba roja. —Me moví incómoda en el taburete—. La habían pintado. Con la sangre de ese hombre. —Tragó saliva otra vez—. La gente contó la historia durante años. A todas partes a las que iba... La taberna, los muelles, el North End, los embarcaderos... Todo el mundo contaba esa historia.

Eso sonaba como los Roth de los que yo había oído hablar. Y era probable que fuese la razón por la que nadie quería ponerle una mano encima a cualquiera que llevara el tatuaje. Era la reputación de la familia que nos protegía, del mismo modo que la gente temía enfrentarse a Simon.

—La gente cree que no tienen corazón —dijo—. He oído a más de una persona decir que Henrik no tiene alma. Pero su corazón es esta familia. Todos nosotros.

—Supongo que eso tiene sentido. No tiene familia propia.

Murrow se encogió de hombros. Noté que se estaba guardando algo.

—Espera. ¿Sí tiene una familia?

Vaciló un instante.

—Hay rumores. ¿Quién sabe si alguno de ellos es cierto?

Sin embargo, la expresión de su cara me indicaba que él no creía que todo fuesen cotilleos.

—¿Y tu madre? —pregunté—. ¿Qué le pasó?

—Se dio cuenta bastante pronto de que no estaba hecha para esta vida.

Fruncí el ceño.

—Lo siento.

—En realidad, no puedo culparla —murmuró con sinceridad.

Murrow soltó por fin la cadena de su reloj y cruzó los brazos delante del pecho mientras aspiraba una bocanada de aire tensa. Miró por encima de mi cabeza.

—Todavía hay un problema, ¿sabes?

Seguí la dirección de su mirada hacia las lámparas de araña.

—¿Cuál?

—¿Quién va a tomar el té en un salón dirigido por los Roth?

Esa misma pregunta había estado rondando por mi mente desde que salí del estudio de Henrik la noche anterior. Haría falta algo de tiempo para que la gente se acostumbrara a la idea de tener a Henrik entre ellos, pero él quería que abriera el salón de té antes de la exhibición. Más aún, quería que los miembros del Gremio que participarían en esa votación ocuparan estos mismos asientos antes de que tuviera lugar. Esta tienda era mi forma de escapar de un compromiso con Coen, y le había dicho a Henrik que podía hacerlo. Pero no estaba segura de cómo.

Mis ojos se deslizaron por los respaldos de terciopelo desgastado de las sillas y los intrincados mosaicos de los suelos hasta que capté mis propios ojos en los grandes espejos colgados de la pared. No importaba cuánto lo intentara, Henrik jamás iba a ser uno de ellos. En realidad, no. Su pasado oscuro lo seguiría durante el resto de su vida, pero quizá fuese ahí donde estaba la oportunidad. En esa delgada línea entre influyente y peligroso.

—Tal vez... —murmuré, y mis pensamientos fueron cobrando vida a medida que hablaba. Cuando miré a Murrow, su cabeza se ladeó en ademán inquisitivo—. Tal vez no sea *solo* un salón de té.

VEINTIUNO

—¿Que quieres hacer *qué*? —Casimir me miró boquiabierto.

La gente que entraba en la casa de comercio nos observaba sin disimulo, pero detrás de él, Murrow reprimió una carcajada. Estaba disfrutando de lo lindo.

—Dados —repetí.

Era perfecto. «Las tres viudas» era el placer pecaminoso de casi todos los amigos de mi tía abuela en la alta sociedad, y yo había observado desde las sombras del pasillo cómo, muchas noches, su salón se llenaba de comerciantes con ropa elegante que iban ahí a emborracharse y a pasar la noche tirando los dados y apostando dinero y gemas. Era el secretito inconfesable que todo el mundo conocía. Y me jugaba el cuello a que los estirados comerciantes de Bastian no eran diferentes en absoluto.

—Tiene sentido —continué, y aproveché para pulir mi tono. Tendría que mostrarme sólida como una roca cuando acudiese a Henrik—. El salón de té sería lo bastante decoroso como para atraerlos, pero justo lo bastante escandaloso como para que quisieran volver. Será algo… inesperado.

—¿Y por qué crees que eso es bueno? —objetó Casimir—. Tenemos que darles lo que conocen, Bryn. Algo con lo que se sientan cómodos.

—Si hacemos eso, no vendrán. Nos verán como unos pobretones que tratan de darse ínfulas. Pero si actuamos como los Roth que somos, se sentirán intrigados. No podrán evitarlo. —Expliqué el plan otra vez—. Es un salón de té. El mejor de todos los salones de té, con infusiones exóticas y porcelana pintada a mano. Pero también es un salón de dados. Justo en medio del barrio comercial. Sin trastiendas ni partidas secretas. Será ambas cosas. Al mismo tiempo. —Casimir se limitó a mirarme—. Les encantará. Confía en mí.

—Es una locura. —Casimir resopló—. ¿Se lo has contado a Henrik? —le lanzó una mirada a Murrow.

Cuadré los hombros y atraje sus ojos de vuelta a mí.

—Él me encargó *a mí* que abriera el salón de té y consiguiera que los miembros del Gremio entraran por sus puertas. Pues así es como lo voy a hacer. —La boca de Casimir se retorció mientras pensaba. Sacudió la cabeza—. Este es *mi* negocio —le recordé.

—Tendrás que reconocer —intervino Murrow, lo cual me sorprendió— que podría ser brillante. —Había creído que me había seguido el juego porque le gustaba que las cosas se pusieran un poco turbulentas, pero ahora me estaba defendiendo ante Casimir.

—Y también podría no serlo —refunfuñó Casimir—. Si la fastidias, es problema tuyo. —A su tono le faltaba el dejo cortante que solía llevar. Dejó que su mirada penetrante conectara con la mía, y hubo un momento largo y tenso antes de que suspirara por fin—. ¿Qué necesitas?

Sonreí y saqué entusiasmada el pergamino del bolsillo de mi falda. Se lo entregué y sus ojos repasaron la lista a toda velocidad, con los labios fruncidos.

—Esas son muchas gemas —musitó, aunque volvió a doblarlo y se lo metió en su propio bolsillo—. Vas a gastar la mitad de tu dinero en esto. ¿Por qué no le pides a Henrik que te fabrique unas falsas?

—No podemos hacerlo así —dije—. Esto tiene que ser diferente.

Comprobó su reloj.

—Bueno, pues más vale que nos demos prisa. Tengo que encontrarme con Ezra en el North End para hacer recogidas. Me estará esperando.

Se giró hacia la entrada y lo seguimos hasta que se separó de nosotros por el segundo pasillo, donde estaban los comerciantes de gemas. Observé cómo desaparecía entre la masa de gente mientras Murrow y yo continuábamos por la arteria principal de la casa de comercio. Murrow miraba hacia atrás cada pocos metros, pendiente de mí, pero la multitud se abría para dejarle paso, el reconocimiento patente en los ojos. El Valle Bajo y el barrio comercial no eran los únicos sitios donde las caras de los Roth eran conocidas.

La siguiente vez que se giró, alargó la mano para ponerme delante de él y que pudiera meterme por el siguiente pasillo. El olor a tierra y especias flotaba espeso en el aire marino, y los puestos rebosaban de cestas y boles de madera llenos de todo tipo de cosas, desde hierbas para fumar hasta medicinas pasando por barriles con vinagres aromáticos.

Cuando encontré el puesto que buscaba, hice un gesto con la barbilla para atraer a Murrow hasta mí. La ancha mesa estaba cubierta de cestas forradas de muselina repletas de hojas de té de todos los colores. En cada una, había una cuchara de madera medio enterrada y la fragancia llenó mi cabeza de miles de recuerdos de Nimsmire.

La vendedora de té era una mujer de aspecto frágil, con ojos duros ribeteados de espesas pestañas. Levantó la vista hacia mí parpadeando, curiosa al instante.

—¿Qué puedo hacer por ti?

—Quería cuatro kilos de *yearling*, por favor. —Señalé hacia la cesta más grande, donde el té negro casi rebosaba sobre la mesa.

La mujer se bajó de su banqueta con un gemido y arrastró los pies hasta el final del puesto. Trabajaba deprisa y con eficiencia, y había adivinado el peso casi exacto cuando dejó la bolsa sobre la báscula. Cuando tuvo dos bolsas de dos kilos las cerró con un trozo de hilo de bramante.

—Son veinte cobres —graznó.

—Aún no he terminado —me apresuré a decir, mientras estudiaba las cestas—. ¿Tiene algo de susurro de argón?

El *yearling* era el té favorito en Bastian, pero podía encontrarse en la cocina de cualquier casa. Tenía que haber más que dados para sacar a las serpientes del Gremio de sus agujeros.

La mujer arqueó las cejas y sus manos se detuvieron sobre las bolsas de *yearling*.

—¿Susurro de argón?

—Sí. —Abrí la tapa de otra cesta para inspeccionar su contenido—. Es un té rojo con…

—Sé lo que es, niña. —Casi se echó a reír—. ¿Qué quieres hacer tú con un té como ese?

La miré, confundida.

—Quiero comprarlo. Dos kilos. Y dos kilos de sauce blanco también, si tiene.

Me miró pasmada durante otro momento antes de girar en redondo para darnos la espalda.

—Susurro de argón y sauce blanco. —Cojeó hasta la mesa detrás de ella y quitó las tapas selladas de dos pequeños barriles negros que descansaban detrás de los otros—. No había recibido una petición así en bastante tiempo. Suelo vender estos tés a los comerciantes que se dirigen al norte.

Eso era justo con lo que estaba contando. El Salón de Té de Eden sería diferente de cualquier otro que hubiera en la ciudad. Y si lo iba a convertir en el preferido de la sociedad de comerciantes, tendría que dar a la gente más de una razón para volver.

Detrás del puesto, pude ver la cabeza de Casimir deslizarse entre la multitud varios pasillos más allá. Iba de un comerciante de gemas a otro, con su habitual expresión de pocos amigos bien plantada en la cara. Si Murrow no hubiera salido en mi defensa, no estaba segura de si Casimir habría aceptado mi plan. Solo podía rezar por que Henrik también lo hiciera.

Parpadeé y me quedé muy quieta cuando una cara llamó mi atención en la pared opuesta de la casa de comercio.

Ezra.

Caminaba deprisa por debajo de las altas ventanas, con el cuello de su chaqueta levantado de modo que ocultara la mitad de su rostro. Sus ojos grises, sin embargo, destacaban bajo la tenue luz. Se abrió paso a empujones por los pasillos, directo hacia la pared del fondo.

Mis ojos volvieron hacia Casimir, que estaba hablando con un vendedor. Fuera lo que fuere lo que estuviera haciendo Ezra, no estaba en el North End como había pensado Casimir. Y tampoco esperaría vernos a ninguno de nosotros aquí. Todos habíamos recibido nuestras tareas para el día esta mañana y la casa de comercio no estaba en la lista de nadie.

Ezra se detuvo al final del pasillo y se giró para mirar hacia atrás. Entornó los ojos. Su rostro severo estaba aún más sombrío de lo habitual y sus ojos saltaban por encima de la multitud, como si buscara a alguien. Esperó un instante antes de dirigirse a las escaleras que llevaban a la entreplanta que se asomaba sobre la zona comercial. Cuando llegó arriba, le esperaba otra figura. Un hombre.

Unos mechones de pelo negro rizado asomaban por debajo de una gorra y, cuando vio a Ezra, el hombre giró la cara un poco. Fruncí el ceño. Era Arthur. El hombre del embarcadero catorce. El hombre que me había pegado.

Una sensación sombría e inquietante se avivó en mi estómago mientras observaba. ¿Por qué querría reunirse Ezra con Arthur?

Arthur hizo un gesto hacia la puerta que conducía al exterior, Ezra lo siguió y ambos desaparecieron. Las vistosas ventanas centelleaban donde se asomaban sobre el agua.

Pensé que quizás estaría haciendo uno de los recados de mi tío. Pero Henrik había revelado que no confiaba en Ezra y dudaba mucho de que lo hubiese enviado a encontrarse con Arthur en su nombre.

Era más probable que Henrik tuviera razón: Ezra estaba tramando algo.

—Bryn. —La voz de Murrow se alzó por encima del estruendoso sonido de la casa de comercio y aparté mis ojos de la ventana para mirarlo. Mi primo estudiaba mi cara, con una media sonrisa.

—¿Estás bien? —Levantó la vista hacia la entreplanta—. ¿Qué pasa?

—Nada. —Tragué saliva y forcé una sonrisa. Rebusqué en el bolsillo de mi chaqueta para sacar la bolsita de dinero que Henrik me había dado y la abrí.

Mentí sin pensar, y tardé un segundo en darme cuenta de lo que estaba haciendo: proteger a Ezra. Pero si Henrik decía la verdad respecto de que él trabajaba en mi contra, entonces Ezra no tenía ninguna lealtad hacia mí. Y yo no le debía ninguna a cambio.

Murrow parecía turbado y seguía escudriñando la plataforma en lo alto, pero yo mantuve la cabeza gacha y me dediqué a contar las monedas.

La mujer estiró una mano abierta hacia mí y esperó. Dejé caer el cobre en la palma y ella comprobó las monedas dos veces. Cuando Murrow agarró una de las bolsas, la mujer se volvió hacia él a toda velocidad.

—No, no, chico. Así no es como hacemos las cosas. —Metió las monedas en un cofre detrás de ella—. Haré que os lo lleven. —Agarró una pluma y un pedazo de pergamino del mostrador y me miró—. ¿A dónde debo enviar el té?

—Al Salón de Té de Eden, en el barrio comercial —repuse, aún distraída por el destello de luz en las ventanas por encima de nuestra cabeza—. En Fig Alley.

La mujer frunció el ceño y levantó la pluma del pergamino antes de empezar a escribir siquiera.

—No conozco ningún salón de té con ese nombre.

Me puse la capucha de la capa con una sonrisa.

—No, pero lo conocerá.

VEINTIDÓS

A LA HORA DEL DESAYUNO, ENCONTRÉ LA RESPUESTA DE Coen al mensaje que le había enviado.

Ezra hizo acto de aparición en la mesa, pero todo el mundo estaba distraído esta mañana. Henrik con la colección que estaba preparando para el Gremio; Murrow con el trabajo extra que Henrik le había pasado.

Incluso Ezra estaba claramente preocupado por alguna cuestión, y me pregunté si tendría algo que ver con su reunión con Arthur. Me había guardado para mí misma lo que había visto en la casa de comercio, pero todavía no sabía por qué.

Ezra ni siquiera me miró cuando ocupé mi asiento y recogí el mensaje que esperaba al lado de mi plato. Se había mostrado más esquivo de lo habitual. Volvía a casa mucho después de que todos estuviesen durmiendo y empezaba su trabajo en la forja temprano cada mañana. No pude evitar pensar que me estaba evitando tras lo sucedido en el taller.

Rompí el sello del mensaje y lo abrí. Por mucho que no quisiera reconocerlo, el relojero y su hijo eran la única conexión real que tenía con el barrio comercial y sus influyentes miembros. De algún modo, Simon había trepado por la escalera social a pesar de su pasado poco prístino, y si quería conseguir que Henrik retirara de la mesa mi posible compromiso con Coen, tenía que asegurar lo mismo para los Roth.

La invitación de Coen para tomar el té no era exactamente lo que buscaba cuando le había escrito, pero cuando dejé el sobre en la mesa y Ezra vio el sello de Coen en la cera, se levantó sin terminar su desayuno siquiera. Observé cómo desaparecía por la puerta, y cuando miré de reojo a Henrik, vi que él también lo estaba observando.

Había dejado que Ezra me distrajera antes, pero ahora había muchísimas cosas en juego. Él había llamado la atención de Henrik y ese era un riesgo que yo no podía correr.

También estaba el tema de que Ezra hubiese tratado de emparejarme con Coen. No quería creer que fuese verdad, pero si era sincera, solo mi orgullo me impedía planteármelo. Si yo fuese Ezra, quizás habría hecho lo mismo. Su lugar en la familia era delicado y su falta de sangre compartida lo convertía en el más vulnerable. La llegada de otro miembro de los Roth era una amenaza. A lo mejor creía que era una a la que no podría enfrentarse.

Entonces, ¿por qué estaba yo guardando el secreto sobre su presencia en la casa de comercio? No tenía ganas de contestar a esa pregunta, ni siquiera a mí misma.

El taller de Simon era un edificio revestido de piedra medio oculto en la neblina mañanera, en el rincón más oriental del barrio comercial. Las farolas aún brillaban en la espesa neblina aunque la campana del puerto ya había sonado. Coen me había pedido que fuese al taller y estaba claro que la solicitud tenía segundas intenciones. Él, o quizá Simon, querían que viera el negocio familiar.

Era todo parte de la misma canción y el mismo baile que ya había visto cientos de veces antes. Mujer joven y apropiada disponible para un compromiso, cortejada por conexiones y potencial. Pero yo no tenía ninguna intención de casarme con Coen ni de convertirme en el puente de unión entre Simon y los Roth.

La puerta la abrió una mujer joven con un delantal de tela encerada. Llevaba un monóculo encajado en un ojo y la cadena dorada centelleó cuando lo dejó caer en la palma de su mano.

—¿Puedo ayudarte?

—He venido a ver a Coen —contesté.

Asintió, dubitativa, y yo subí las escaleras dejando que la capucha de mi capa cayera hacia atrás. La joven esperó a que la desabrochara y se la diera para colgarla de un gancho.

—Un momento.

El taller estaba limpio y organizado, y la luz entraba a raudales por las altas ventanas. No se parecía en nada al lóbrego taller destartalado de los Roth, donde una capa de hollín de la forja y del horno cubría todo lo que había a la vista. El golpeteo agudo y seco del metal resonaba por el pasillo de piedra y los ruidos de los trabajos realizados detrás de las paredes llenaban el edificio. En las paredes revestidas de madera del vestíbulo colgaba un retrato pintado de Simon vestido con una chaqueta rojo sangre, y con un reloj de oro sujeto en la mano como si estuviera leyendo la hora.

Coen apareció unos minutos después, aún abotonándose la chaqueta mientras caminaba por el pasillo. Iba bien vestido pero tenía las yemas de los dedos manchadas de tinta negra, como si hubiese pasado la mañana con una pluma en la mano.

—Bryn —esbozó una sonrisa cálida—. Me alegré mucho al recibir tu mensaje ayer por la noche.

Dio media vuelta y esperó a que echara a andar a su lado para conducirme pasillo abajo. Metí las manos en los bolsillos de mi falda y eché un vistazo por las puertas abiertas según pasábamos. Varios forjadores y cortadores de gemas se afanaban en largas mesas de trabajo: daban forma a esferas de plata y oro que se convertirían en estuches de relojes, o terminaban las cadenas que irían enganchadas a estos. Los relojes de Simon se vendían en las tiendas más elegantes y los llevaban los comerciantes más importantes, incluso en Nimsmire. Simon se había labrado un nombre y eso había sido suficiente para que el Gremio de las Gemas olvidara sus orígenes. Sin embargo sería su hijo, Coen, el que heredaría el imperio que había construido.

Coen me observó mientras inspeccionaba el taller. No era una carga soportada por un hijo que no la apreciaba, pensé. Coen estaba orgulloso de quienes eran.

—He pedido que nos prepararan té —me informó, con un gesto en dirección a la luminosa sala delante de nosotros—. ¿Te apetece?

—Mucho —contesté.

La sala de estar estaba decorada con cortinas de lujosas sedas a ambos lados de las enormes ventanas, y la repisa de travertino que enmarcaba la chimenea era de un blanco casi translúcido. La sala debía de usarse para reuniones con otros comerciantes y miembros del Gremio. Coen quería impresionarme.

Un precioso juego de té ya estaba dispuesto sobre una mesita baja delante de dos butacas mullidas, y me instalé en una sin que me la ofreciera. Mi informalidad dio la impresión de relajar a Coen, que tomó asiento a mi lado y se arrellanó en él sin su habitual postura rígida.

—Dijiste que tenías algo que hablar conmigo —comentó sin rodeos, mientras levantaba una mano en dirección a la mujer que esperaba en un rincón de la sala.

La sirvienta se dirigió de inmediato hacia nosotros, colocó la pequeña cesta de plata sobre el borde de mi taza y sirvió el té en un largo chorro constante. El aroma era intenso, propio de una cara hoja de té orgánico, probablemente procedente de los granjeros del norte.

Cuando terminó, agarré el platillo y lo dejé en mi regazo.

—Os habéis hecho un buen hueco aquí en el barrio comercial.

Coen se mostró halagado. Era casi demasiado fácil.

—Así es. Mi padre tiene una cabeza brillante para los negocios.

—Lo admiras —comenté. Era evidente cada vez que hablaba de él. Adoraba a Simon.

—¿Cómo podría no admirarlo? Ha construido todo lo que tenemos de la nada.

Había tomado la decisión correcta al mentirle a Henrik acerca del libro. Ahora estaba segura de ello. Simon aún era temido y las historias sobre él resultaban peligrosas. Darle a Henrik algo con lo que chantajearlo solo pondría en peligro a los Roth. Simon seguía haciendo negocios turbios en secreto, pero ¿quién no? El dinero era el dinero y todos lo necesitábamos si queríamos mantener las vidas que habíamos construido. De momento su secreto estaba a salvo conmigo, pero lo usaría si tuviera que hacerlo. Eso, pensé, me hacía más parecida a Henrik de lo que quería reconocer.

Contemplé mi té, absorta en esa idea.

—Tú también vienes de una familia que se enorgulle-
ce de su nombre —comentó. Levanté la vista hacia él.

—Así es.

—Excepto por Ezra, quiero decir.

Dejé mi taza en el platillo y traté de descifrar lo que
quería decir. No era la primera vez que sacaba el nombre
de Ezra en una conversación, y eso era extraño. ¿Qué le
importaba a él el platero de los Roth?

—Ezra me dijo que Simon lo perdió en una partida
de dados —comenté, como si no tuviera mayor importancia, pero observé el rostro de Coen con atención.

El más leve destello de algo cruzó su expresión, aunque desapareció antes de materializarse del todo.

—Es verdad.

—¿Erais amigos?

Coen apartó los ojos de mí.

—Claro. Teníamos la misma edad y él prácticamente
vivía en el taller de mi padre cuando era su aprendiz. En
cierto modo crecimos juntos.

—¿Crees que su trabajo es suficiente para convencer
al Gremio de darle a Henrik el anillo de comerciante?

Coen lo pensó un poco.

—Hay una cosa que no está abierta a debate. Ezra
tiene un talento excepcional. Es un talento que el Gremio de las Gemas necesita si el Consejo de Comercio del
mar Sin Nombre quiere mantener su dominio sobre los
Estrechos y el resto del mundo. Serían unos tontos si no
le dieran a Henrik el anillo de comerciante. —Hizo una
pausa—. No pasa un solo día en que mi padre no se
arrepienta de esa partida de «tres viudas». —Lo dijo con
una risa, pero fue tensa y contenida.

—¿Es por eso que no ha tomado una decisión sobre
el patrocinio a Henrik? —Me arriesgué a meterme en

territorio delicado, con la esperanza de que mi franqueza no lo pusiese a la defensiva. No teníamos tiempo para cordialidades.

Coen se limitó a esbozar una sonrisa aún más amplia.

—Todavía no ha tomado su decisión final.

Bebí un trago de té despacio y dejé que el silencio se extendiera entre nosotros. Quería saber hacia dónde iría Coen con este tema. Al cabo de unos segundos, picó el anzuelo.

—Espero que eso no te desilusione —añadió, y levantó su taza del platillo.

—En realidad, esa no es la razón de que esté aquí.

—¿Ah, no? —Parecía sorprendido de verdad.

—No. He venido a pedirte ayuda con algo.

Había despertado su curiosidad. Se inclinó hacia delante, dejó su taza y apoyó los codos en sus rodillas.

—Adelante.

—Voy a abrir un salón de té la semana que viene y me gustaría que vinieras como mi invitado.

—Ah. —Cruzó las manos—. El famoso salón de té.

Arqueé las cejas.

—¿Has oído hablar de él? —Eso era bueno. Muy bueno.

—El rumor de una casa de té donde se puede jugar a los dados no es precisamente un rumor *aburrido*. Pero no sabía que tú estuvieras detrás de ella.

—Era de mi madre —expliqué—. Su negocio dentro de la familia. Ahora será el mío.

—Eden Roth. —Pronunció su nombre con un tono reverencial—. También he oído hablar de ella.

—¿Y?

Me miró a los ojos.

—Mi padre la admiraba. De hecho, creo que era algo más que admiración.

—No sabía que la conociera tan bien.

Coen se encogió de hombros.

—Por aquel entonces, se movían todos en los mismos círculos. Las cosas han cambiado mucho.

Observé cómo hacía girar el té en su taza.

—Por eso necesito tu ayuda —dije, y me giré para mirarlo a la cara—. No me andaré con rodeos. El lugar de tu familia en el Gremio os ha ganado el respeto del barrio comercial. Y necesito que la casa de té se llene de esos comerciantes cuando abra si queremos que nos voten en la exhibición.

Era algo descarado de pedir cuando no existía ningún acuerdo sobre patrocinio o sobre matrimonio entre nuestras familias. De hecho, si acaso, sería un favor.

Coen me miró con atención.

—¿Y yo qué recibo a cambio?

—Mi amistad. —Lo miré a los ojos, sin parpadear. Coen sonrió y se apoyó en el reposabrazos de su butaca con aire conspirador. Lo pensó durante unos instantes antes de levantar la vista hacia mí.

—Supongo que es un trato justo.

VEINTITRÉS

ESTABA SENTADA ANTE LA MESA, BAJO LA ÚNICA VENTANA de mi habitación, y escribía a la luz menguante. Las columnas ya se estaban llenando de números para la adquisición de té y gemas y, en los siguientes días, tendría que añadir los pedidos de manteles, servilletas, arte y velas, junto con todo lo demás que uno esperaría encontrar en un salón de té.

Resté los gastos, uno a uno, del dinero que me había dado Henrik. No solo tenía que demostrarle que podía abrir la tienda, sino que también tenía que demostrar que podía llevar la contabilidad. A ese respecto, por una vez, las enseñanzas de Sariah servían de algo en esta casa. Después de muchos años de haberla observado, había aprendido a llevar los libros de cuentas y a gestionar los negocios. Incluso había aprendido a cerrar tratos y a regatear precios.

Miré de reojo el montón de pergaminos debajo del libro de contabilidad, donde mi escritura estaba medio oculta por varias hojas. Le había escrito páginas y páginas a Sariah desde mi llegada, pero todavía no había mandado ni un solo mensaje a Nimsmire. Ya ni siquiera estaba segura de si eran cartas. La escritura era inconexa y confusa; historias fragmentarias sobre Tru o preguntas que nunca se me había ocurrido hacer. Sobre mis padres. Sobre Henrik. Sobre la vida de Sariah en esta casa. Pero cuanto más largo se hacía el mensaje, menos segura estaba de que fuese a enviarlo jamás.

Dejé la pluma y me apoyé contra el alto respaldo de la silla mientras contemplaba la calle en lo bajo. Ya habían encendido las farolas, los escaparates del Valle Bajo estaban cerrados a cal y canto. Mi intenso trabajo con el salón de té me había proporcionado algo de libertad de las expectativas y los ojos entrometidos de mi tío. Nadie hacía preguntas cuando salía de la casa o regresaba a horas intempestivas. Me di cuenta de que era algo que me había ganado. Henrik me estaba dando cierta holgura para ver qué hacía con ella. Si quería que la ampliara aún más, tendría que ir con mucho cuidado.

El sonido de unas pisadas subió flotando por las escaleras y observé el espejo, pendiente de la oscuridad del pasillo detrás de mí. Empezaba a reconocer el sonido de los andares de Ezra. No tenían el ritmo perezoso de Murrow ni el golpeteo rápido de Henrik. Ezra se movía de un modo deliberado y cauto, y cada vez que lo oía, aspiraba por instinto una bocanada de aire en busca de su aroma.

Lo había oído regresar esa tarde de donde fuera que hubiera desaparecido, pero aún no lo había visto. El sonido de su trabajo en el piso de abajo había llenado la casa y, aunque había estado tentada, no me había aventurado a entrar en el taller.

Observé la puerta abierta por el rabillo del ojo y me giré un poco cuando su sombra se movió por el pasillo. Me mordí el labio y cambié de opinión cien veces antes de por fin decir su nombre.

—¿Ezra?

La sombra se detuvo. Se quedó ahí parada durante tanto tiempo que pensé que quizá lo habría imaginado, pero entonces se movió otra vez por los tablones de madera en dirección contraria. Un momento después, el rostro de Ezra apareció en la entrada. Llevaba desabrochados los dos botones superiores de la camisa y el pelo le caía por la frente. Parecía cansado.

—Hacía un par de días que no te veía —dije, y cerré el libro delante de mí—. ¿Dónde te habías metido?

Apoyó un hombro contra el marco de la puerta.

—Trabajando. —Fue una respuesta de lo más vaga, pero yo no era la única que me había fijado en la ausencia de Ezra. Henrik también había estado haciendo preguntas.

Tenía las palabras en la punta de la lengua. Una advertencia. Si Ezra no tenía cuidado, iba a convertir a Henrik en su enemigo. A lo mejor ya lo había hecho. Y eso me preocupaba más que lo que mi tío había dicho de que Ezra había intentado librarse de mí. La idea de que me hubiese engañado todavía escocía, pero no quería que fuese receptor de la ira de Henrik.

—Murrow dice que el salón de té está casi listo —comentó, en un tono un poco demasiado formal. La complicidad que habíamos encontrado el uno con el otro la noche de la cena había desaparecido por completo. Supuse que era mejor así, pero esbocé una sonrisa vacilante. No me gustaba lo incómodo que parecía Ezra, ni lo incómoda que me sentía yo.

—Lo está.

Ezra asintió en mi dirección.

—Bien. Eso está bien. —Sin embargo, algo lo inquietaba—. Tendré los dados listos para que los veas en un día o dos. Estarán terminados a tiempo.

Asentí, sin saber muy bien qué más decir. Él había puesto cierta distancia entre nosotros desde que casi lo había besado y yo no sabía cómo cerrarla. Ni si quería hacerlo.

Nos miramos en silencio y sus ojos recorrieron mi cara como si esperara que yo dijera algo. Cuando no lo hice, dio la impresión de haber tomado una decisión y metió las manos en los bolsillos.

—Ya te veré. —Dio media vuelta y recorrió los últimos pasos hasta su habitación antes de que la puerta se abriera y se cerrara.

Enterré la cara en mis manos y respiré entre los dedos. Tenía preguntas. Muchas preguntas. Quería echarle en cara lo de Coen. Echarle en cara sus planes para librarse de mí. Pero cuanto más lo pensaba, más convencida estaba de que tenía demasiado miedo de las respuestas como para hacer una sola de esas preguntas.

Su puerta se abrió y observé en el espejo cómo su figura se movía por el pasillo. Ezra se marchaba otra vez.

Me incliné hacia la ventana y observé cómo aparecía en la calle a mis pies. El frío entraba por el cristal y mi respiración empañó su superficie mientras Ezra caminaba por el centro de la callejuela con la chaqueta puesta y la gorra bien calada sobre los ojos.

Apreté los labios cuando dobló la esquina de la calle. Tenía la mandíbula tan tensa que dolía, el flujo de calor bajo mi piel abrasaba del mismo modo que cuando lo había tocado.

No sabía si el cambio en Ezra a lo largo de los últimos días se debía a lo que había quedado sin decir entre nosotros o a lo que fuese que había estado haciendo en la casa de comercio. Quizá se debiera a que Henrik me estaba dando un negocio en la familia. No lograba encontrar la relación entre el Ezra que me había mirado a los ojos después de la cena y el Ezra que me estaba haciendo el vacío. En un momento parecía casi celoso de Coen, y al siguiente me ignoraba.

Mis dedos tamborilearon sobre la tapa del libro y mi mente dio vueltas hasta que por fin me levanté. Pasillo abajo, la habitación de Murrow estaba oscura, la vela apagada. A mi izquierda, la puerta de Ezra estaba cerrada, pero los dormitorios no tenían pestillo. Era probable que fuese intencionado por parte de Henrik, pero conocía la regla tácita de que los umbrales de las puertas eran una especie de frontera. Las primeras palabras que me había dirigido Ezra en la vida habían sido una advertencia para que me mantuviera lejos de su habitación.

Toqué el picaporte frío y lo giré despacio hasta que la puerta se abrió. Se me aceleró el corazón cuando me colé en el interior y la cerré a mi espalda. La habitación estaba oscura, la cortina echada, y la luz de la luna moteaba el suelo al lado de la cama hecha en un rincón. Un espejo rectangular colgaba de la pared, donde había una balda con un peine y una navaja recta al lado de la jofaina. El mundo de Ezra era un mundo pequeño. Un mundo simple.

Sobre el tocador, todavía estaban los tres dados. Tomé uno y le di vueltas en los dedos palpando las ranuras mientras me dirigía a la pared de papeles sobre el escritorio de madera cruda. Estaban clavados con pequeñas tachuelas de latón, y se solapaban en un entramado apretado.

Estudié la escritura, una caligrafía serena y experta en tinta negra, sin apenas manchas sobre el papel. Ezra tenía notas sobre todo tipo de cosas, desde cuentas hasta comisiones pasando por cifras de los libros de contabilidad.

Era como mirar un mapa de su mente y me pregunté si este sería el paisaje detrás de su perpetua mirada sombría. Henrik le había confiado el grueso del negocio familiar, pero de algún modo, Ezra había perdido esa confianza. Y si le iba a seguir cubriendo, quería saber por qué.

Abrí el libro del escritorio, con cuidado de no cambiar su posición, y hojeé sus páginas con suavidad. Números. Para Henrik, para el taller, incluso algunos pagos para el camarero de la taberna. Nada sobre Simon ni sobre nada que pudiese considerarse un secreto. Era todo información que había oído discutir en cenas familiares y alrededor de la mesa del desayuno cada mañana.

Dejé caer las manos en mi regazo con un suspiro y contemplé el círculo de luz pintado en la pared. La habitación olía a él, aunque aparté de inmediato ese pensamiento de mi cabeza. No quería pensar en su mano entrelazada con la mía ni en la sensación de su aliento sobre mi piel. No quería pensar en su pulgar apretado sobre la suave oquedad bajo mi muñeca. Sin embargo, no había pensado en casi nada más en los días pasados desde entonces.

Me pellizqué el puente de la nariz y me puse de pie, pero mis ojos se entornaron cuando vi una caja de madera pequeña sobre la balda al lado del escritorio. Estaba cerrada pero una esquina de pergamino había quedado aprisionada bajo la tapa. Estiré el brazo, la agarré y solté el pequeño cierre de latón. Dentro, había un puñado de cartas guardadas en vertical, los sellos de cera abiertos. Las saqué y leí las inscripciones hasta que encontré una con un nombre que reconocía: Simon.

La carta era ligera como una pluma en mis dedos cuando la separé de las otras y la abrí.

Ezra,

Estoy de acuerdo en que unir nuestras familias para proteger nuestros intereses mutuos sería bueno. Creo que podemos llegar a un acuerdo. Le he enviado una invitación a Henrik para que venga a cenar el martes que viene y espero que vengas con él.

Simon

Mis labios se entreabrieron mientras la leía otra vez. *Unir nuestras familias.*

La carta temblaba en mi mano mientras las palabras se grababan a fuego en mi interior. Henrik había estado diciendo la verdad. Yo no había querido creerlo. Una parte de mí estaba convencida de que mi tío me había estado manipulando para mantener el control de todo y de todos. Pero la carta estaba dirigida a Ezra, no a Henrik. Y si estaba hablando de matrimonio, hablaba de mí.

Volví a doblar la carta y la deslicé dentro de la caja antes de cerrarla con el ardor de unas lágrimas de enfado en mi mirada. Lo había mirado a los ojos y le había preguntado si conocía el plan de Henrik de comprometerme con Coen. Y él me había mentido.

El plan había sido cosa de Ezra desde un principio.

VEINTICUATRO

EL SASTRE NO HABÍA PERDIDO EL TIEMPO CON MI SOLICITUD y tampoco había hecho preguntas. El paquete descansaba en medio de mi cama, donde lo había dejado Sylvie, y yo miraba ahora la caja con una sensación de vacío en el pecho. El único lado del que estaba ahora era el mío propio.

La casa estaba llena del olor de la cena y mis tíos estaban llegando al piso de abajo y hacían vibrar los tablones del suelo con sus voces graves mientras yo miraba el paquete. Había pagado un buen dinero al sastre, el último que me quedaba de lo que había traído conmigo de Nimsmire, pero me daba la sensación de que lo que había dentro de esa caja era mucho más que una prenda de ropa.

Abrí la tapa, desdoblé el fino y delicado papel, y me recibió el vistoso *tweed* azul. Saqué con cuidado la chaqueta del interior para sujetarla en alto delante de mí. Habían cepillado la tela hasta dejarla suave, las puntadas impecables a lo largo de las costuras. Era perfecta.

Debajo de ella, una camisa blanca almidonada con botones de perla estaba doblada sobre un par de pantalones marrones. Dejé la chaqueta sobre mi cama y desabroché los botones de mi vestido, que dejé caer al suelo sin molestarme en recogerlo. El viento frío que se colaba por la ventana de una sola hoja danzó sobre mi piel mientras me ponía los pantalones y la camisa y luego la remetía con cuidado. A continuación me puse los tirantes, que se deslizaron sobre mis hombros con un ajuste perfecto. Luego abotoné el chaleco, antes de alargar la mano hacia la chaqueta.

La gruesa lana me abrazó y no fue hasta ese momento que me giré hacia el espejo largo. Una sonrisa tímida afloró en mis labios, y mis mejillas se tiñeron de rosa mientras estudiaba mi reflejo. Las texturas y los colores cálidos de la ropa lucían vivos a la luz de las velas. Mi pelo oscuro estaba despeinado y aproveché para quitar las horquillas y dejar que mi melena cayera sobre un hombro.

Parecía una Roth, era cierto, pero lo que hacía que me diera la impresión de que mis botas estaban pegadas a los tablones del suelo era que me parecía… me parecía *a mí misma*. Quizá por primera vez en la vida.

No habría más vestidos de gala ni joyas que captaran la atención de los hombres. No habría más mejillas con colorete y sonrisas tímidas. Estaba cansada de fingir.

Agarré mi reloj del tocador y lo remetí en el bolsillo de mi chaleco antes de abrir la puerta y bajar las escaleras. Mis pisadas sonaban decididas. Seguras. Y cuando entré por la puerta del comedor, todas las voces se apagaron como la llama de una vela. Todos los ojos se posaron en mí.

Levanté la barbilla en señal de desafío. La ira reconcomía mi corazón desde que había encontrado la carta en la habitación de Ezra y los reté a que dijeran algo. Quería que lo hicieran.

Los ojos de mis tíos se deslizaron sobre mí, perplejos, mientras ocupaba mi lugar detrás de mi silla y esperaba. Murrow estaba boquiabierto, pero no dijo nada, aunque se aclaró la garganta. Fue la mirada que me llegó desde el otro lado de la mesa la que me hizo sentir calor debajo de mi chaqueta. Me obligué a mirar a los ojos oscuros de Ezra. Tenía las manos aferradas al respaldo de su silla, como si fuese un ancla, y sus ojos recorrían mi pelo, bajaban por mi cuerpo...

No aparté la mirada, decidida a no ser la primera en parpadear. Apenas había dormido las tres últimas noches, mientras mi mente tiraba de todos los hilos de la información que tenía sobre el platero. No había tardado mucho en llegar a la conclusión de que no sabía casi nada. Ezra era un nudo enmarañado. Una figura hecha de sombras. Y no solo había decidido no tener nada más que ver con los planes de Henrik. Había decidido también no tener nada más que ver con Ezra.

Suyas eran las manos que le habían proporcionado a Henrik su única oportunidad de conseguir ese anillo de comerciante y, en ocasiones, había pensado que era mi único aliado verdadero en la casa. Pero esa era la esperanza tonta de una chica que llevaba un vestido ridículo. Una que reía en cenas y se mostraba encantadora en nombre de otros y obedecía órdenes.

Había dejado a esa chica tirada en el suelo de mi habitación junto con su vestido.

A mi lado, podía sentir a Murrow observarnos por el rabillo del ojo. Sus ojos se deslizaron de mí hacia el otro lado de la mesa, hasta encontrar a Ezra y mirarlo con expresión inquisitiva.

—¿Bryn?

Solté una exclamación ahogada al darme cuenta de que Henrik estaba de pie a la cabecera de la mesa, el ceño fruncido mientras me miraba con atención.

—He *dicho* que ¿qué es esto? —Hizo una mueca sin apartar los ojos de mi chaqueta y mis pantalones. Yo bajé la vista hacia ellos.

—Es ropa —dije con más irritación de la que debería. Henrik no parecía impresionado.

—Eso ya lo veo, pero... —Cuando no dije nada, se frotó la frente con una mano—. Bryn...

—¿Quieres que abra el salón de té? —lo interrumpí—. ¿Quieres que me cuele en estudios y fuerce cerraduras y encandile al barrio comercial para ti? Perfecto. —Oía las palabras salir por mi boca, pero no parecía capaz de detenerlas. Cayeron de mi lengua con amargura—. Pero no pienso hacer nada de eso vestida como una muñeca.

La quietud de la habitación se estiraba como una cuerda tensa que amenazaba con romperse, mientras Henrik y yo nos mirábamos a los ojos por encima de la mesa. Tragué saliva, mi corazón acelerado en mi pecho mientras sus ojos se entornaban y la luz del fuego relucía en ellos. Estaba enfadada. Con él. Con Sariah. Con Ezra. Y más que nada, estaba enfadada conmigo misma.

Pero justo cuando estaba segura de que Henrik iba a dar rienda suelta a su furia, echó la cabeza atrás y se rio. Una risa sonora. El sonido llenó el comedor y fue seguido por las carcajadas de mis tíos, que se inclinaron sobre sus sillas muertos de risa.

Miré arriba y abajo por la mesa, confundida. Ezra era el único que no se reía. Tenía los ojos clavados en mi cara, lo cual me hacía sentir como que el fuego de la chimenea estaba dentro de mi pecho. Parecía que estaba viendo a través de cada una de las palabras que había pronunciado.

Henrik sacó su silla con la sonrisa todavía plantada en los labios y me dedicó un gesto de aprobación mientras se sentaba.

—Que así sea —sentenció.

Saqué mi silla con recelo y me senté, pero Henrik volvía a estar relajado.

—Bueno, cuéntame cómo va.

Seguí observándolo, a la espera de que volviera su enfado. Lo había desafiado. Tal vez no de un modo descarado, pero a mi propio modo. Y era obvio que no se le había pasado por alto, pero seguía mostrándose todo sonrisas y relajación. Todo ojos centelleantes. Ni una sola de sus plumas perfectamente peinadas parecía descolocada. Y eso me enfadaba más que cualquier otra cosa.

—La casa de té —insistió—. ¿Cómo va?

—Está progresando —contesté, mi irritación todavía patente. No estaba segura de lo que acababa de suceder.

Henrik bebió un profundo trago de aguardiente.

—¿Llegarás a tiempo para abrir?

—Con tiempo de sobra.

Me había fijado un plazo de seis días para abrir el salón y la cuadrilla que había contratado trabajaba sin descanso para volver a tapizar los asientos y pulir las lámparas de araña. En cuestión de días, las puertas se abrirían y mi tío decidiría si era más valiosa para él en un matrimonio concertado o en el negocio.

—Bien.

La luz cálida ondulaba sobre el rostro de Ezra y hacía que sus rasgos parecieran aún más severos. La primera noche que había comido en esa mesa, se había mostrado maleducado. Resentido. Y me pregunté si eso había sido antes o después de haberme vendido a Simon como pago.

Simon no le daría a Henrik su patrocinio sin que este pagara un precio por él, y yo me había estado preguntando cuál era. La sobrina de un hombre poderoso, bien educada y envuelta en seda, era un precio adecuado para un comerciante con un pasado turbio. De hecho, con la reputación de Simon, no debía de ser fácil encontrar pareja para Coen, con o sin anillo de comerciante.

Apreté los dientes cuando el cuchillo arañó contra el plato. Una vez más, los ojos de Ezra me encontraron sin que él levantara la cabeza. No dijo ni una palabra durante toda la cena, excepto cuando Henrik se dirigía a él directamente, pero cada vez que sentía un ardor recorriendo mi piel, captaba sus ojos sobre mí, aunque los apartaba en cuanto se cruzaban con los míos.

Cuando Henrik terminó, se llevó su vaso a la cocina seguido de Casimir y Noel. En cuanto se marcharon, Ezra dejó su servilleta sobre la mesa y se puso en pie, como si hubiese estado esperando a que Henrik se fuera.

Lo observé con los ojos entornados, la furia bullía en mi estómago. Abrochó los botones de su chaqueta y se dirigió a la puerta. Iba a salir. Otra vez. Y no quería que Henrik lo supiese.

Esperé a que se cerrara la puerta de la calle antes de levantarme de un salto, dejando la cena a medias en mi plato.

—¿A dónde vas? —preguntó Murrow con la boca llena de comida y la servilleta aferrada en una mano.

—Al salón de té. Acabo de recordar que he olvidado algo. —Intenté dedicarle una sonrisa fácil, pero noté los labios rígidos.

—¿Quieres que te acompañe?

—No —me apresuré a decir, demasiado deprisa—. Es un segundo. Estaré de vuelta antes de que las farolas se hayan encendido.

Murrow dudó un instante antes de dar otro bocado y yo me forcé a caminar con paso sereno y lento hasta que doblé la esquina del pasillo. Agarré el sombrero de uno de mis tíos de uno de los ganchos de la puerta y salí a la callejuela, cerrando la puerta con suavidad a mi espalda.

La calle estaba desierta. Miré arriba y abajo hasta que oí el eco de unas botas y las seguí en dirección a la calle principal que cruzaba todo el Valle Bajo. Cuando llegué a la acera, lo vi. La silueta de Ezra se reflejó en el escaparate iluminado de una tienda más adelante. Caminaba a paso vivo, los hombros echados hacia atrás.

Respiré hondo tres veces antes de seguirlo. Me mantuve pegada a los edificios desde una distancia que me permitiera ocultarme entre las sombras proyectadas por un tejado si su mirada se deslizaba en mi dirección.

La ciudad estaba cambiando a la luz menguante del atardecer, con faroles colgados sobre entradas mientras se recogían las últimas cuerdas de tender y los carros salían del mercado. Ezra no dejó la calle principal hasta que salimos del Valle Bajo. Entonces, giró hacia el puerto y yo lo seguí. Trataba de mantenerlo a la vista entre el gentío que subía desde la casa de comercio.

Henrik no tenía ningún negocio en esta parte de los embarcaderos que yo supiera, pero Ezra tenía el aspecto de alguien que recorría un camino bien conocido. Uno memorizado. Adonde estuviera yendo, no era por orden de mi tío.

Cada pocos pasos, sus ojos volaban hacia los edificios por encima de su cabeza, como si buscase algo. Los

Roth siempre estaban pendientes de las sombras, de si alguien los seguía. Una lección que me hubiese servido bien antes de empezar a confiar en Ezra.

Cuando giró de nuevo, me paré en seco y me oculté entre dos contraventanas abiertas. Se dirigía hacia los embarcaderos, donde había ido yo la noche en que había llamado a la puerta de Arthur. Pero Ezra realizaba sus recogidas en esa zona al principio de la semana.

Solté el aire despacio antes de seguirlo. El laberinto de edificios subía por la colina, estructuras de tejados oscuros en una maraña de callejuelas estrechas y calles enrevesadas. Cuanto más lejos íbamos, más desiertas estaban, y me vi obligada a dejar que Ezra se alejara más de mí, preocupada por que pudiera verme.

Giraba una y otra vez y yo apreté el paso al tiempo que trataba de no desorientarme. Giré la cabeza hacia atrás. El agua era una cascada de negrura detrás de mí, la ciudad difuminada tras un manto de titilantes llamas de vela. Cuando me giré hacia la calle, una puerta se abrió de golpe y una mujer salió en tromba con un cubo de agua. Se estrelló contra mí.

Dio un grito y casi cayó rodando a los adoquines, pero yo la sujeté a tiempo de mantenerla sobre los pies. No obstante, en cuanto se enderezó, me apartó de un empujón.

—¿Qué demonios estás haciendo? —Se sacudió el agua que goteaba de sus manos y yo me apresuré a girar en torno a la puerta abierta para escudriñar la calle.

Pasé por su lado, la chaqueta empapada, y corrí hasta la siguiente callejuela. Ezra no estaba ahí. La siguiente a esa también estaba desierta.

Giré sobre mí misma. Mi respiración salía en pequeñas nubecillas de vaho en el aire frío. No había nadie.

Solo los tenues sonidos de la gente que trabajaba dentro de los embarcaderos y la campana del puerto que repicaba a lo lejos. Gemí y me quité el sombrero de la cabeza. Mi pelo cayó por mi hombro.

Ezra había desaparecido.

VEINTICINCO

AL DÍA SIGUIENTE, NO SALÍ DE LA CASA DE TÉ HASTA QUE se hizo de noche. Las cosas empezaban a encajar, pieza a pieza, y con solo dos días hasta la apertura, me había zambullido de lleno en el trabajo. Era una distracción bienvenida del dolor en mi pecho. Henrik. Coen.

Ezra.

A los Roth les gustaba hablar de lazos de sangre y de familia, pero la verdad era que cada uno de sus miembros miraba por sí mismo. Yo estaba haciendo lo mismo.

Me paré ante la puerta abierta de las cocinas cuando vi a Murrow. Llevaba el cuello de la camisa abierto, su pelo desgreñado caía por sus ojos... señal de que Henrik no estaba en casa. Detrás de él, Sylvie amasaba con energía una masa redonda sobre el bloque de carnicero.

—Ahí estás —me saludó con dulzura—. ¿Has comido algo? —Una de sus cejas se arqueó y sus labios se fruncieron.

Sonaba como una acusación. No me había presentado a una sola de las comidas ese día y mi apetito había desaparecido. Cada momento que no había pasado temiendo regresar a casa lo había pasado trabajando. No tenía ningunas ganas de sentarme a una mesa con gente que había fingido preocuparse por mí solo para llenar de dinero sus propios bolsillos. Cuando abriera el salón de té, se convertiría en mi casa.

Murrow dio un mordisco a una manzana mientras pasaba la página del libro de contabilidad que estaba examinando.

—Ezra te está buscando. —Hizo un gesto hacia la puerta del taller sin apartar los ojos de las sumas.

Aspiré una bocanada de aire tensa y me obligué a cruzar el pasillo. Podía oírlo trabajar en la forja, pero llamé a la puerta cerrada y el golpeteo cesó al instante. Cuando abrió, Ezra se puso tenso y dio un paso atrás.

—Eh. —Abrió más la puerta y yo entré sin decir una palabra.

Eh. Eso era todo lo que tenía que decir. Apreté los dientes para evitar replicarle con la retahíla de maldiciones que danzaban en la punta de mi lengua.

—Murrow me ha dicho que querías verme —dije en tono neutro.

Ezra dejó que la puerta se cerrara.

—Henrik me pidió que te enseñara las gemas antes de empezar con los otros juegos de dados.

Lo miré y esperé. No tenía ningún interés en entablar conversación con él. Cada momento que pasaba en la misma habitación que él era como respirar debajo del agua. La cosa más irritante de que me hubiera mentido era lo mucho que me había dolido. Eso era culpa mía.

Caminé entre las mesas detrás de él y me detuve delante de la refulgente forja. Ezra estaba trabajando en una pequeña caja de plata con incrustaciones de diamantes. O al menos, parecían diamantes. Por lo que sabía, era una remesa de gemas falsas de Henrik destinada a Ceros.

Estiró la mano por encima de la mesa para agarrar la bolsita de cuero que descansaba sobre un montón de libros y yo di un respingo cuando su brazo rozó el mío. Se dio cuenta y me ofreció la bolsita desde la distancia. La tomé sin mirarlo a los ojos y, cuando la volqué, tres dados rodaron sobre la palma de mi mano. Amatista, piedra lunar y cuarzo rosa.

Solté el aire despacio y con suavidad. Eran perfectos. Justo como los había imaginado.

Tomé el dado de amatista entre dos dedos y lo inspeccioné. La piedra estaba pulida tan suave que casi podía ver mi reflejo en ella, pero las aristas eran afiladas y las muescas que marcaban los números, perfectamente redondas.

Mis ojos subieron para conectar con los suyos.

—¿Servirán? —Se apoyó en la mesa. Una vez más, estaba demasiado cerca.

—Sí —contesté, y devolví los dados a su mano.

La expresión que cruzó sus ojos casi parecía satisfacción. Como si se alegrara de que me gustasen. Pero no me importaba. Al menos, no quería que me importara. Solo necesitaba que hiciera su trabajo.

—Es buena idea —comentó; su voz sonó tan grave que un escalofrío recorrió mi columna. Odiaba sentirme así. Como si Ezra fuese una llama al rojo vivo, podía sentir su calor siempre que estaba cerca de él.

—Ya veremos —murmuré.

No sabía qué ganaba Ezra fingiendo estar de mi lado, a menos que hubiera algo que quisiera de mí. Él sabía que le había mentido a Henrik acerca del libro de contabilidad de Simon. Tal vez pensara que si necesitaba a una aliada contra mi tío, esa sería yo. Estaba equivocado.

—¿Qué hacías en la casa de comercio el otro día? —pregunté.

La actitud indiferente de Ezra no se alteró, pero vi que lo había tomado desprevenido. Me dio la espalda y se entretuvo con algo en la mesa de trabajo.

—¿Cómo sabes que estuve en la casa de comercio? —preguntó.

—Porque te vi. —Hice una pausa—. Con Arthur.

—¿Qué estabas haciendo tú en los embarcaderos ayer por la noche? —contraatacó. Pero estaba calmado. Su voz no llevaba la ira que teñía la mía.

O sea que sí me había visto.

—Sea lo que fuere lo que estés haciendo... —sus ojos estaban más negros de lo que los había visto jamás—, detente.

Antes de que hagas algo que no pueda deshacerse.

Era una amenaza y las palabras trazaban una línea muy clara entre nosotros. Nos quedamos ahí plantados, los ojos conectados, cada uno esperando a que el otro cediera. Pero yo me negué.

Fue Ezra el que por fin parpadeó. Su mandíbula se apretó por un instante pero no reveló nada.

—Los tendré listos para el día de la apertura —dijo, y tiró la bolsa de los dados otra vez sobre la mesa.

Mis ojos se deslizaron por las baldas detrás de él. Pasaba horas aquí dentro cada día, la puerta cerrada con llave. Solo. Por primera vez me pregunté si entre estas paredes no habría alguna pista sobre lo que había estado tramando. Sobre por qué había estado yendo al otro lado de la ciudad en noches en las que debería haber estado en la taberna o en alguna otra parte.

Las palabras casi salieron por mis labios. Las preguntas. Las acusaciones. Pero no podía decir ninguna de ellas en voz alta sin que supiera cuánto daño me había hecho. Y ese era un precio que no estaba dispuesta a pagar.

La puerta del taller se abrió de golpe. Los dos dimos un respingo, pero entonces apareció Murrow, sin aliento.

—Más os vale venir ahora mismo. —Arqueó una ceja en nuestra dirección e hizo un gesto con la cabeza hacia el estudio.

Ezra me lanzó una mirada inquisitiva antes de desatar su delantal y quitárselo por encima de la cabeza. Debajo, llevaba su camisa blanca y tirantes. Cerró los botones del cuello mientras salía por la puerta conmigo pegada a sus talones.

El estudio de Henrik era como una antorcha brillante en el pasillo, las puertas abiertas y la chimenea iluminando la oscuridad. Tragué saliva en cuanto lo vi. Caminaba de un lado para otro, una mano plantada sobre la parte de atrás de su cuello, sus ojos desquiciados clavados en el suelo. Casimir y Noel ya estaban esperando.

Hasta que encontré un sitio donde ponerme en el rincón, no vi el mensaje sobre el escritorio de Henrik. La esquina del pergamino estaba arrugada, el sobre roto.

—Ese *bastardo*. —La voz de Henrik sonaba extraña. Como el zumbido lejano de una tormenta antes de tocar tierra.

Noel parecía temer lo que fuese que iba a pasar ahora.

—¿Quién?

—¡Arthur! —espetó Henrik.

—¿Qué pasa con él? —preguntó Casimir, impaciente.

—Se ha conseguido un patrocinador para el Gremio de las Gemas —gruñó Henrik.

No había ni un solo rostro en la habitación que no estuviera sorprendido por esa noticia. Un silencio afilado como una cuchilla se extendió a nuestro alrededor e hizo que el aire pareciera frío a pesar del fuego.

—¿Puede decirme alguien cómo es que no nos hemos enterado de esto? —Henrik habló con los dientes apretados, las aletas de la nariz abiertas.

Los ojos de Casimir saltaron hacia Noel antes de bajar al suelo.

—Está claro que querían mantenerlo en secreto —musitó Murrow.

—*Está claro*, sí —repitió Henrik en tono cortante. Se giró hacia Ezra—. Se suponía que tú lo estabas vigilando.

Mis ojos se deslizaron con discreción hacia Ezra. Ayer por la noche, lo había visto en los embarcaderos. Tal vez había ido a visitar a Arthur. Un retortijón doloroso se prendió detrás de mis costillas a medida que los posibles escenarios se formaban en mi mente.

Ezra levantó los ojos de la alfombra.

—Lo estaba. Lo estoy.

No hubo el más leve rastro de inquietud en el tono de Ezra. Estaba ahí de pie con el rostro inexpresivo, escuchando. Pero cuando vi la mano que tenía remetida debajo de uno de sus codos, parpadeé. Un dedo daba golpecitos nerviosos contra la costura de su chaqueta.

Yo había estado en lo cierto. Ezra no solo estaba trabajando en mi contra. Estaba trabajando contra Henrik. Si eso era verdad, lo mejor que podía hacer Ezra era asegurarse de que Henrik no consiguiera su anillo de comerciante. Tal vez había ayudado a Arthur a encontrar otro patrocinador.

—Entonces, ¿cómo demonios ha ocurrido esto? —Henrik habló en voz tan baja que esta se quebró.

—No lo sé —admitió Ezra.

—No lo sabes —masculló Henrik—. Da la impresión de que hay muchas cosas que no sabes, últimamente.

Ezra se quedó muy quieto, y por un momento, pensé que había visto miedo en su expresión por lo general compuesta. Pude ver cómo se desmoronaba detrás de sus ojos cualquiera que fuese su plan.

Al final, fue Noel el que rompió el silencio.

—¿Quién es el patrocinador?

—Roan —escupió Henrik.

—¿Quién es Roan? —pregunté.

—Un comerciante de gemas del North End —murmuró Murrow a mi lado.

Henrik tenía los nudillos blancos, los dedos tan apretados sobre el respaldo de la silla que parecía capaz de romper la madera en dos.

—Podríamos encargarnos de él y ya está —comentó Casimir, levantando una mano por los aires—. Arthur no podrá presentar nada en la exhibición si no respira.

Abrí los ojos como platos mientras miraba de unos a otros. Todos parecieron planteárselo en serio. Lo de matarlo.

—Es demasiado tarde para eso —refunfuñó Henrik—. Si nosotros sabemos algo del patrocinio, los otros también lo sabrán. Sería demasiado fácil echarnos la culpa a nosotros.

Noel asintió.

—Tienes razón.

—Nadie se va a dormir hoy hasta que esto esté arreglado —masculló Henrik despacio.

No hubo discusión. Esto no era malo solo para Henrik. Era malo para todos ellos. Era malo para mí.

Si Henrik no conseguía ese anillo de comerciante, jamás aceptaría renunciar a comprometerme con Coen. Lo necesitaría más que nunca.

Se levantó de la silla y se giró hacia el fuego, mientras Casimir desaparecía por el pasillo, seguido de Noel.

Murrow y Ezra fueron los siguientes, y la puerta de la
calle se abrió y se cerró más de una vez. Les habían dado
una misión y harían sus rondas para descubrir lo que
pudieran.

No obstante, me daba la impresión de que Ezra ya
sabía lo que estaba sucediendo. También me daba la impresión de que era demasiado tarde para arreglar lo que
fuese que hubiese hecho.

Cuando Henrik volvió al escritorio, se detuvo en
seco, sorprendido de verme todavía ahí.

—¿*Qué*?

Mi corazón latía como un martillo dentro de mi pecho cuando lo miré. Si le decía esto, ya no habría marcha atrás. No habría forma de evitar sus represalias, y
todavía había una pequeña parte de mí que no quería
ver a Ezra en el otro extremo del cuchillo de Henrik. Esa
parte de mi debía ser eliminada, como una enfermedad.

—Creo… —empecé, la palabra como si fuera veneno
en mi lengua—. Creo que ha sido Ezra. —Hasta el último
rincón de la habitación parecía de repente empapado en
negrura. El fuego se reflejó en los ojos de Henrik—. Creo
que de alguna manera le ha conseguido ese patrocinador
a Arthur.

—¿Cómo? ¿Por qué? —La ira de Henrik hizo que la
habitación, ya caliente de por sí, pareciese abrasadora.

Tironeé del cuello de mi camisa y me moví inquieta
sobre los pies.

—Ayer por la noche lo seguí a los embarcaderos. Daba
la impresión de dirigirse hacia el de Arthur. —Me costaba
tanto respirar que me sentía mareada—. Y lo vi con Arthur en la casa de comercio hace unos días. —Henrik se
quedó tan quieto que parecía una de las estatuas del barrio comercial—. Tenías razón. Oculta algo —murmuré.

Henrik no parecía enfadado. Estaba pensando. Los engranajes de su mente daban vueltas a toda velocidad. Y eso daba aún más miedo.

—¿Puedes averiguar lo que es? —preguntó, y su actitud cambió a una calma siniestra.

Podía sentirlo: el lento goteo de su mente a medida que repasaba todos los escenarios posibles. Todos los planes posibles. Cada uno de ellos terminaba del mismo modo: con una soga alrededor del cuello de Ezra. En cualquier caso, Ezra había tomado sus decisiones y yo había tomado las mías. La casa de té era una cosa. La lealtad era otra. Con esto, podría escapar de la soga de un matrimonio con Coen. Así que le di a Henrik la única respuesta posible.

—Sí.

VEINTISÉIS

El hombre de la ventana llevaba horas observándome.

Estaba ahí de pie con el hombro apoyado contra el rincón de ladrillo, los ojos fijos en el pie de la colina. Cuando la casa de comercio cerró y el trabajo de los muelles empezó a relajarse, mi puesto de vigilancia en un rincón de una ventana clausurada con tablones se volvió más frío, pero no me moví. No me había movido desde que había llegado esa mañana.

Al otro lado de la calle, la puerta del taller de un forjador estaba abierta al aire marino y el hombre que trabajaba en su interior no me quitaba el ojo de encima. Su mirada se había vuelto más suspicaz a cada hora que pasaba.

Esa mañana, había conseguido evitar en gran medida a Ezra, sin levantar la vista de mi plato durante el desayuno. No quería ni pensar en lo que podría captar en mi expresión si lo miraba a los ojos. Él siempre parecía ver lo que había bajo la superficie. Era lo que lo había hecho tan valioso para Henrik y los otros. Pero ahora su astucia se había vuelto contra él y cuando averiguara lo que tramaba, yo sería la mano derecha de mi tío. Una posición que lo obligaría a mantenerme soltera.

Había tardado solo unos segundos en decidir si le daría a Henrik la prueba que necesitaba de que Ezra era un traidor. Que me había traicionado a mí y a todos los Roth. A cambio, me aseguraría de librarme del compromiso con Coen y de todo lo demás que tuviera planeado para mí.

Me había escabullido de la casa en cuanto él se puso manos a la obra en la forja, pero sería solo cuestión de tiempo que Ezra volviera a los embarcaderos, como hacía casi todos los días. Y cuando lo hiciese, yo estaría esperando.

Me costaba ver a la menguante luz, los ojos clavados en el pie de la colina. Era la única entrada a este lado de los embarcaderos, así que Ezra tendría que pasar por ahí si venía a esta zona de la ciudad. Durante todo el día, había observado a mercaderes y comerciantes y vendedores ir y venir, mientras esperaba ver la alta y delgada figura de Ezra entre ellos. Su oscura gorra de *tweed*, su prístina chaqueta y sus botas relucientes. Podría identificarlo en cualquier sitio. Pero si tenía cuidado, él no me vería a mí. Esta vez, no.

Era casi de noche cuando por fin apareció. En un abrir y cerrar de ojos, Ezra asomó por la esquina de las calles que se cruzaban a mis pies. Su paso rápido y seguro lo llevaba con fluidez entre los edificios.

Respiré hondo, bajé de mi puesto de vigilancia de un salto y guiñé los ojos para volver a enfocarlos. Él mantuvo los suyos rectos al frente mientras caminaba por los adoquines, pero yo conocía su figura mejor de lo que quería admitir. Estaba grabada en mi mente, su contorno mientras trabajaba delante de la luz de la forja…

Me puse en marcha, crucé la callejuela y caminé en paralelo a él. Contenía la respiración cada vez que quedaba oculto detrás de un edificio en lo bajo y la soltaba cada vez que volvía a aparecer. No iba a cometer el mismo error que la última vez. Los Roth vigilaban las calles y las ventanas a su alrededor, pero desde aquí, podía observar el camino de Ezra a vista de pájaro.

Las farolas eran como orbes flotantes en la densa neblina que envolvía las calles de Bastian y caminé con el cuello de mi chaqueta levantado contra el viento. Los edificios negros eran gigantes en la niebla, se alzaban imponentes por encima de mí mientras seguía el mapa que tenía grabado en la mente. Lo había estudiado hasta altas horas de la noche para tratar de orientarme en la intrincada disposición de los embarcaderos.

Según las tareas asignadas durante el desayuno esa mañana, Ezra debería estar ahora en su puesto de la taberna, pero estaba al otro lado de la ciudad. Lo más probable era que hubiese pagado al camarero por cubrirle si alguno de los Roth iba a husmear por ahí. Era la única explicación para cómo se había salido con la suya bajo el ojo atento de Henrik. Pero ahora que Arthur había conseguido un patrocinador, solo podía suponer que Ezra había cerrado algún trato con él. Uno en el que no sería solo un platero sino que tendría una participación en el negocio.

La pendiente de la estrecha calle aumentó, y trepé por la colina mientras el sol desaparecía por el horizonte detrás de mí. A lo lejos, el puerto estaba envuelto en oscuridad, lo cual hacía que los embarcaderos casi desaparecieran contra el cielo, aunque aún podía oír el trabajo que se llevaba a cabo en su interior.

En esta ciudad no existían las noches. Los talleres de los comerciantes de gemas, fabricantes de velas, forjadores... los hombres y las mujeres que comerciaban en Bastian seguían trabajando cuando el día terminaba, completando sus cuotas e inventarios para la casa de comercio y los barcos que estarían atracados por la mañana.

Llegué al siguiente cruce y me paré en seco cuando Ezra no apareció en la calle más abajo. La luz de las farolas iluminaba la callejuela entre los edificios, pero esta estaba desierta. Ezra no podía haber dado la vuelta sin que yo lo viera, así que eso solo podía significar una cosa: había llegado a su destino.

Sin embargo el embarcadero catorce, el taller de Arthur, estaba más arriba, casi al final de la claustrofóbica maraña de edificios.

Miré a mi alrededor despacio, con el oído aguzado. No oí pisadas. No oí voces. No había nadie ahí fuera aparte del hombre con una escalera al hombro, que caminaba de farola en farola a lo lejos.

Cuando Ezra siguió sin aparecer, decidí bajar por la colina hacia donde debería haber estado. El cruce estaba desierto cuando llegué, pero me mantuve entre las sombras y escudriñé la calle. Entre esta callejuela y la siguiente, había solo un edificio. Una puerta.

Dos chimeneas asomaban a ambos lados del tejado, las dos humeaban. Sin embargo desde fuera, era imposible saber de qué tipo de taller se trataba. Avancé despacio y doblé la esquina hasta ver el cartel oxidado.

EMBARCADERO SESENTA Y CUATRO

Estaba al borde de la muralla de la ciudad que servía como límite antes de las colinas. No era el taller de un comerciante influyente ni de un criminal exitoso. Los pilares se estaban desmigajando por zonas y no habían pintado la fachada desde antes de nacer yo. No, esto era algo distinto.

Bordeé el alto exterior sin ventanas hasta llegar a la puerta solitaria. Era casi imposible de detectar, cubierta de la misma pintura descascarillada que el ladrillo. No había picaporte, y solo una hilera de remaches en el lado de las bisagras revelaba la existencia de la puerta.

Apreté una oreja contra el metal frío y escuché. Sonaba como todos los demás embarcaderos por los que había pasado, con el runrún del trabajo que tenía lugar en el interior, aunque el murmullo de las voces era tenue.

No era inusual que los comerciantes tuviesen más de un taller, así que también podría ser de Arthur. Si Ezra estaba trabajando con él o para él, era probable que le estuviera pagando una suma importante. O que le hubiese ofrecido algo a Ezra que este no pudiese rechazar. Quizás incluso una sociedad. Fuera lo que fuere, Henrik había estado equivocado cuando dijo que Ezra no era ambicioso. De hecho, sospechaba que mi tío lo había subestimado de más maneras que esa. Igual que había hecho yo.

Sonó un fuerte chasquido al otro lado de la puerta y di un salto atrás cuando se abrió de par en par y casi me tiró al suelo. Una figura salió en tromba a la callejuela sin levantar la vista de la pipa que llevaba en la mano y un suave resplandor iluminó su cazoleta cuando chupó de la boquilla. Me quedé paralizada, me calé la gorra aún más y apreté la espalda contra la pared negra. Sin embargo, el hombre mantuvo los ojos fijos en su pipa, los dientes apretados en torno a la boquilla, antes de echar a andar en dirección contraria.

La puerta se cerró despacio con un chirrido a mi lado, pero no moví ni un músculo mientras el hombre desaparecía en la neblina, dejando solo el aroma a gordolobo flotando en el aire detrás de él. En cuanto dobló la esquina, metí una bota en la jamba de la puerta antes de que pudiera cerrarse del todo.

Los sonidos del interior rebosaron hacia la callejuela y me asomé por el resquicio que había quedado en un intento por ver lo que había dentro. Una pared larga ocultaba a la vista la planta principal de la nave, pero la luz de unos faroles reptaba por el largo pasillo y pintaba la oscuridad de un resplandor ambarino.

Me colé dentro y dejé que la puerta se cerrara con un suave chasquido antes de seguir la pared con las yemas de mis dedos. La nave estaba caliente y olía a algo familiar. Algo parecido a roble o a tierra. Leña, quizá. El pasillo se curvaba y el resplandor de los faroles se avivaba a cada paso que daba, hasta terminar en una abertura. Guiñé los ojos contra la brillante luz mientras me asomaba por el borde de la pared, y mis labios se entreabrieron cuando vi lo que había dentro.

Delante de mí, el enorme esqueleto de un barco estaba encaramado a unos travesaños, como los huesos desnudos de una ballena gigante.

Mis ojos saltaron frenéticos por toda la sala. Faroles de cristal colgaban de todos los postes e iluminaban las largas mesas de trabajo de los hombres y las mujeres que se afanaban bajo ellos. Eran trabajadores, rodeados de herramientas de metal y montones de madera y pernos de hierro de todos los tamaños. Y entre ellos, una cabeza de lustroso pelo negro. Una camisa blanca y limpia.

Ezra estaba de pie al final de una de las mesas, sus mangas enrolladas hasta los codos. Tenía un pedazo de metal largo y plano en las manos y lo estaba deslizando de manera metódica a lo largo de un delgado tablón de madera.

Estaba... trabajando. Pero este no era el taller de un comerciante de gemas. Ni el de un forjador. Este embarcadero pertenecía a un constructor de barcos.

VEINTISIETE

Salí de detrás de la pared y lo observé con el corazón en la boca.

Ezra se inclinó sobre la larga mesa, deslizó una mano evaluadora por la suave superficie de madera recién moldeada. Sus ojos estaban concentrados, su boca con la expresión que solía tener cuando estaba en la forja. Estaba trabajando. En el taller de un constructor de barcos. Casi parecía como si fuese... un aprendiz.

En el mismo momento en que lo pensé, sus manos se paralizaron sobre la madera y levantó la vista despacio. Como si pudieran sentirme ahí de pie. Los oscuros ojos de Ezra eran como turmalina pulida y centelleante. Su mandíbula se apretó cuando me vio. Había algo temeroso en su mirada. Como si lo hubiesen descubierto. Pero ¿descubierto haciendo qué?

Me quedé ahí plantada, las manos colgando a mi lado, la mirada fija. Él dejó la herramienta con cuidado mientras pensaba. Casi podía ver cómo su mente corría a toda velocidad, aunque en la sala el trabajo continuó. Nadie pareció darse cuenta de mi presencia ni del mar de frío silencio que se extendía entre Ezra y yo.

Detrás de él, el gran esqueleto del barco se alzaba hacia las vigas del techo. Parecía un clíper, del tipo que mi tía abuela alquilaba de vez en cuando en nombre de los comerciantes de Nimsmire. Pero ¿qué hacía el platero más talentoso de Bastian construyendo barcos?

Cuando volví a bajar los ojos a la mesa, Ezra se dirigía hacia mí por el pasillo con pasos lentos. Contuve la respiración hasta que llegó a mi lado, pero en cuanto abrí la boca, me agarró del brazo y me condujo pasillo abajo por donde había venido. No me soltó hasta que estuvimos ocultos entre las sombras. Su piel pálida relucía, su camisa oscurecida de sudor en el centro de su pecho, y tenía las mejillas congestionadas.

—¿Qué estás haciendo aquí? —Sus palabras salieron cortantes, acompañadas de un resoplido tenso.

Eso me irritó. Estudié sus ojos muy abiertos. Jamás lo había visto así. Parecía casi muerto de miedo.

—¿Qué estás haciendo *tú* aquí? —espeté.

—Estoy… —Se pasó ambas manos por el pelo para retirarlo de su cara—. Estoy trabajando.

—¿Para un constructor de barcos? —pregunté, la voz ronca. Nada de esto tenía sentido.

Ezra me miró por fin. Me miró de verdad. Sus ojos saltaban de uno a otro de los míos, como si estuviese tomando una decisión.

—Vamos.

Pasó por mi lado y echó a andar por el pasillo. Lo observé desaparecer por la puerta antes de seguirlo. En el exterior, el hombre que había estado encendiendo las farolas se había esfumado.

Seguí a Ezra de cerca mientras caminaba calle arriba, hacia el agua negra y resplandeciente más allá del siguiente embarcadero. Su camisa blanca relucía a la luz de la luna y ondulaba a su alrededor, y su aliento salía en nubecillas que flotaban por el aire.

Cuando llegó a la orilla, se detuvo y me esperó. El agua se estrellaba contra las rocas en lo bajo y hacía espuma en una línea curva. Fui hasta su lado, pero él miraba hacia donde la división entre cielo y mar se había disuelto en la oscuridad.

—Fuiste tú la que entró en mi habitación. —Ahora estaba tranquilo. La expresión ansiosa de antes sustituida por algo que parecía determinación.

No respondí. No necesitaba hacerlo. Él ya había empezado a atar cabos; era probable que hubiese empezado a hacerlo en cuanto me vio. Pero yo seguía perdida.

—Ezra. —Dije su nombre con suavidad, lo cual me sorprendió a mí misma—. ¿Qué está pasando?

Mantuvo los ojos clavados en el agua.

—Soy un aprendiz del constructor de barcos. Llevo aquí casi un año.

Era justo lo que me había parecido. Y solo había una razón para ello.

—Quieres marcharte —susurré—. ¿Verdad?

La idea cayó como una losa sobre mí, me hizo sentir como si el peso del mar entero estuviera sobre mi pecho.

Se iba a marchar.

Ezra asintió, luego se sumió en un largo silencio.

—Cuando Henrik consiguió el anillo de comerciante para hacer negocios en Ceros —empezó por fin—, supe que era solo cuestión de tiempo antes de que obtuviera uno en Bastian. Cuando eso ocurra, no tendré forma de salir de aquí.

En muchos sentidos Ezra ya estaba atrapado, pero una vez que Henrik dependiera de él para producir piezas para el Gremio de Bastian, ya no sería solo un platero. Sería el prisionero de los Roth. Esto no tenía nada que ver con Arthur ni con traicionar a Henrik. Esto solo tenía que ver con Ezra.

—Sabía que, si me marchaba, tendría que tener un oficio.

—Ya tienes uno. Eres platero.

—No —dijo apesadumbrado—. El primer día que me puse delante de una forja fue el día en que terminó mi vida. No quiero volver a forjar nada nunca más. Para nadie. —Hizo una pausa—. Construir barcos es tan buena manera de ganar dinero como cualquier otra. Es uno de los pocos negocios que no suelen tener relación con Henrik.

Eso era lo que esto significaba para él. De niño, la primera vez que sujetó un crisol en las manos, era imposible que hubiese sabido que se convertiría en un talento tan excepcional. Que hombres poderosos se jugarían su vida a los dados y que quedaría atado a Henrik para siempre. Para él, su don era una maldición.

—¿A dónde irás? —pregunté, y mi voz sonó pequeña.

—A algún sitio donde no sea nadie.

Me giré para contemplar el agua y cerré los ojos con fuerza. Esto era un desastre. A la mañana siguiente, Henrik estaría esperando a que le informara sobre lo que había averiguado acerca de las actividades de Ezra en los embarcaderos. Pero nunca había imaginado que me conducirían hasta aquí.

—¿Lo sabe Murrow? —pregunté.

—No lo sabe nadie.

—Bueno, pues Henrik sospecha que ocultas algo. —Ezra tragó saliva. Era probable que él también se hubiese dado cuenta de eso—. Le dije... —Cerré los ojos otra vez—. Le dije que creía que eras tú el que había ayudado a Arthur a conseguir un patrocinador.

—¿Que hiciste *qué*? —Su voz subió de tono de repente. Me sequé una lágrima descarriada de la mejilla.

—Lo siento. —No sabía por qué estaba llorando. Cuál era exactamente el origen del dolor en mi interior. Solo sabía que esto dolía. Todo ello.

—¿Por qué? ¿Por qué querrías decirle algo así?

—Porque te vi con Arthur. En la casa de comercio —balbuceé—. Y estaba enfadada contigo por haberme mentido.

Ezra se pellizcó el puente de la nariz como si le doliera la cabeza.

—Eso no tenía nada que ver con Henrik. Tenía que ver conmigo.

—¿Contigo? ¿Cómo?

—Arthur se había enterado de mi acuerdo con el constructor de barcos. Amenazaba con contárselo a Henrik y tuve que pagar para callarlo.

Me mordí el labio e intenté evitar que temblara. Si Ezra no estaba detrás de lo que había ocurrido con Arthur, estaba metido en un lío inmenso. Un lío en el que le había metido yo.

—¿Y cuándo te he mentido? —Todavía parecía confundido.

En un instante, la ira que me había llevado desde el otro lado de la ciudad hasta los embarcaderos volvió con toda su fuerza.

—Sé lo de Coen —masculé con una risa sarcástica. Ezra frunció el ceño.

—¿Qué pasa con él?

—Te pregunté si sabías lo del posible compromiso con él.

—No lo sabía.

Lo miré con atención. Parecía estar haciendo un esfuerzo por entenderlo. Como si de verdad no supiese de qué le hablaba.

—Henrik... —Mi voz se trabó con su nombre—. Él me dijo que ese compromiso fue idea tuya. Que estabas intentando librarte de mí.

Ezra sonrió de repente, pero fue una sonrisa amarga.

—Por supuesto que lo hizo.

—¿Qué se supone que significa eso?

—Que mintió, Bryn. Es un mentiroso. —Levantó las manos hacia el cielo negro y vacío—. Yo no tuve nada que ver con eso. No lo supe hasta que lo supiste tú.

—¡Vi la carta!

—¿Qué carta?

—La de Simon. Dijo que querías unir a las familias.

—Con el *patrocinio*. —Ezra había empezado a gritar—. Yo era el que tenía una historia con Simon, así que Henrik me pidió que le propusiera la idea. Y eso hice. Esa carta no tenía nada que ver contigo.

Poco a poco, fui dándome cuenta de la verdad. *Unir nuestras familias*. Hablaba de negocios. No de matrimonio.

—Pero Henrik dijo que querías librarte de mí. Que no querías que me incluyese en la familia.

—No quería. No quiero.

Lo miré a la espera de una explicación.

Sonaba exhausto.

—Bryn, tú no eres como ellos. Jamás deberías haber venido a Bastian.

—No tuve elección. —Cada palabra sonaba menos cierta a medida que salía por mi boca.

Ezra no dijo nada, pero pude ver en sus ojos lo que pensaba. En cierto modo, sí tuve elección. Sariah había hecho su trato con Henrik, pero yo lo había aceptado. Había ansiado venir aquí y formar parte de los Roth. La verdad era que no había tenido ni idea de en dónde me estaba metiendo. En realidad, no.

Henrik *sí* que había mentido. Había sabido lo que sentía por Ezra. Yo misma me había delatado en la cena cuando lo defendí. Pero mi tío necesitaba que le fuese leal a él, no a su platero. Tragué saliva contra el dolor de mi garganta. Me había dicho exactamente lo que necesitaba oír para conseguir que hiciera lo que él quería. Y yo lo había creído.

—Pensaste que el compromiso con Coen había sido idea mía —dijo Ezra en voz baja mientras deslizaba las manos dentro de sus bolsillos.

No respondí. Los nudos enmarañados en mi interior se iban deshaciendo poco a poco y empezaba a costarme menos respirar de lo que me había costado en los últimos días.

—Preferiría verte fuera de Bastian que verte con él.

—¿Con Coen?

—Con quien sea. —No apartó los ojos de los míos. Por una vez me sostuvo la mirada y llenó la oscuridad entre nosotros con esa confesión—. Pero yo no soy el que toma esas decisiones. Así no es como funciona mi puesto en la familia.

Era la primera vez que reconocía lo que fuese que había entre nosotros. Esta cosa dolorosa y anhelante que vivía en mis pensamientos, día y noche. Ahora tenía sentido por qué no me había besado en el taller. Él se iba a marchar. Se iba a marchar desde un principio.

Miré más allá de él, hacia el agua negra.

—Lo siento —repetí. Era una tonta. Me había metido yo solita en la trampa de Henrik, y Ezra sería el que pagaría por ello.

Se quedó callado durante un buen rato, contemplando el rielar de la luz de la luna sobre el agua a nuestros pies.

—Vamos.

Parpadeé, sin entender.

—¿A dónde vamos?

Abrochó los botones superiores de su camisa y deslizó los dedos por su pelo para peinarlo lo mejor posible.

—A ver a Henrik.

Rebusqué en su cara, en un intento por comprender.

—¿Por qué?

—Vas a contarle la verdad —me dijo.

—No, ni hablar.

—Sí —insistió, con un tono más severo—. Sí lo vas a hacer. Ya no confía en mí. Eso no hay quién lo arregle. Pero puedes usar esto para conseguir lo que quieres. Cuéntale la verdad y eso te brindará la ventaja que necesitas respecto de él. Vale más de lo que crees. —Eso último lo dijo casi para sí mismo.

—Pero ¿a ti qué te hará?

Apretó los dientes.

—Sabía el riesgo que corría, Bryn.

Empezó a caminar de vuelta hacia el embarcadero, pero yo no me moví.

—No voy a decírselo —le dije.

Ezra entornó los ojos cuando se giró hacia mí.

—Eso sería una equivocación.

—Soy la única que sabe lo que has estado haciendo aquí. Acudiré a él por la mañana y le diré que tienes una chica en el North End o algo. Se lo creerá. Te guardaré el secreto el tiempo suficiente para que termines tu aprendizaje y te marches. —La mera idea era casi insoportable.

—Puede que parezca así de fácil, pero no lo es. —Me lanzó una mirada más penetrante—. No quieres ser enemiga de Henrik, Bryn.

—Ya lo soy. —Era verdad. Había perdido. Henrik me había utilizado de más de una manera para obtener lo que quería. Y ahora yo iba a utilizar su propio juego contra él.

El sonido del agua se estrellaba contra las rocas con un ritmo regular y Ezra contempló la orilla a nuestros pies, silencioso durante un buen rato.

—¿Por qué harías algo así por mí?

—Porque... —dije, la palabra sonó hueca. Dio un paso hacia mí.

—¿Por qué?

—Porque me importas. —Lo miré a los ojos y, aunque las palabras danzaban en mi lengua, no podía decirlas todas. Ya vivían en el aire entre nosotros. En cada mirada. En cada silencio. Y si él se iba a marchar de Bastian, no podía decirlas en voz alta.

Ezra conocía los riesgos, pero yo también. Encontraríamos una manera de conseguirle a Henrik su anillo de comerciante y yo utilizaría el salón de té para escapar del compromiso con Coen. Pero al final, Henrik perdería la única cosa que le daba poder: su platero. Y yo también lo perdería.

VEINTIOCHO

TENÍA LOS OJOS ABIERTOS MUCHO ANTES DE QUE EL SOL empezase a asomar por detrás del mar.

Miré por la ventana y contemplé cómo el color de las lejanas aguas cambiaba del negro al gris y luego al azul. Ya oía a Sylvie en la cocina del piso de abajo, pero solo había un sonido del que yo estaba pendiente: la puerta del estudio de Henrik.

Me miré otra vez al espejo, retiré el pelo de mi cara y enderecé la cadena del reloj que colgaba del bolsillo de mi chaleco. Ezra y yo habíamos acordado un plan. Antes de que la mesa del desayuno estuviese preparada, le contaría a Henrik que Ezra había estado viendo a una chica del North End durante los últimos meses.

Según Ezra, no era inusual que los miembros de la familia disfrutaran de compañía con discreción, aunque era algo que se esperaba que contaras. Eso apaciguaría las sospechas de Henrik y al mismo tiempo confirmaría su suposición de que Ezra estaba mintiendo. Entre la apertura del salón de té y la inminente exhibición, habría cosas de sobra para que Henrik dejara de prestar tanta atención a Ezra. Solo esperaba que durase el tiempo suficiente para que pudiera marcharse de Bastian.

La habitación de Ezra estaba en silencio al lado de la mía, pero era probable que estuviese despierto. Había regresado a casa bien pasada la medianoche, y sus pisadas se habían detenido ante mi puerta durante tres segundos agónicos antes de continuar hasta su habitación.

Miré mis propios ojos en el reflejo y parpadeé despacio. Había una cosa que no me había permitido pensar durante más de un momento seguido. Si le mentía a mi tío, eso quería decir que Ezra de verdad se iba a marchar. Y si lo hacía, no regresaría jamás.

Aparté ese pensamiento a un lado antes de girarme hacia la puerta. Ezra era lo último que había esperado encontrar cuando había respondido a la carta de Henrik y me había embarcado en el *Jasper*, aunque ahora parecía una planta que había arraigado en mi interior. Y no quería pensar en lo que ocurriría cuando la arrancaran.

Bajé las escaleras hacia la planta baja iluminada por el sol y fui directa hacia el estudio cerrado. Respiré hondo antes de llamar a la puerta y solo unos segundos después me llegó la voz de Henrik.

—Adelante.

Dejé que la puerta se abriera sola. Henrik estaba sentado detrás de su escritorio, pluma en mano, escribiendo algo. No levantó la vista hasta terminar de anotar la fila de números en la que estaba trabajando. Entré en la habitación y me detuve delante de él.

Parecía estar anotando sumas de uno de los informes de Noel. Durante el desayuno, le daría el libro a Murrow, que comprobaría las operaciones. Me di cuenta de que por fin conocía el orden de las cosas en esta casa. El giro de los engranajes y piñones internos me resultaba familiar ahora. Incluso los pequeños movimientos y expresiones de mi tío habían perdido parte de su misterio.

—Buenos días —saludó, después de cerrar el libro. Levantó la vista hacia mí con los ojos brillantes y me relajé de inmediato. Estaba de buen humor—. Parece que Sylvie tendrá el desayuno listo en un minuto. ¿Necesitas algo?

Me costó un esfuerzo supremo mantener la voz serena y alegre.

—Tengo buenas noticias.

Arqueó las cejas.

—¿Ah, sí?

—Estaba equivocada —empecé—. Tardé un poco, pero ayer por la noche seguí a Ezra hasta el North End. Tiene a una chica ahí que trabaja en la tienda de un sastre.

A pesar de todos mis esfuerzos, estaba hablando demasiado deprisa. Mi sonrisa era demasiado amplia. La expresión de Henrik, sin embargo, no cambió a medida que la información se asentaba en su cerebro. Mi corazón latía con tal fuerza que estaba segura de que él podía oírlo.

—No creo que tuviera nada que ver con lo de Arthur. A él también lo perjudicaría que perdieras ese anillo del Gremio. Fue una idea estúpida.

Henrik cruzó las manos delante de él y apoyó los nudillos contra su boca.

—Es un alivio —musitó en voz baja.

Le regalé una pequeña sonrisa.

—Sí que lo es. Reconozco que estaba enfadada cuando me contaste que no me querías aquí. Puede que haya dejado que ese enfado se apoderase de mí.

Henrik suspiró.

—Estoy seguro de que entiendes lo que Ezra significa para mí. He criado al chico como si fuese mi hijo. Lo he tratado como si fuera de nuestra sangre. —Levantó la vista al cielo—. Mi padre no lo hubiese aprobado. Ezra le hubiera gustado, seguro, pero nunca creyó que un extraño pudiese ser uno de nosotros. Aun así, me forjé una reputación en esta ciudad con la ayuda de Ezra. Si no fuese por él, yo no tendría este anillo. —Extendió los dedos y miró el ojo de tigre en su mano derecha. Despacio, extendió los dedos de la otra—. Y sin él, sé que jamás me concederán el otro.

Eso era algo que yo ya había deducido. A Henrik le importaba Ezra, pero el vínculo entre ellos tenía más que ver con los negocios que con el afecto. Henrik había tenido un instinto con respecto al chico y había apostado en función de ese pálpito. La dinastía que había construido reposaba sobre los hombros de Ezra. La habilidad de mi tío con el cristal era una destreza perfeccionada con los años, pero el trabajo de Ezra con la plata era un don.

—Creo que empiezas a comprender lo que significa ser parte de esta familia, Bryn —dijo por fin, al tiempo que se ponía en pie.

—Sí, eso creo —confirmé. Y lo decía en serio. Había llegado a la conclusión de que las únicas reglas eran las que ponía yo. Tenía que elegir un bando y estaba eligiendo el de Ezra. Aunque eso significase tener que apañármelas por mi cuenta entre los Roth.

En cualquier caso, oírselo decir a Henrik me proporcionó una sensación de orgullo. Desde el primer momento que había entrado por esa puerta, había querido su aprobación. Como poco, era lo que me habían enseñado a desear. Pero ahora, Henrik me había dado mi propio negocio. Mi propio destino. Y aunque fuese un mentiroso y un tramposo, le estaba agradecida por ello.

—Esa es la razón de que me sorprenda que puedas creer que dejaría un asunto como este en manos de una chica de dieciocho años enamorada de mi platero.

Un intenso cosquilleo se extendió al instante por mi piel cuando las palabras salieron por su boca.

—¿Qué? —Mi voz sonó tan pequeña que apenas pude oírla.

Pero la expresión de Henrik no cambió mientras me observaba. Parecía el mismo de siempre. Calmado. Sereno.

—Me gustan las cosas ordenadas y puntuales —dijo, y el sonido de su voz se envolvió alrededor de mi mente.

El peso que sentía sobre el pecho se trasladó a mi estómago. No podía respirar, me ardían los pulmones vacíos.

—No te culpo —continuó—. En realidad, no. Esta es una lección que se aprende mejor a través del fracaso. —Giró en torno al escritorio y fue hacia las puertas de doble hoja cerradas que conducían a la pequeña biblioteca.

Antes de que se abrieran siquiera, ya sabía lo que había detrás.

Las puertas chirriaron y la luz del sol que entró a raudales en el estudio me obligó a guiñar los ojos. Dentro, Ezra estaba sentado en una de las butacas de cuero, el rostro crispado de un modo que no lo había visto jamás. Tenía las mejillas rojas, la mandíbula apretada cuando levantó la vista hacia mí. Detrás de él, Murrow esperaba en silencio, con los ojos clavados en el suelo.

Lo sabía. Henrik ya lo sabía.

Se quedó en el umbral de la puerta entre nosotros, los brazos cruzados delante del pecho en ademán pensativo.

—Mi platero parece pensar que puede entrar de aprendiz de un constructor de barcos sin que yo lo sepa.

Ese fue su primer error —comentó—. El segundo fue creer que se saldría con la suya. Supongo que esta pequeña aventura se ha alargado demasiado.

Mi respiración estaba tan acelerada ahora que me sentía mareada. Percibía el peligro en el ambiente, como aceite derramado de una lámpara. En cuestión de momentos, se prendería. Y más de uno de nosotros ardería en las llamas.

—Ahora bien, creo que esto puede arreglarse —continuó Henrik—. Es solo una cuestión de recordaros vuestro lugar.

Lo aterrador del asunto era que me creí cada palabra. Henrik hablaba en serio. En el fondo de su alma, este era él.

Deslizó los ojos hacia Murrow.

—No toques sus manos. Todavía tiene que trabajar.

Mis labios se entreabrieron mientras miraba de Murrow a Ezra. El rostro de Murrow estaba tenso, las aletas de la nariz abiertas, pero asintió en dirección a Henrik. Él sería el que llevara a cabo el castigo. *Un recordatorio también para él*, pensé.

Henrik dio los tres pasos que nos separaban y se detuvo delante de mí. Una lágrima rodó por mi mejilla caliente cuando levanté la vista.

—Por favor, no hagas esto. Mentir fue idea mía. Yo...

—Bryn. —Me dedicó una mirada de compasión genuina y puso una mano pesada sobre mi hombro—. Él no es el único que va a pagar por el error.

Parpadeé y dos lágrimas más resbalaron por mi barbilla.

—No te vas a mover de aquí hasta que Murrow haya terminado. Tú castigo será ver esto.

Su mano me dio un apretón en el hombro, un poco demasiado fuerte, antes de dejarla caer a su lado y salir del estudio sin decir ni una palabra más. La puerta se cerró con suavidad a mi espalda y cuando levanté la vista Ezra ya se estaba poniendo en pie. Desabrochó los botones de su chaqueta y se la quitó antes de tirarla sobre la silla. Contemplé horrorizada cómo cuadraba los hombros en dirección a Murrow, que estaba enrollando las mangas de su camisa.

El enfado rondaba por debajo del rostro sereno de Murrow. Estaba enfadado con Henrik, o con Ezra, no estaba segura. Ambas opciones estaban justificadas. Sin importar cómo lo mirases, Murrow se había visto arrastrado a este lío con o sin que nosotros lo hubiésemos pretendido.

Sorbí por la nariz y me sequé la cara.

—Cierra los ojos. —Ezra no me miró al decirlo.

Obedecí. Los apreté con fuerza y aspiré una bocanada de aire mientras un silencio horrible se extendía entre nosotros. Esperé. Unas intensas náuseas empezaron a revolverse en mi tripa. Cuando el sonido del primer puñetazo rompió el silencio, envolví los brazos a mi alrededor y enredé los dedos en las mangas de mi camisa. La agarré tan fuerte que perdí toda la sensibilidad.

Y escuché mientras Murrow le pegaba, golpe tras golpe, contra hueso y músculo. El doloroso sonido que arrastraba por la garganta de Ezra era como un látigo que me azotaba cada vez que lo oía.

De golpe, pude sentir cada fragilidad. Cada una de las grietas en la piedra con la que me habían construido. Y no había armadura posible para protegerme de una herida así.

VEINTINUEVE

Tengo un recuerdo de Bastian *antes*. Algunas veces sale a la superficie en los últimos momentos de un sueño, y otras aparece mientras estoy sumida en mis pensamientos, mirando por la ventana.

En él, soy pequeña. Estoy de pie en las escaleras y sé que estoy descalza porque tengo los pies fríos. Contemplo cómo las sombras juegan sobre el suelo mientras unas voces en el comedor flotan en el silencio. Y entonces lo veo. Un destello de oro a la luz del fuego cuando mi padre saca su reloj de bolsillo pulido de su chaleco y lo abre. Emite un chasquido suave cuando lo cierra otra vez, y eso es todo. No hay nada más.

Me he preguntado muchas veces si es un recuerdo siquiera. A menudo he pensado que podría tratarse de la culminación de las historias de Sariah, enredada en los detalles de los pequeños retratos alineados en la estantería de su estudio. Detalles que se han fusionado en una especie de *collage* que vive en mi mente. Y aunque nada en esa imagen pareció real jamás, sigue siendo el ancla que me ha mantenido unida a los Roth durante todos estos años.

La casa al fondo de la callejuela del Valle Bajo había vivido en mi memoria como un lugar de calor y pertenencia, aunque fuese el lugar responsable de que mis padres perdieran la vida. Ahora, temía perderme.

Me hice un ovillo más apretado debajo de las colchas de mi cama y abracé mis rodillas contra mi pecho. Había sido un día interminable, el sol había tardado horas en empezar a caer, y las comidas en la mesa del comedor habían transcurrido sin mí allí. Nadie había llamado a mi puerta.

Yo ni siquiera estaba en este lugar. En realidad, no. Me había refugiado en mi mente, en la noche en que Ezra había entrado en mi habitación y me había enseñado a forzar una cerradura. La forma en que sus ojos se habían concentrado, la luz de las velas y cómo danzaba sobre su piel suave. El destello de las cicatrices plateadas sobre sus manos. Esa noche había estado enfadada, pero también había sido el primer momento en que había sentido que alguien me había visto. No a la chica que tan bien se me daba fingir que era. La que vivía dentro de mí. También había sido la primera vez que las paredes en torno a Ezra Finch habían empezado a aparecer escalables.

Ezra había sabido ya que se marcharía de Bastian. Su plan llevaba mucho tiempo en marcha, mucho tiempo antes de que yo me uniera a los Roth. Y aunque imaginar su partida había hecho que me doliera el corazón, no tenía ni punto de comparación con la desesperación que se cerró en torno a mí al saber que tendría que quedarse. Él era una cosa preciada, pero enjaulada. La valiosa joya de Henrik. Y mi tío jamás lo dejaría marchar. Me di cuenta de que nunca dejaría que ninguno de nosotros partiera.

Cuando la luz de la luna por fin entró por mi ventana, retiré las mantas y me incorporé despacio.

Encendí la vela de al lado de mi cama y deseé no haber venido nunca a Bastian. Deseé haberme negado a embarcar en el *Jasper* y arriesgarme a sufrir las represalias de mi tío. Me pregunté qué hubiera dicho Sariah si le hubiera pedido quedarme con ella. Que pasara sus empresas a mis manos y me buscara a un hombre joven entre las familias comerciantes de menor rango en la ciudad portuaria.

Las cosas que antes temía sonaban seguras ahora. La atracción que había sentido por los Roth era veneno en mis venas y sentía que me reconcomía por dentro. Sin embargo, Sariah me había mandado aquí sin derramar una lágrima siquiera. Solo me había entregado esa maldita carta.

Fruncí el ceño al recordarla. Cuando había llegado al Valle Bajo, la había dejado caer en el cajón y, después de días de temer el momento de abrirla, casi había olvidado su existencia por completo. Mis pies encontraron el camino por el frío suelo hasta el cajón superior de mi cómoda, que chirrió cuando lo abrí. Dentro, la carta que me había dado Sariah estaba perdida entre el montón de pergaminos en blanco.

La saqué y me deslicé hasta el suelo al lado de la cama. Rompí el sello de cera y el grueso papel se desdobló en mis manos. El olor de la potente tinta de mi tía abuela llenó mi nariz y me hizo añorar tanto su casa que las lágrimas amenazaron con caer otra vez.

Su escritura discurría por la página sin prisa. Serena, como ella. Sin embargo, no era la carta que había imaginado, una ristra de párrafos para expresar un adiós. El texto apenas constaba de dos frases.

Bryn,

El día que naciste como una Roth no es
el día que comenzó tu destino. Comenzó el
día que bajaste de ese barco en Bastian.

Con cariño,
Sariah

La emoción me atoró la garganta mientras leía las palabras. Enrosqué los dedos en torno al pergamino con tanta fuerza que arrugué las esquinas. Sariah había encontrado la manera de salir de esta casa, pero solo gracias a su hermano Felix. No pude evitar preguntarme qué precio habría pagado por su libertad. Había sido una escapatoria que el resto de nosotros jamás tendría. No mientras Henrik fuese el cabeza de esta familia.

Levanté la vista hacia la ventana cerrada. La ventana por la que el nieto de Sariah, Auster, había escapado antes de alejarse de ahí sin mirar atrás. Me pregunté qué habría pasado para que se hubiera marchado sin nada. ¿Qué habría visto? ¿Qué habría hecho?

Mis ojos se deslizaron al otro de lado de la habitación, hasta la puerta cerrada. Me puse de pie otra vez y sequé las lágrimas de mi cara antes de abrirla. El pasillo estaba oscuro, excepto por la luz que procedía de la habitación de Murrow.

Todavía estaba vestido, concentrado en los libros de contabilidad que le habían pedido que comprobara, y no dio ninguna muestra de haberme oído. Me quedé apoyada en el marco de la puerta y lo observé. Parecía más joven. Más dulce. Sentado ante su escritorio, una lámpara de aceite encendida proyectando un agradable resplandor sobre él.

Cuando percibió mi presencia, su pluma se quedó congelada en medio del aire. Giró la cabeza hacia atrás y yo me encogí un poco cuando vi sus manos. Los nudillos de ambas estaban rojos y en carne viva, cubiertos de piel reventada e hinchada que alguien había limpiado. Probablemente Sylvie. Murrow no se había molestado en vendarlos, quizá para no olvidar lo que había hecho. Pero la tortura colgaba pesada sobre su rostro. Daba la impresión de no haber dormido en días.

—Él hubiese hecho lo mismo por mí —dijo, tras tragar saliva.

Era una idea tan triste que apenas pude soportarla. *Eso era lo que esta familia te hacía*, pensé. Murrow había cumplido las órdenes de Henrik sin cuestionarlas por la misma razón que Ezra había pegado a Tru por no haber hecho bien las cuentas. Sospechaba que también era la razón de que Ezra se hubiese mantenido al margen y se limitara a contemplar la escena cuando Arthur me pegó en esa callejuela. Siempre había un intercambio en marcha.

Si Murrow se hubiese negado a hacer lo que decía Henrik, lo hubiesen hecho Casimir o Noel. En esta casa, no había escasez de respeto por Ezra, e incluso eso hubiese sido una bendición. Pero no había ninguna posibilidad peor que el hecho de que lo hiciese Henrik en persona y Murrow lo sabía.

—Siento haberte arrastrado a esto —susurré con voz ronca. Murrow soltó un largo suspiro.

—No lo hiciste. —Sus ojos volvieron al libro—. Ya lo sabía.

—¿Lo sabías?

La pluma giró en sus dedos antes de dejarla en la mesa.

—Llevaba un tiempo siguiendo a Ezra a los embarcaderos antes de averiguarlo. —Sacudió la cabeza—. Sabía que estaba pasando algo. Y estaba preocupado por él.

—¿Nunca dijiste nada? ¿Nunca le preguntaste al respecto?

Murrow se encogió de hombros.

—Pensé que me lo habría dicho si hubiese querido que lo supiera.

Así era como funcionaba esto. Nadie hacía preguntas. Todo el mundo miraba hacia otro lado. Murrow había mantenido la boca cerrada por el bien de Ezra, pero había sabido perfectamente lo que ocurriría cuando lo averiguara Henrik. Y según parecía, Henrik siempre lo averiguaba todo.

—Henrik no regresará hasta mañana por la mañana —dijo con voz queda—. Está intentando llegar al fondo de este asunto de Arthur. —Los ojos de Murrow se deslizaron más allá de mí, hasta la puerta cerrada de Ezra. Se demoraron ahí un instante antes de volver a sus cuentas.

Esa fue otra conversación tácita entre nosotros. Supuse que ya sabía lo que sentía por Ezra. Puede que Murrow no dijese gran cosa, pero se fijaba en todo. Siempre estaba observando. Y puede que lo haya sabido incluso antes que yo misma.

Se quedó en silencio y volvió a su trabajo, y yo tragué saliva. Él estaba tan atrapado como cualquiera de nosotros, pero Murrow sería un Roth hasta el día de su muerte. No tenía ninguna duda de eso. Y aunque estuviese dispuesto a mirar para otro lado, su lealtad siempre estaría aquí. Con esta casa, con esta familia.

Pasé despacio por delante de mi habitación, hasta la puerta de la de Ezra. Mi mano vaciló un instante sobre el pomo de la puerta antes de girarlo y abrirla. La pequeña habitación estaba oscura, pero podía ver su figura debajo de las mantas en la cama, girado hacia la ventana. Ezra siempre era esta presencia taciturna, pensativa, pero aquí, entre estas paredes, Ezra era solo un cuerpo roto.

No se movió cuando entré y cerré la puerta a mi espalda. Su camisa empapada de sangre estaba colgada con cuidado de la silla del rincón, donde la jofaina estaba llena de agua rosa. Incluso en la oscuridad, pude ver los moratones y magulladuras que cubrían ya la piel desnuda de sus brazos y su espalda.

El suelo de madera crujió cuando crucé la sala y retiré una esquina de la colcha, pero él no se movió. Me deslicé debajo de las mantas hacia el calor de Ezra y me acurruqué detrás de él. Pude ver que sus ojos no estaban cerrados cuando apreté mi cuerpo contra el suyo. No protestó. No se apartó de mí ni se puso tenso bajo mis manos.

Se quedó quieto durante largo rato antes de palpar por fin detrás de él y encontrar mi mano. Sus dedos se entrelazaron con los míos antes de cerrarse y tirar de mi mano alrededor de su cuerpo. Llevó la palma de mi mano a su pecho, donde su corazón latía con fuerza.

Esto era lo que había bajo la superficie helada de Ezra, solo visible en la oscuridad. Yo había sentido la sombra de ello la primera vez que lo vi. La primera vez que él me había mirado. Y ahora estábamos enredados juntos, con un futuro sombrío por delante.

En los días previos a la cena en casa de Simon, me había visto atraída por él como una polilla a una llama.

Cuando Henrik me dijo que Ezra quería venderme como moneda de cambio a Simon, no había sido solo el trato lo que me había hundido. Muy en el fondo, había querido creer que Ezra no me dejaría ir. Que querría retenerme para sí, del modo que yo quería retenerlo a él.

Apreté los labios contra el hueco entre sus escápulas y él aspiró una profunda bocanada de aire mientras yo cerraba los ojos. Las lágrimas rodaron en silencio por el puente de mi nariz y desaparecieron en mi pelo.

—Lo siento —susurré, mi voz apagada.

Ezra no dijo nada, pero a medida que los minutos pasaban, los latidos de su corazón se fueron apaciguando bajo la palma de mi mano. Sus respiraciones empezaron a alargarse, cada vez más separadas, hasta que sus músculos se relajaron contra mí. Las conté hasta que su agarre sobre mi mano se aflojó y se quedó dormido. El tipo de sueño profundo y negro que dejaba que la mente se liberara.

Solté el aire y cerré los ojos. Aunque estábamos aquí atascados, al menos estábamos juntos.

TREINTA

Esa noche, la cena familiar fue como cualquier otra. Y ese era el problema.

Todo el mundo llegó antes de que sonara la campana del puerto, como siempre. Esperamos detrás de nuestras sillas, con el fuego rugiendo en la chimenea mientras Sylvie traía nuestras bandejas de comida y nuestras jarras de aguardiente y dejaba todo en su posición habitual sobre la mesa. Incluso las conversaciones mientras esperábamos eran las mismas. Noel le contó a Casimir una discusión con un comerciante. Una broma susurrada provocó risitas entre Murrow y Tru. Anthelia sobornaba a Jameson por debajo de la mesa con una de las uvas del plato de queso.

Cuando había despertado esta mañana en la cama de Ezra, él ya no estaba; las sábanas donde había dormido se habían enfriado a mi lado. Había bajado a desayunar y él ya estaba trabajando. No había salido del taller desde antes del amanecer.

Había escuchado todo el día con un nudo en el estómago mientras el sonido del martillo y el yunque resonaba hora tras hora tras hora. El sonido era un recordatorio reverberante. A Ezra lo habían devuelto a su jaula, con las alas cortadas.

Henrik apareció a la cabecera de la mesa y todo el mundo tomó asiento en silencio. Observé, aturdida, cómo mi tío desdoblaba su servilleta en su regazo. De manera correcta, según pude ver. Estaba aprendiendo.

Ezra llevaba ropa limpia, la chaqueta puesta, lo cual ocultaba casi todos los cortes y magulladuras que cubrían su cuerpo, aunque los de su cara sí eran visibles. Sus manos de cicatrices plateadas habían quedado intactas, como había pedido Henrik. Después de todo, las necesitaba si iba a completar las piezas que añadirían a la colección que querían presentar ante el Gremio. La única evidencia real de lo que había sucedido se notaba en la forma en que Ezra guiñaba los ojos cuando se apoyaba contra la pared. Como si le doliera tocar cualquier cosa, pero él era la misma presencia callada y reservada de siempre.

Incluso Murrow parecía otra vez el mismo, a pesar de los nudillos enrojecidos en sus manos. Se inclinaba sobre su plato mientras engullía el estofado de Sylvie, cada cucharada demasiado grande para su boca. Mi plato quedó casi intacto.

Sirvieron aguardiente y comenzaron los informes, empezando por Casimir. Yo me dediqué a contemplar las velas encendidas en el centro de la mesa, sin parpadear, mientras la conversación se alargaba sobre comerciantes e informadores y páginas de cuadernos de contabilidad que habían pasado de mano en mano. Un informe actualizado sobre el nuevo contrato de Simon con el *Serpiente*. Noel fue el siguiente, y le hizo a Henrik un resumen sobre los inventarios de mercancías que llegaban de los Estrechos. Murrow compartió rumores oídos en la taberna, aunque solo uno captó el interés de Henrik de alguna manera notable. Ezra ofreció un recuento de su progreso con las piezas en las que estaba trabajando. Algunas eran encargos de comerciantes de Ceros, otras se añadirían a la colección de Henrik para la exhibición. Mientras cada uno de ellos hablaba, Henrik tomaba nota tras nota en su cuaderno. Planeando, tramando. Los engranajes de su mente en funcionamiento.

Siempre estaban en funcionamiento.

—Y... ¿Bryn? —dijo Henrik, lo cual me hizo levantar los ojos de golpe.

De algún modo, los minutos habían pasado y los platos y vasos de todo el mundo estaban vacíos excepto los míos. Miré mi tenedor y me di cuenta de que no había dado ni mi primer bocado.

Cerré los dedos en torno al tenedor y estudié la expresión de suficiencia de mi tío. Estaba sentado en su trono. En control de la situación. Y todos le estábamos bailando alrededor.

Al otro lado de la mesa, Ezra me observaba con una mirada serena. Estaba muy quieto, pero había una sombra de advertencia en sus ojos. Una súplica para que me comportara.

Temperamento, Bryn.

Las palabras de Sariah reflejaban la expresión en la cara de Ezra.

—¿Tu informe? —dijo Noel a mi lado. Tocó mi codo con el suyo, un gesto discreto que no era propio de él. Incluso él estaba nervioso por que pudiera estar a punto de decir o hacer algo estúpido.

—Sí. —Me aclaré la garganta y saqué el pequeño librito de cuero del interior de mi chaleco. Lo dejé en la mesa delante de mí. Mi voz sonaba vacilante cuando comencé, mis dedos temblorosos al pasar las páginas.

Murrow pareció darse cuenta y se inclinó hacia delante justo lo suficiente para medio ocultarme a los ojos de Henrik.

A lo mejor sí que podía contar con él, después de todo.

—Estaremos listos para abrir dentro de dos días. Ya he encargado la siguiente remesa de té y los dados están listos. La tienda en sí está preciosa y el hecho de que esté en el corazón del barrio comercial ha ayudado a que se corriera la voz. —Solté de un tirón mi informe ensayado—. Hablé con Coen y dijo que los rumores están volando por toda la ciudad.

—¿Hablaste con Coen? —Henrik parecía intrigado.

—Quería invitarlo a la inauguración en persona. Estará ahí y, con suerte, eso atraerá también a otros.

Henrik sonrió.

—Parece que los dos os entendéis bastante bien, después de todo.

Traté de no mirar a Ezra, pero no lo conseguí. Él tenía la vista clavada en la mesa, la boca apretada en una línea recta.

—Muy bien. —Henrik asintió—. Cuanto más se hable del tema, antes hará Simon el ofrecimiento formal de su patrocinio. Ese bastardo no podrá resistirse al entusiasmo generalizado. Siempre le ha encantado la fanfarria.

Casimir hizo un ruido gutural que captó la atención de Henrik.

—¿Qué pasa?

Casimir apoyó los codos en la mesa y pensó un poco antes de hablar.

—Es solo que se trata de mucho dinero para invertir en algo sin ninguna garantía de éxito. Si queremos información, sabemos dónde conseguirla: en las tabernas.

Dejé que el libro se cerrara sobre mi mano y me mantuve firme.

—La taberna está llena de comerciantes y tripulaciones de barco. Si quieres información sobre los muelles o las mercancías, es el lugar donde conseguirla. Pero si quieres el tipo de rumores e indiscreciones sociales que te dan poder sobre el Gremio, tendrás que ir a los sitios donde pasan su tiempo libre. Alejar el negocio de esta familia de las gemas falsas y llevarlo hacia un comercio legítimo requerirá que os convirtáis, *todos* vosotros, en personas como *ellos*. Como los comerciantes. Y así es como se hace. —Puse un dedo sobre mi libro.

Casimir se giró hacia mí.

—¿De verdad crees que puede hacerse?

—Sí —contesté—. Sé que puede hacerse.

Necesitaba esto si quería escapar del compromiso con Coen. Y lo había visto. Sariah había forjado un sitio para sí misma en Nimsmire y Simon lo había hecho aquí, en Bastian. Si ellos podían hacerlo, nosotros también.

—Si Bryn dice que puede hacerlo, lo hará —comentó Henrik como quien no quiere la cosa, pero cuando lo miré, la expresión en su rostro era fría y distante. Algo se agrió en mi interior, consciente del aspecto que tenía la desaprobación de mi tío. No estaba diciendo que creyera en mí. Estaba diciendo que lo haría porque *tenía* que hacerlo. Porque, si no, habría consecuencias—. El patrocinio de Simon llegará. Estoy seguro de ello. Y entonces el Gremio votará.

—¿Y si votan por Arthur en vez de por nosotros? —preguntó Noel.

—Estoy trabajando en ello. Pero al final, no me cabe duda de que seré yo el que tenga ese anillo de comerciante

—dijo Henrik con calma—, y entonces, empezará un nuevo capítulo para esta familia. ¿Lo tenemos todos claro?

Sus ojos se deslizaron por la mesa y, uno por uno, cada uno de ellos asintió. Incluso Anthelia.

Ahora comprendía por qué ella siempre parecía mantenerse en la periferia, escondida detrás de sus hijos y rondando justo al margen de cualquier responsabilidad en la familia. Era el lugar más seguro en el que podía existir y me pregunte si habría sido Noel el que la había puesto ahí. A lo mejor había puesto a su mujer fuera del alcance de su hermano.

Murrow intervino entonces con algo acerca del camarero de la taberna, y la conversación se alejó de mí. Ezra aportó algún comentario aquí y allá y pude ver que no había ninguna tensión entre Murrow y él. Ninguna ira enconada por lo que había ocurrido el día anterior. Solo era. La idea me hizo sentir enferma por dentro.

Había observado toda la escena de la cena desarrollarse en una especie de asombro petrificado. En el corto tiempo que había pasado en la casa Roth, esta había sido de lejos la cena más surrealista. Se habían vuelto todos en bloque contra uno de los suyos que los había traicionado. Y ahora, lo traían de vuelta a la piña con cariño y cuidado. Había algo tan retorcido en ello que ni siquiera podía ponerle nombre.

Desde que llegué a Bastian, había hecho todo lo que me había pedido mi tío, igual que todos los demás. Y había visto con mis propios ojos lo que pasaba cuando no lo hacías. Pero eso solo me dejaba aún más desconcertada sobre lo que significaba sentarse a esta mesa.

Cuando la cena terminó y mis tíos se retiraron a las cocinas, yo me quedé atrás, contemplando cómo el fuego menguaba. En solo dos días, abriría las puertas de la casa de té y llevaría a mi familia en volandas al barrio comercial. Si tenía éxito, estaba convencida de que ganaría mi libertad. Al menos de manera temporal. Si fracasaba, me encontraría casada con Coen como un negocio entre las dos familias. Fuera como fuere, Henrik conseguiría lo que quería. Esa era la única cosa de la que estaba segura.

Cuando por fin me levanté de la mesa, me dirigí hacia las escaleras. No quería pasar tiempo con ellos en la cocina y comer tartas y jugar ronda tras ronda a «las tres viudas». No quería fingir que era una de ellos. Si los últimos días me habían enseñado algo, era eso. Pero también temía que en el fondo, ya lo fuera.

Puse mi pie sobre el primer escalón y me quedé paralizada cuando vi a Henrik. Estaba en las sombras creadas por la brillante luz de la cocina, apoyado contra la pared al lado de la puerta cerrada del taller. La miraba fijamente, atento al agudo golpeteo que resonaba cada vez que el martillo de Ezra caía contra el yunque.

—Vuelve a estar centrado —comentó, y levantó la vista hacia mí—. Eso es bueno —dijo, con un asentimiento.

No sabía si se suponía que eso justificaba lo ocurrido o si Henrik solo lo decía para tranquilizarse a sí mismo. No parecía posible que pudiera sentirse culpable. Si las palabras eran para mí o para él, no había forma de saberlo.

—Ahora podemos volver al trabajo —añadió, y se separó de la pared—. Fuera lo que fuere lo de ayer por la noche, ha terminado. ¿Comprendido?

Toda la sangre desapareció de mi cara y me estremecí. O sea que sí sabía que había pasado la noche en la habitación de Ezra. Y esa era una complicación que Henrik no quería. Una que no permitiría.

—Hice un trato contigo y nunca incumplo mi palabra —prosiguió—. Triunfa con el salón de té y hablaremos sobre ese compromiso. Pero eso —e hizo un gesto hacia la puerta del taller—, eso no está en la lista de opciones. —Apreté los dientes tan fuerte que me dio la sensación de que podrían romperse—. ¿Está claro?

Clavó sus ojos penetrantes en mí hasta que Jameson llegó corriendo por el pasillo y Henrik lo atrapó, levantándolo por los aires con una amplia sonrisa. Jameson soltó un grito y se retorció entre los brazos de su tío. Yo los observé mientras desaparecían en la cocina, donde resonaba la risa de Murrow. Pero en el interior del taller, los golpes del martillo continuaron.

TREINTA Y UNO

Era una imagen magnífica de contemplar.

En solo dos semanas, aquel salón cubierto de polvo era una joya reluciente y centelleante al final de una calle lateral con paredes de ladrillo que salía de la avenida principal del barrio comercial. Apartada justo lo suficiente para estar fuera de la vista, pero aun así firmemente plantada dentro de los límites de la sociedad aceptable. Yo misma no podría haber elegido una ubicación más perfecta, y solo podía asumir que eso había sido lo que pensó mi madre cuando la compró. Era justo el tipo de cosa que hubiese hecho Sariah. Quizás había sido un plan tramado por las dos. Me gustaba esa idea.

Estaba detrás del mostrador, comprobando las tazas de té una vez más. El ribete dorado de la porcelana color marfil estaba pintado a mano con pequeñas florecillas y, dentro, una única flor azul se abría al fondo de la taza. Era un juego de té único, seguramente encargado a una de las ciudades portuarias del mar Sin Nombre que se especializaba en ese tipo de piezas. Después de todos estos años escondido en una casa de té olvidada, por fin vería la luz del día.

Dejé la taza en el platillo y contemplé la sala. Unos prístinos manteles blancos cubrían las mesas redondas, y las lámparas de araña colgaban como constelaciones de estrellas por encima de la cabeza. Era precioso. Tan precioso que incluso Sariah habría estado impresionada, y eso no era fácil.

Un leve dolor afloró en mi pecho al pensar en ella. Nunca había sido especialmente cariñosa, pero confiaba en ella y a cada día que pasaba empezaba a darme cuenta de lo excepcional que era eso. Aquí, en la casa ancestral de mi familia, en una casa con personas de mi propia sangre, me sentía sola. Sin embargo, siempre había sabido que, a su manera, Sariah estaba de mi lado.

En el exterior, más de un transeúnte se paraba a mirar por las ventanas, donde el nombre de la tienda estaba pintado sobre el cristal en brillantes letras doradas: SALÓN DE TÉ DE EDEN. Sin embargo, cada vez que veía aparecer una figura tenía la efímera ilusión de que quizá fuese Ezra.

No había hablado con él desde la noche en que me metí en su cama. Después de la advertencia de Henrik, había mantenido las distancias. Él también había mantenido las distancias conmigo. A lo largo de los últimos días, había vuelto a ponerse manos a la obra y estaba haciendo todo lo que le decían. Y cada vez que casi llamaba a la puerta de su dormitorio o entraba en el taller para verlo un instante, me recordaba lo que había oído en la biblioteca cuando me obligaron a escuchar cómo Murrow le pegaba una paliza.

La campanilla de la puerta repicó y casi volqué la taza del platillo debido al susto. Murrow irrumpió en la sala huyendo del viento y yo solté el aire, desilusionada. Todos los miembros de la familia habían venido a la inauguración. Todos excepto Ezra.

—¿Qué tal va la cosa? —preguntó Murrow jadeando, al tiempo que se quitaba la chaqueta mojada. Tenía los ojos brillantes de la emoción y fue a reunirse con Henrik, Casimir y Noel en el reservado del fondo.

—Muy bien —contestó Henrik—. Ven aquí, Bryn.

Hice acopio de valor mientras giraba en torno al mostrador y captaba mi reflejo en los espejos de detrás de la barra. Mi traje era de elegante confección, con costuras bien marcadas y botones de cuerno que habían sido pulidos para que brillaran con intensidad. El *tweed* era de un oscuro tono ámbar y mi pelo moreno caía sobre un hombro en una mata de ondas sueltas.

Era una imagen extraña verme así contra el trasfondo de la refinada sala bañada en oro. Hacía semanas, habría estado enfundada de la cabeza a los pies en el vestido más elegante que un sastre pudiese confeccionar. Pero ya había dejado atrás lo de llevar puesta la piel de otras personas. Y pronto, Henrik lo sabría.

Deslicé un vaso hasta el extremo de la mesa y lo llené mientras caminaba hacia ellos. Aquello era un salón de té, pero mis tíos estaban bebiendo de una botella de aguardiente, y no se me ocurría una imagen mejor que los encapsulara mientras estaban ahí sentados con sus preciosos trajes y su pelo perfectamente peinado.

Henrik sujetó su vaso en alto, con un destello de orgullo en los ojos, y por un momento pareció como si dudara acerca de qué decir.

—Por Eden.

Un suave silencio se extendió entre nosotros. Los ojos de Casimir y de Noel conectaron por encima de la mesa en uno de sus intercambios silenciosos.

—Por Eden —repetí, levantando mi vaso más alto.

Eché la cabeza atrás y me bebí el aguardiente de un trago, haciendo una mueca cuando le prendió fuego a mi garganta.

Casimir me dio una palmada en la espalda con una risotada y luego se sirvió otra copa. Esta noche no iban a trabajar. Eran meros espectadores. Y era cosa mía proporcionarles un buen espectáculo.

—¡Inaugurémoslo! —Henrik dio una palmada y agarró la botella de manos de Cass.

Los camareros abrieron la puerta justo cuando la campana del puerto empezaba a repicar, y un flujo de capas con capucha empezó a pulular bajo el resplandor de las farolas en el exterior de las ventanas encortinadas. Por toda la ciudad, los salones de té empezarían a llenarse y, en cuestión de momentos, conocería mi destino. Si tenía éxito, estaría más cerca de ganarme mi autonomía respecto de Henrik. Si no lo tenía, él me encontraría mejor uso en un matrimonio con Coen.

Volví a la barra justo cuando los camareros empujaban las puertas tras las que había tres mujeres esperando. Sus ojos como platos saltaban de un lado al otro del salón desde debajo de sus capuchas. Dos hombres se apresuraron a recoger sus capas y suspiré del alivio cuando las vi deslizarse de sus hombros. Debajo de ellas, llevaban vestidos extravagantes y elegantes joyas que centelleaban alrededor de sus gargantas y muñecas, lo cual indicaba que no eran simples dependientas de las tiendas que abastecían a las casas de los comerciantes. Estas eran el tipo de invitadas que podían ser las esposas y las hermanas de los propios comerciantes.

Uno tras otro, fueron entrando los clientes. Hombres y mujeres del barrio comercial con sus sombreros y sus chaquetas glamurosas y sus mejillas maquilladas con colorete. Había asombro en sus ojos. Una luz pícara que parpadeaba en sus miradas mientras recorrían la sala. Era la sensación de que no deberían estar aquí. De que no era del todo decoroso. Y aun así, era justo lo bastante decoroso como para ser aceptable. El equilibrio precario entre ambas concepciones era a lo que había apostado todo mi futuro.

Solo unos minutos después de haber abierto las puertas, vi a un hombre joven y alto que sobresalía entre todos los demás, una pincelada de pelo castaño claro engominado hacia un lado.

Coen.

Estaba con un grupo de hombres jóvenes, y yo sonreí cuando nuestros ojos se cruzaron y se apartó de ellos. Cruzó la sala hacia mí. Desde el reservado del fondo, sentía la atención escrutadora de mi tío sobre mí.

Coen inspeccionó mi atuendo con una sonrisa divertida.

—Debo decir que eres muy rara, Bryn Roth —comentó, con un toque de humor.

Le devolví la sonrisa. Puede que no quisiera casarme con él, pero había algo que me gustaba de Coen. Tenía una expresión serena que los hombres de la alta sociedad nunca mostraban y no le daba miedo reírse de sí mismo. Era probable que se debiera a que había crecido con un padre del North End. Pero al mismo tiempo era lo bastante ingenuo para creer que una mujer rara no le costaría caro en el barrio comercial cuando heredara el puesto de su padre en el Gremio. En ese aspecto, nos estaba haciendo un favor a los dos al evitar este compromiso en el que mi tío estaba tan empeñado.

Sin embargo, sus ojos se demoraron en mí un poco más de lo normal y me di cuenta de que estaban más vidriosos de lo habitual. Cuando inspiré, pude oler el aguardiente en su aliento. Era obvio que él y sus amigos ya habían empezado la noche con unas cuantas copas.

—Bien hecho —me felicitó, mientras miraba a nuestro alrededor por el salón de té—. Muy bien hecho.

—Gracias. —Me erguí bien a su lado, mientras observaba a los invitados tomar asiento.

Las damas ya se estaban quitando los guantes de las manos y los camareros correteaban entre las mesas con teteras levantadas por los aires. Flores recién cortadas asomaban de jarrones dorados en el centro de las mesas y vi a una mujer admirándolas. Eran flores de semillero que había encargado ex profeso a un invernadero del North End.

—Qué absurdo, ¿verdad?

Levanté la vista hacia él.

—¿El qué?

—Esto. —Hizo un gesto hacia la sala—. Esta gente. Casi todos los monederos importantes de esta ciudad cuelgan del cinturón de un tonto que cree que es escandaloso por tomar el té bajo el tejado de los Roth. Es todo un juego.

Sonreí. El aguardiente había soltado su lengua.

—Bueno, pues ahora mismo creo que yo estoy ganando.

Él asintió.

—Yo también lo creo.

Me pregunté si había más en esas palabras que lo que yo podía oír. Si tal vez sabía que yo necesitaba que esto funcionara para no tener que casarme con él. Pero Coen seguía mirando la sala a nuestro alrededor, su expresión aún desenfadada, hasta que sus ojos llegaron a la puerta.

—Oh, madre mía… —dijo, sorprendido.

La puerta se abrió con una ráfaga de viento empapado en lluvia y una mujer con chaqueta de terciopelo entró en la tienda, con su sombrero de satén color rubí bien calado sobre la frente. De golpe, toda la conmoción del salón de té desapareció y una sala entera de ojos como platos aterrizaron sobre ella.

—¿Quién es esa? —susurré, los ojos entornados.

La mujer levantó las manos, desenganchó su sombrero y un par de labios rojos se curvó en una sonrisa. Conocía su cara, pero no lograba ubicarla. Coen sonrió.

—Esa es Violet Blake.

Me quedé boquiabierta cuando la recordé. Era la mujer que había estado ahí en la callejuela el primer día que vi el negocio. Nunca me había dicho su nombre.

—¿Esto es cosa tuya? —susurré, levantando la vista hacia Coen. Él se echó a reír.

—Violet Blake no se molestaría ni en mirar en mi dirección. Y odia a mi padre desde que la superó en su puja por el contrato con el *Serpiente*. Está claro que tienes amigos en lugares mucho más altos que yo.

Solo que no los tenía. Simon y Coen eran el único vínculo real que Henrik tenía con la clase comercial.

Violet dedicó una sonrisa cálida a las mujeres que esperaban para sentarse y ellas se abrieron al instante para dejarla pasar. Excepto por que no iba hacia una mesa. Sus ojos recorrieron la sala despacio hasta que se posaron en mí. Su sonrisa se ensanchó y caminó a lo largo de la barra hasta que llegó a nosotros.

Una única mano enguantada se extendió desde la estola de piel que colgaba de su brazo.

—Tú debes de ser Bryn. —Sus ojos me miraron de arriba abajo y estudiaron mi traje con fascinación.

Me puse más recta y dudé un instante antes de estrecharle la mano.

—Lo soy —contesté—. Es un honor recibirla, señora Blake.

—El honor es mío. —Ladeó la cabeza—. Tu tía abuela me escribió para informarme que debía asistir a la inauguración del salón de té de su sobrina. No hay mucha gente en este mundo que pueda darme órdenes, pero Sariah es una de ellas. —Su voz suave sonó ribeteada de un humor cálido, igual que el día que la había conocido en la callejuela desierta.

Sariah. Yo ni siquiera le había escrito una carta aún, pero ella seguía pendiente de mí. Quizás a través de Henrik.

—Conoce a mi tía abuela —comenté.

—Así es. —Sus delgados labios pintados de carmesí se curvaron—. Fue ella la que me enseñó a jugar a «tres viudas», si no recuerdo mal. —Se inclinó hacia mí—. Esa no es la única cosa que aprendí de ella.

Desde el reservado del fondo, los ojos de Henrik parecían a punto de caérsele de la cabeza. Otro vaso lleno de aguardiente colgaba de las yemas de sus dedos mientras las observaba, pero tuvo el suficiente sentido común como para quedarse donde estaba. Lo último que necesitaba era que él estropeara esto con su falta de decoro.

—Ahora bien, no he venido por el té —dijo Violet, al tiempo que se quitaba los guantes de sus pequeñas manos—. Y supongo que alguien tiene que tirar el primer dado.

Sonreí y asentí en dirección al hombre que estaba detrás de la barra. Acudió al instante con una bolsa de terciopelo sobre una bandeja de plata. La agarré para depositarla en la mano de Violet.

—Gracias, querida. —Me guiñó un ojo—. No he tenido la mejor de las suertes últimamente. —Sus ojos saltaron hacia Coen con una mirada significativa. Se refería al contrato que había perdido frente a Simon—. Veamos si puedo cambiarla.

Di un paso a un lado y le hice un gesto a uno de los camareros para que acercara una silla desocupada. Violet se sentó y sus faldas cayeron en cascada a su alrededor como una cola de plumas. Todo el mundo guardó silencio cuando el camarero retiró el centro de mesa y Violet metió la mano en el pequeño monedero que llevaba colgado de la muñeca. Sacó cuatro cobres, los dejó en el centro de la mesa y el hombre a su lado hizo otro tanto, haciendo así su apuesta.

Violet levantó ambas manos por los aires, las cerró alrededor de los dados y la casa de té entera se sumió en un tenso silencio una vez más. Abrió los dedos y los dados rodaron por el mantel, seguidos de un estallido de vítores. Trío de estrellas.

Violet se rio, arrastró las monedas hacia ella y el ambiente cobró vida, con las voces y el tintineo de tazas y el repiqueteo de las monedas. Era justo como lo había imaginado, rebosante de historias que se contarían durante los desayunos del día siguiente.

Me encontré sonriendo, deslizando los ojos por la sala iluminada por la luz de las velas. Lo había conseguido. De verdad lo había conseguido.

—¿El platero no ha podido venir? —preguntó Coen, al mirar en dirección al reservado ocupado por los Roth.

La pregunta me sacó de mi ensimismamiento, y sustituyó el orgullo que había sentido con el dolor de recordar la cara apaleada de Ezra.

—No —me limité a decir. No sabía si estaba aliviada o decepcionada por que no hubiera venido. No me gustaba la idea de que Ezra viera cómo jugaba a los juegos de Henrik, pero él era lo único que me anclaba a la vida real en Bastian—. No tiene demasiada suerte con «las tres viudas», como bien sabes.

Intenté que mi comentario sonara ligero. Coen se rio, un poco demasiado alto. No era la risa agradable que conocía. Esta fue brusca y entrecortada. Quizá se había tomado alguna copa más de las que yo creía.

—La suerte no tuvo nada que ver con aquello.

Aparté la vista de Violet Blake al instante y miré la cara de Coen con atención.

—¿A qué te refieres?

Apoyó un brazo en la barra a mi lado.

—A veces, lo que parece suerte, en realidad es solo una baraja de cartas marcadas.

Me giré hacia él.

—Me temo que no te sigo.

Coen se acercó más a mí, un brillo conspirador en los ojos.

—Yo le di los dados. A Henrik. —Lo miré pasmada, sin entenderlo todavía—. Me gustaba Ezra. Claro que sí. No tenía hermanos y, en cierto modo, él se había convertido en uno. Pero su talento acaparaba demasiada atención de mi padre. Él habría querido que yo tuviese ese don con la forja, pero nunca me había mostrado tan prometedor como Ezra —continuó—. Me di cuenta muy joven... Mi padre deseaba que Ezra hubiese sido su hijo.

Entorné los ojos.

—¿Qué estás diciendo?

—Aquella noche, mi padre y Henrik estaban borrachos. No eran amigos, pero hacían negocios juntos y acababan de cerrar un trabajo que llevaban meses planeando. Lo estaban celebrando y, cuando Henrik propuso una partida de «tres viudas», su premio ya tenía nombre. Mi padre me envió en busca de los dados y eso hice.

—Le diste dados trucados —murmuré.

Un lado de la boca de Coen se curvó hacia arriba.

—Al día siguiente, Ezra ya no estaba. —Sus ojos centellearon como los de un lobo—. A veces, tenemos que labrarnos nuestro propio destino.

Dejé que el mostrador sujetara mi peso mientras miraba al suelo, pues una sensación pesada amenazaba con hacerme caer. Era esto. Ese único momento lo explicaba todo, todas las piezas encajaron. Un gran agujero vacío se abrió en mi pecho, donde las palabras de Sariah daban vueltas en espiral.

El día que naciste como una Roth no es el día que comenzó tu destino. Comenzó el día que bajaste de ese barco en Bastian.

Levanté los ojos hacia el reservado del rincón, donde Henrik y mis tíos estaban sentados con Murrow. Desde el momento en que nací, había pensado que mi futuro estaba escrito. Había esperado esa carta cada día, y cuando llegó, había respondido a ella sin preguntas.

Mis ojos se deslizaron hacia abajo, hacia la manga de mi chaqueta. La levanté para revelar el gran ojo de la serpiente en el ouróboros.

Era una de ellos. Hecha a su imagen y semejanza. Y ya era hora de que empezase a actuar como tal.

TREINTA Y DOS

Mis tíos y Murrow abandonaron el salón de té para ir a la taberna, pero yo me quedé atrás, sentada en el reservado vacío del fondo mientras los camareros limpiaban la sala. Fui desapareciendo entre las sombras con cada vela que apagaban, y cuando todo estuvo oscuro y en silencio, por fin me apuré el vaso de aguardiente e inicié el camino de regreso a casa.

De algún modo, lo había conseguido. Y lo que era más sorprendente: había parecido algo innato. Sariah no había sabido lo que me esperaba cuando me envió a Bastian, y durante mucho tiempo yo había pensado que mi tía abuela había pasado esos años moldeándome para sus propios propósitos. Pero, en realidad, me había enviado aquí con todo lo que necesitaba. Se había asegurado de que pudiera fijar mi propio rumbo, y mientras estaba en la calle oscura contemplando la solitaria ventana iluminada de la casa de los Roth, supe que había un camino más que quería forjar.

Subí las escaleras despacio y me detuve en el escalón superior cuando vi que la puerta de la habitación de Ezra estaba abierta una rendija. Deseé, en secreto, que la hubiese dejado abierta para mí. Pero había más cosas sin decir que dichas en esta casa. Más preguntas que respuestas.

Pasé por delante de mi propia habitación y me colé en ese remanso de luz. En el interior, Ezra estaba sentado delante del escritorio con una botella de aguardiente abierta, iluminado por una única vela que ya llegaba al final de su pábilo. Me apoyé contra la pared de fuera de su habitación y lo observé durante un momento largo y silencioso. La luz teñía su tez, por lo general pálida, de un cálido tono ámbar, y su pelo recién cortado lucía casi del color de la tinta. Sobre el tocador pegado a la pared, descansaban los tres dados.

—He oído que la cosa fue bien —dijo, sin levantar la vista.

Sonreí para mí misma y me pregunté si alguna vez pasaba algo en esta casa que él no supiera.

—Creí que vendrías —admití. Ya no me importaba cómo podía sonar eso para él. El tiempo de fingir hacía mucho que había pasado.

—Henrik tenía trabajo para mí aquí.

—Pensé que a lo mejor te estabas escondiendo de mí. —Le lancé una sonrisa juguetona, pero lo decía en serio.

Soltó el aire y se pasó una mano por el pelo, un hábito suyo cuando no sabía qué decir.

—Quizás un poquito.

Mi sonrisa se diluyó un poco. Así que él también estaba siendo sincero.

Me colé dentro y cerré la puerta a mi espalda con un chasquido. Fui hasta el tocador, agarré uno de los dados y lo deposité en el centro de la palma de mi mano. Lo miré con atención. Era similar a cualquier otro dado y era probable que hubiese parecido como cualquier otra partida aquella noche. Cuando los tiró, Henrik ni siquiera había sabido que estaban trucados a su favor.

Cuando levanté la vista, los ojos de Ezra saltaban de mí a los dados y vuelta. Quizá le contara algún día lo que Coen había hecho, pero no esta noche. Esa verdad se cobraría un precio y Ezra había pagado lo suficiente por el momento.

Se levantó del taburete y fue hasta la ventana. Retiró la cortina para poder observar la calle en lo bajo.

—No deberías estar aquí. A Henrik no le gustaría.

Seguí la ristra de moratones en su piel con mis ojos hasta que desaparecían debajo de su camisa.

—A Henrik no le gustan muchas cosas.

—Lo digo en serio —insistió, con voz más grave—. Tienes que tener cuidado con él. Te está vigilando.

—Ya lo sé.

Se apoyó contra la pared con los brazos cruzados delante del pecho.

—No creo que lo sepas. Todavía crees que puedes conseguir lo que quieres.

—No. Es solo que ya estoy harta de *pedir* lo que quiero.

—La cosa no funciona así.

—Eso fue lo que hiciste tú —argumenté—. Conseguiste un puesto como aprendiz por tu cuenta. Tú...

—Y mira dónde me ha llevado eso —me interrumpió—. Fui un estúpido al creer que podría marcharme. Que él me dejaría hacerlo alguna vez.

—Entonces, ¿te vas a rendir?

—Sé cuándo he perdido, Bryn —respondió.

Dejé el dado en el tocador y miré los tres ahí alineados. Mi vida había sido decidida por un trato. Igual que la de Ezra. Pero no pensaba dejar que otra gente decidiera por mí nunca más. El poder de Henrik Roth no era más que humo en el aire. Era la suma de las creencias y los mitos y las historias que se contaban. Y yo estaba lista para contar mis propias historias.

—No voy a dejar que me comprometan con Coen. Me voy a quedar aquí y voy a regentar el salón de té.

Me miró muy serio.

—Si te quedas aquí, él siempre te controlará. Todo lo que hagas.

—¿Me estás diciendo que debería aceptar el compromiso con Coen?

Soltó un suspiro.

—No sé lo que estoy diciendo.

Me puse delante de él, las puntas de mis botas casi en contacto con las suyas. En el exterior, el cielo negro centelleaba cubierto de estrellas desperdigadas sobre un mar velado por la noche. El aire frío se colaba por la ventana y el cristal estaba empañado por las esquinas. Había un mundo más allá de las paredes de esta casa, y la vida de repente parecía una jaula que había quedado abierta por accidente.

—Tru me contó que Auster se escapó por esa ventana. —Señalé hacia la ventana de mi dormitorio, que podía verse desde ahí—. Y que nunca volvió.

Al oír el nombre de Auster, Ezra se puso tenso. Ese músculo de su mandíbula palpitó.

—Lo sé. Lo vi.

—¿Lo viste?

—Creo que eso fue lo que me metió en la cabeza la idea de que podría marcharme. Auster volvió el año pasado y había creado una vida entera diferente para él. Como si todos esos años en esta casa jamás hubiesen existido y... —Tragó saliva—. Y empecé a pensar que yo también podría hacerlo.

—Todavía puedes hacerlo.

La vista de Ezra volvió a la oscura calle a nuestros pies.

—Eso era antes.

—¿Antes de que?

Tragó saliva otra vez.

—Antes de que tuviera una razón para quedarme.

Levanté la vista hacia él, pero él mantuvo los ojos fijos en la ventana. El dolor que había sentido en mi pecho subió hasta mi garganta y el escozor de las lágrimas se avivó detrás de mis ojos.

—En cierto modo, que Henrik descubriera lo de mi puesto de aprendiz tomó esa decisión por mí.

—Ezra… —Pronuncié su nombre con una ternura que no había sido lo bastante valiente para utilizar antes, pero algo de lo que había dicho Coen había eliminado el miedo en mi interior. El mundo estaba de repente pintado de negro y blanco, separado en las cosas que quería y las que no quería. Y la cosa más brillante y cegadora en ese mundo estaba delante de mí.

—Verás, Bryn —dijo él—. Henrik…

Me puse de puntillas, apreté mi boca contra la suya, y aspiré lo que me pareció el primer aire que había respirado en toda mi vida. Llenó mis pulmones de su olor y abrí sus labios con los míos. El sabor del aguardiente se iluminó sobre mi lengua y Ezra se quedó paralizado. Retrocedió y puso varios centímetros de espacio entre nosotros.

Me miró alucinado, y la expresión en su rostro era algo que no había visto ahí nunca. Conmoción. O confusión. No lo sabía bien. Su pecho subía y bajaba con respiraciones agitadas, los ojos clavados en los míos. Pero no quería darle la oportunidad de pensárselo mejor. Ni de rechazarme. Quería unir mi destino al suyo.

Sin apartar los ojos de los de Ezra, abrí mi chaqueta y dejé que resbalara por mis hombros. Ya no tenía miedo. La cosa que sentía en el centro de mi estómago cuando estaba con él era la única cosa que me había parecido real en toda mi vida. Más real que la carta de Henrik. Más real que el acuerdo que él había hecho con Sariah. Más real que mi negocio del salón de té o el compromiso con Coen. Esto me pertenecía a mí. Era la única cosa que me pertenecía a mí.

Ezra me observó mientras abría los botones de mi chaleco.

—Bryn...

Parecía aterrado, su rostro se ensombreció. Pero eso tampoco me daba miedo ya. Dejé que el chaleco cayera al suelo y saqué la camisa de donde estaba remetida en mis pantalones.

Ezra alargó los brazos y agarró mis muñecas para impedírmelo. Su voz sonó deshilachada.

—¿Qué estás haciendo?

Cerré el espacio que nos separaba hasta que pude sentir el calor que irradiaba su cuerpo. Su aliento besó mi piel mientras me quitaba la camisa. Sus ojos buscaron en el fondo de los míos, los pensamientos corrían por ellos tan deprisa que casi podía oírlos girar en el aire a nuestro alrededor.

—Estoy labrando mi propio destino —declaré, los ojos anegados de lágrimas mientras repetía las palabras de Coen. Pero estas lágrimas no eran de tristeza. Eran lágrimas de un profundo alivio—. Si nos quedamos, nos quedamos juntos.

Era una pregunta. Una esperanza. Y mientras estaba ahí delante de él, con mi corazón desnudo entre ambos, esperé su respuesta.

Sus ojos se posaron en mi boca y esperé, deseando con todo mi ser que esta vez Ezra fuese lo bastante valiente para cruzar esa línea invisible entre nosotros.

—Esta es una idea espantosa. —Se acercó más y mi corazón empezó a latir más fuerte mientras sus manos subían despacio hasta mi cara. Las yemas de sus dedos se deslizaron entre el pelo de mi nuca y eché la cabeza atrás antes de que su boca se encontrara con la mía. Y entonces, ese profundo vacío en mi interior quedó inundado, lleno de él. Tiré de su camisa hasta que se soltaron los botones y mis manos se movieron por la dura planicie de su estómago. Se estiró hacia atrás, los brazos rígidos, y le recorrió un escalofrío mientras le quitaba la camisa. Cuando levanté la vista, tenía el rostro contorsionado por el dolor.

—¿Te estoy haciendo daño?

—Sí —confesó, pero lo dijo con una risa.

Alargó las manos hacia mí de nuevo y, esta vez, no fue algo suave. Me sujetó con fuerza contra él, como si temiera que pudiese desaparecer. Tiré de él hacia mí hasta que no pude acercarme ya más y entonces no fuimos más que piel y manos y aliento. No quería que parara. No quería que hubiera ni un resquicio de espacio entre nosotros.

Mis pies siguieron a los suyos cuando se separó de la ventana, su boca aún apretada contra la mía, y tiré de él para desplomarnos en la cama, dejando que su peso cayera sobre mí. Ya no estaba pensando en lo que ocurriría ni en cuándo. Este era el único momento que existía. Aquí y ahora, nosotros solos.

Empujé la cinturilla de sus pantalones hacia abajo para poder seguir la línea de sus caderas con mis manos y Ezra se quedó muy quieto. Me miró en la oscuridad.

La llama de la vela por fin se extinguió, y quedó solo un serpenteante hilillo de humo que se desintegraba en el aire. La oscuridad invadió la habitación y la mitad de su cara quedó pintada de luz de luna plateada.

—¿Has estado con alguien alguna vez? —Su voz fue como el crepitar de un fuego.

No lo había estado, aunque supuse que él quizá sí. Y en lugar de abochornarme, me alegraba. Mi cuerpo no se ofrecería en subasta a un marido, como los de las chicas de Nimsmire. Era mío. Era mío para dárselo a quien quisiera.

Con la yema de un dedo, tracé el contorno del tatuaje Roth en la cara interna de su brazo.

—No —contesté, y los latidos de mi corazón se ralentizaron—. Pero quiero estar contigo.

Era tan cierto que las palabras salieron estranguladas de mi garganta para convertirse en algo sólido entre nosotros.

Me fundí con la oscuridad, con solo el sonido de su respiración y el tacto de su piel para guiarme. Por primera vez en mi vida, estaba eligiendo algo de verdad. En la casa vacía al final de una callejuela en el Valle Bajo de Bastian, tiré los dados. Y no me importó qué pudiera estar esperando al otro lado.

TREINTA Y TRES

Desperté acompañada de silencio. No el silencio hueco del vacío. Este era el tipo de silencio que me hacía sentir pesada. Segura.

Mis ojos no se abrieron. No quería ver que el sol había salido ya ni que la campana del puerto repicaría pronto. En vez de eso, aspiré una bocanada de aire lenta y profunda. El aroma de las mantas de Ezra daba vueltas en mi interior y enterré la cara en el hueco de su hombro.

Nunca había estado tan quieta por dentro. Esta era una quietud que estaba llena de mañanas y sonreí en silencio para mí misma. La idea me llenó de calidez. Podía encontrar una manera de labrar mi destino dentro de los Roth, como había hecho Sariah. Ya estaba haciéndolo. El salón de té era una cosa, pero esto… estos brazos a mi alrededor eran otra.

Se oyó a alguien llamar a una puerta a lo lejos, en alguna parte de la casa, y en un rincón profundo de mis pensamientos perezosos recordé dónde estábamos. Por fin abrí los ojos y la piel pálida y magullada de Ezra apareció ante mi vista con el suave levitar del polvo entre los rayos de luz que entraban por la ventana.

Levanté la barbilla y parpadeé, pero los ojos de Ezra parecían enfocados en algo. Estaba muy quieto y me di cuenta de que estaba escuchando. Poco a poco, sus manos se quedaron rígidas sobre mí y una oleada de inquietud fría se coló en mi interior. Pisadas. Subían por la escalera.

—*Mierda.* —La palabra fue un retumbar sordo en la garganta de Ezra mientras se incorporaba. Yo hice lo mismo, busqué mi camisa en el suelo.

Me la estaba pasando por encima de la cabeza cuando Murrow irrumpió en la habitación, agachándose para no golpearse la cabeza con la puerta.

—Ez... —Se calló de golpe cuando me vio, boquiabierto de pronto—. ¿Qué demon...?

Ezra y yo nos quedamos paralizados, de pie a medio vestir delante de la ventana, y una expresión de sorpresa pura transformó el apuesto rostro de Murrow en algo contorsionado.

—Yo... ehm... —Sus labios se movían en torno a palabras ininteligibles—. Ha venido Simon —consiguió decir al fin—. Y Coen. Henrik te quiere abajo. A los dos. —Luego reprimió una risa mientras miraba de mí a Ezra y vuelta.

—Fuera —masculló Ezra mientras abrochaba los botones de sus pantalones.

Murrow cerró la puerta y desapareció. El sonido de sus botas se alejó por las escaleras mientras yo sacudía mi pelo y lo trenzaba con dedos frenéticos. Lo enrosqué alrededor de mi coronilla y lo sujeté con varias horquillas. Por encima del hombro, podía ver a Ezra haciendo muecas en el espejo. Maldijo mientras se ponía la camisa, el dolor visible en su rostro con cada movimiento rápido que hacía, pero una vez que abrochó los botones, la mayor parte de la evidencia del castigo de Henrik quedó oculta a la vista. Los únicos restos eran el corte en su labio y el moratón de su mejilla.

Levanté la vista hacia él mientras me ataba las botas y capté una sonrisa en la comisura de su boca. Yo también sonreí.

—Buenos días.

Se rio y mis manos se quedaron paralizadas sobre los cordones. No sabía si lo había visto reír de verdad alguna vez. Un destello de dientes blancos asomó por una mejilla y lo observé asombrada.

Agarró su reloj de bolsillo de donde descansaba sobre el tocador.

—¿Qué?

—Nada. —Sonreí, pero la sonrisa se diluyó mientras terminaba de atarme las botas. Ese atisbo de él era lo que podía ser. Lo que podría haber sido si hubiese podido escapar de esta casa.

Quería creer que seríamos capaces de fijar nuestras propias reglas bajo este techo. Reglas que hiciesen más fácil vivir aquí. Quería creer que había un poco de luz en la forma en que Ezra me había tocado la noche anterior, pero me había invadido la tristeza al verlo sonreír así. No quería preguntarme si volvería a ver esa sonrisa otra vez.

Esperó con una mano sobre el pomo de la puerta. Fui hasta él y escuchamos los ruidos del pasillo. Cuando no oí nada, di un paso atrás para que pudiera abrir, pero Ezra se inclinó hacia mí, atrapó mi boca con la suya y me besó con suavidad.

Al instante siguiente había desaparecido y yo me permití sonreír entonces. *Sí* que había algo de luz. Y yo me iba a aferrar a ella. Pasara lo que pasare.

Esperé un minuto entero antes de ir abajo. La voz suave de Henrik emanaba de la biblioteca y también oía a Simon. Charlaban sobre algo relacionado con un comerciante de Ceros y sonaban relajados. Contentos, incluso. Recé por que eso significase que Simon estaba aquí con la buena noticia que habíamos estado esperando.

Sin embargo, cuando pasé por delante de la salita del desayuno donde Sylvie ya empezaba a preparar la mesa, se me ocurrió que una visita tan tempranera era extraña. Ese pensamiento fugaz conjuró una leve advertencia en el fondo de mi mente, aunque le resté importancia.

Al entrar encontré a Henrik y a Simon sentados en las butacas de cuero. Coen estaba de pie al lado de la estantería y detrás del asiento de su padre. Me regaló una sonrisa cálida cuando me vio. Sus ojos lucían más despejados que la noche anterior.

Saber lo que le había hecho a Ezra me hizo retorcerme por dentro. Aunque en realidad no era tan sorprendente. Coen había crecido con las costumbres del Valle Bajo y del North End, y con un padre que sabía cómo conseguir lo que quería. Había encontrado una manera de deshacerse de Ezra y me daba la impresión de que no se arrepentía lo más mínimo.

—Ah, ahí está. —Simon me dedicó un leve asentimiento de saludo que yo le devolví.

—Buenos días, siento haberos hecho esperar.

Ezra estaba en su lugar habitual, medio oculto en el rincón como un observador silencioso; yo ocupé la pared de enfrente y me resistí a la tentación de mirarlo. Este iba a ser el momento que Henrik había estado esperando, o bien el que había temido. Los efectos colaterales de esto último nos afectarían a todos.

—Tonterías —dijo Simon—. Es una mañana preciosa. Y quería que los dos estuvieseis aquí para la ocasión.

Bajo la expresión serena de Henrik, pude ver su nerviosismo. Si Simon la llamaba «ocasión», solo podía significar una cosa.

Simon dio una palmada delante de él mientras se volvía hacia mi tío.

—He decidido ofrecerte mi patrocinio para el Gremio de las Gemas.

Una sonrisa se desplegó en los labios de Henrik, que se inclinó hacia delante en su silla para estrechar la mano de Simon con más firmeza de la necesaria.

—Gracias, viejo amigo.

La mirada de Henrik voló de inmediato hacia Ezra detrás de mí, una radiante mirada de orgullo en sus ojos. Esto era lo que había esperado. Todo para lo que había trabajado. Y Ezra era la primera persona a la que había mirado. Había más en esa única mirada que un hombre orgulloso. Había afecto. Esto no era solo logro suyo y lo sabía.

Esto era lo que daba tanto miedo de Henrik. Lo que hacía, lo hacía por amor.

—Te lo has ganado —continuó entonces Simon—. Creo que todos podemos estar de acuerdo en eso. Y tienes la colección que presentarás ante el Gremio para demostrarlo.

—Enhorabuena, tío —dije, incapaz de decirlo en serio del todo.

El éxito de Henrik significaba mi propio éxito, pero había utilizado a Ezra para conseguirlo, y cuando este había intentado marcar su propio camino, lo había devuelto al redil con una paliza. No importaba lo que hubiera en el corazón de mi tío ni cuáles fueran sus razones. Nunca, jamás, lo perdonaría por ese momento en el estudio. Nunca volvería a confiar en él.

—¡Sylvie! —llamó Henrik al tiempo que se levantaba de la butaca. Se asomó por las puertas abiertas—. ¡Aguardiente!

La mujer menuda se apresuró por el pasillo toda emocionada y nos llegó un tintineo de vasos desde la cocina.

—No te arrepentirás de esto, Simon —empezó Henrik—. Ezra tendrá la colección lista antes de...

—No tengo ninguna duda. —Simon levantó una mano para silenciarlo mientras Sylvie servía el aguardiente y repartía los vasos.

Sujeté el mío a cierta distancia, pues el olor me daba náuseas tan pronto por la mañana. Cuando Henrik levantó su vaso, lo mismo hizo Simon y el resto de nosotros seguimos su ejemplo.

—¡Por la exhibición! —exclamó Henrik.

—¡Por la exhibición! —resonaron nuestras voces en la pequeña habitación.

A Henrik se le veía mucho más ligero con la noticia y yo odiaba cómo me relajaba verlo así. Estar a merced de esos cambios de humor era agotador.

Me arriesgué a echar un vistazo en dirección a Ezra, con el deseo de serenarme, pero él miraba el fondo de su vaso con expresión ausente. No parecía contento ni aliviado. Tampoco parecía desilusionado. Él tenía más experiencia que yo con los vientos cambiantes de Henrik. De hecho, era un experto.

—Todavía está el tema de Arthur. —Henrik se inclinó hacia delante en un intento por ser delicado, pero no había nada delicado en él. Tenía la suavidad de un erizo de mar—. Estoy seguro de que has oído que él también se ha asegurado un patrocinio.

—Por supuesto. —Simon bebía su aguardiente despacio, se tomaba su tiempo. Algo en ese movimiento deliberado hizo que se me pusieran de punta los pelos de la nuca—. Yo lo organicé.

La mano de Henrik se quedó paralizada mientras llevaba el vaso a sus labios otra vez.

—¿Qué? —Soltó una risita un poco incómoda.

Detrás de Simon, Coen estaba estudiando a su padre con expresión pensativa. Fuera lo que fuere de lo que hablara el relojero, era una primicia para su hijo.

—Yo busqué el patrocinador para Arthur —repitió—. Por supuesto que lo hice.

Las comisuras de la boca de Henrik se curvaron hacia abajo.

—¿Por qué harías algo así?

Simon soltó una risa burlona.

—Henrik, no puedes creer sinceramente que he aceptado este patrocinio por voluntad propia.

—Yo... —Henrik se trastabilló con sus palabras—. No lo entiendo.

Sylvie entró con discreción en la habitación con una bandeja de plata que colocó sobre la mesita baja. En ella había dispuesto fruta y queso, una bandeja destinada a la mesa del desayuno. Simon se sirvió. Arrancó unas pocas uvas del racimo antes de rellenar el vaso de Henrik. Mi tío estaba sentado inmóvil, como si no supiera muy bien qué más hacer.

—Si quieres mi patrocinio, exigiré algo a cambio. —Simon se metió una de las uvas en la boca y masticó. Sus ojos fueron más allá de mí, hacia el rincón de la biblioteca desde donde Ezra observaba la escena en silencio.

Las aletas de la nariz de Henrik se abrieron, el vaso temblaba en su mano.

—Ezra volverá a trabajar para mí —sentenció Simon, y se bebió lo que le quedaba de aguardiente de un solo trago.

Coen tenía los ojos como platos, la boca medio abierta. Estaba claro que este era un plan que Simon se había guardado para sí mismo. Y Coen no estaría contento de tener que competir con Ezra por la admiración y el respeto de su padre otra vez.

Miré a Henrik, que echaba humo por las orejas. Estaba atrapado y lo sabía. Si Simon no aceptaba ser su patrocinador y dejaba a Henrik sin uno, Arthur conseguiría ese anillo como único candidato en la exhibición.

—Ezra volverá adonde pertenece y tú obtendrás tu anillo. —Simon le tendió la mano a Henrik y le ofreció cerrar así el trato.

—¿Qué garantías tengo de eso si también te has asegurado de que Arthur tuviera un patrocinador? El Gremio podría elegirlo a él para el anillo. Y entonces, ¿a mí qué me queda?

—¡Oh! —Simon dejó caer la mano y sacudió la cabeza—. Por supuesto, había olvidado ese detalle. El patrocinio es una cosa. Garantizar los votos a favor es otra. Eso requerirá un pago aparte. —Levantó los ojos hacia mí—. Bryn y Coen se unirán en matrimonio, como ya habíamos discutido.

Los ojos de Coen volaron hacia Simon.

—*Padre.* —La voz iba cargada de reproche, pero la mirada fogosa de Simon encontró los ojos de su hijo y eso fue suficiente para que Coen cerrara la boca.

No pude evitar mirar a Ezra. Estaba quieto como una estatua, con la mandíbula apretada. Había algo que bullía bajo su superficie. Era como el filo de un cuchillo apretado contra la piel.

—El salón de té pasará a ser nuestro negocio —añadió Simon—. Parece muy apropiado que todo vuelva a los dados, ¿no crees?

Henrik estaba furioso y le lanzó a Simon una mirada envenenada.

—¿De eso se trata todo esto, Simon? ¿De aquella partida de «tres viudas» de hace tantos años?

Detrás de Simon, Coen estaba nervioso. Me miró, las mejillas arreboladas. Él y yo éramos los únicos que sabíamos que la partida de la que hablaba Henrik había sido amañada.

Simon miró dentro de su vaso unos segundos antes de llevárselo a la boca. Un silencio frío e inquietante se extendió por la habitación antes de que lo apoyara otra vez en la bandeja. Dejó que la tensión se expandiera antes de contestar.

—Esto no tiene nada que ver con él —dijo. Ladeó la cabeza y la amargura de su voz se diluyó—. Esto tiene que ver con *ella*. Soltó el aire con brusquedad y levantó la vista hacia el retrato en la pared.

Eden.

Simon no había sido amigo de mi madre. La había amado. Y por la manera en que miró a Henrik, estaba claro que lo culpaba de su muerte. De todo.

Simon se puso de pie e hizo un gesto con la barbilla en dirección a su hijo, que se pegó a los talones de su padre según salía de la habitación. Nos quedamos los tres ahí de pie, en silencio, y escuchamos cómo la puerta de la calle se abría y se cerraba. Y luego no quedó nada.

El rostro de Henrik había perdido todo su color y de repente parecía más pequeño en esa lujosa silla. Más frágil. La imagen era casi nauseabunda. Era un hombre destrozado, un rey depuesto. Y aunque todo en mi interior se retorcía ante las palabras que había pronunciado Simon, me gustó ver caer a mi tío.

TREINTA Y CUATRO

La familia Roth estaba sentada alrededor de la mesa, pero esta noche no había cena.

El fuego ardía con fuerza a la espalda de Henrik, sentado muy erguido en su silla. Todo el mundo esperaba. Qué, no estaba segura. Mi tío había demostrado ser una criatura impredecible, pero una cosa que no había visto nunca en él era sorpresa. Sorpresa pura y sin inhibiciones. Y eso era, exactamente, lo que había marcado su rostro mientras estaba sentado en la biblioteca escuchando las exigencias de Simon. Hacía que el suelo de la sala pareciera cubierto de una fina capa de hielo quebradizo. Y estábamos todos haciendo equilibrio sobre su superficie precaria, preguntándonos no *si* se agrietaría, sino *cuándo*.

Todo el mundo había sido convocado, incluso Anthelia y Tru. Sylvie tenía a Jameson en las cocinas, donde lo atiborraba de albaricoques cortados, y Anthelia se había refugiado detrás de Noel en el último asiento de la mesa. Como si estuviese preparada para escudarse de la ira de Henrik. Esta no era la primera vez que un plan se había ido al traste, y no sería la última. Sin embargo, en este caso, nadie había perdido la vida. Todavía no, al menos.

Henrik apoyó un puño sobre la pulida superficie de madera y aspiró una bocanada de aire lenta y medida.

—Quiero saber cómo ha ocurrido esto.

Mis tíos y mi primo se lanzaron miradas los unos a los otros, como si estuviesen decidiendo sin palabras quién hablaría. Ezra, por su parte, se limitó a mirar por la ventana, los brazos cruzados delante del pecho. Dejaría que los otros llevaran la voz cantante, como solía hacer, y yo me alegré.

Al final, fue Casimir el que contestó.

—Simon debe de haber organizado el patrocinio de Arthur antes de hacer sus exigencias, para asegurarse de que nos viéramos obligados a satisfacerlas. El patrocinador es un socio de Simon, aunque su negocio no es bien conocido en Bastian. Esa es la razón de que no los relacionáramos antes.

—¿Simon le ha anunciado ya al Gremio que me va a patrocinar? —Henrik miraba la mesa con ojos muertos.

—Todavía no —contestó Casimir—. Está esperando a que aceptes sus términos. —Sacó un mensaje de su bolsillo y lo deslizó mesa abajo, pero Henrik no se molestó en leerlo—. Tenemos hasta la campana vespertina del puerto de mañana para contestar.

Tragué saliva con cierto esfuerzo y levanté la vista hacia Ezra de nuevo. Las implicaciones de todo esto no solo tenían que ver con su libertad y la mía. Nosotros ya habíamos estado maniatados en la trampa de Henrik antes de que Simon llamara a la puerta esta mañana. Pero se me ocurrían pocas cosas peores que verme obligada a casarme con Coen cuando estaba enamorada del platero que trabajaba en el piso de abajo del taller de su padre. La mera idea era como tragar cristales rotos.

No sabía si Ezra estaba pensando lo mismo. Tenía una expresión indescifrable, sus iris oscuros enfocados en algo a lo lejos.

—Tal vez haya una manera de que podamos conseguir un nuevo patrocinador —intervine, y la voz delataba mi desesperación.

Henrik sacudió la cabeza.

—Es demasiado tarde para eso.

—La votación del Gremio tendrá lugar dentro de tres días —convino Noel—. Lo de Simon ya era poco probable, pero conseguir un nuevo patrocinador en ese tiempo sería imposible. No sé de ningún comerciante que quisiera enfrentarse a él. Si no aceptamos, la voz se correrá y nadie querrá tener nada que ver con nosotros.

—Entonces no aceptamos y esperamos al siguiente anillo —sentencié—. Con el tiempo, alguien morirá o perderá el favor del Gremio. Si somos pacientes...

Henrik resopló con desdén.

—No tienes ni idea de nada de lo que estás hablando.

—Eso no es verdad —dije con cuidado—. Me crie en este mundo. Sé cómo funcionan los gremios.

—Sabes cómo encandilar. Cómo crear lazos. No sabes nada sobre lo que significa hacer lo que hay que hacer o sobre ensuciarte las manos. —Las palabras sonaron cortantes. Me miró con un desprecio absoluto que revelaba lo que sentía de verdad por mí—. Jamás debí aceptar que Sariah te llevara con ella a Nimsmire en primer lugar. Eso fue un error.

—¿Qué importa si era aquí o en Nimsmire, si en los dos casos sería vendida al mejor postor? —Levanté la voz.

—¡Tu compromiso es la menor de mis preocupaciones! —espetó Henrik—. Nuestras perspectivas con los comerciantes dependen del trabajo de Ezra. Sin él, no tenemos *nada*.

Observó cómo Ezra tragaba saliva y sus ojos por fin se posaron en la mesa. Esta era la razón de que hubiera dicho que no quería volver a forjar en la vida. Se había construido unos grilletes para sí mismo con su don. Sin embargo, lo que era más revelador sobre lo que Henrik decía era que mi parte en la trama no le importaba prácticamente nada. Ya había estado dispuesto a entregarme a Coen y la única razón por la que se lo había replanteado era porque yo estaba decidida a llenarle los bolsillos con más dinero.

—No tenemos elección —declaró Henrik por fin, y apretó el puño aún más fuerte—. Ezra regresará al taller de Simon. Bryn se casará con Coen. Una vez que tenga el anillo de comerciante, encontraré la manera de recuperarte. —Eso se lo dijo a Ezra.

—¿Y a mí? —pregunté, y un intenso escozor ardió detrás de mis ojos. Henrik me fulminó con la mirada.

—¿Quieres que te *salven* de una buena vida con una familia poderosa?

—Sí. —Odiaba admitirlo, pero *estaba* pidiendo que me salvaran. Que me salvara él.

—Tenemos problemas más grandes, Bryn. —Henrik echó su silla hacia atrás y dio por terminada nuestra conversación—. Ezra, ven conmigo.

Apreté los dientes y contemplé la cegadora luz del fuego hasta que se me aguaron los ojos. Los demás lo siguieron fuera de la sala y me dejaron sola para ahogarme en el latido acelerado de mi propio corazón. No era más libre de lo que lo había sido en Nimsmire. Eso ya lo sabía. Y no importaba si quería tomar el control de mi propio destino. La carta de Sariah era una fantasía. Una promesa falsa. Y en ese momento, la odié por ello.

Ni siquiera ella había sido libre. Se había marchado de Bastian, pero la distancia entre ella y sus sobrinos no había cortado sus lazos con ellos ni con la familia Roth. Había estado tan maniatada como el resto de nosotros, criando a un ternero con un bonito vestido para llevarlo luego al matadero.

—Ella estaba enamorada de él. —Una voz dulce cortó a través del silencio y parpadeé, lo cual hizo que dos gordos lagrimones rodaran por mis mejillas—. De Simon.

Anthelia seguía sentada en el otro extremo de la mesa, jugueteaba distraída con un mechón de pelo entre sus dedos. No se había levantado cuando los otros se habían marchado.

—¿Qué? —pregunté, aunque la palabra se quebró.

—Eden —me dijo. Era la primera vez que me había mirado de verdad a los ojos desde que había llegado a esta casa—. Estaba enamorada de Simon, pero sus hermanos les prohibieron que estuvieran juntos. Demasiada competencia para el negocio en el Valle Bajo, dijeron. En vez de eso, Eden aceptó un compromiso con Tomlin.

Más lágrimas anegaron mis ojos mientras escuchaba. No conocía a la mujer de la que hablaba. Mi madre era una extraña para mí, pero aun así sus palabras cortaron profundo. No me gustaba saber que les había seguido el juego, como había hecho yo. Al final, eran los mismos que la habían matado.

—Ella quería cumplir su deber para con la familia, pero también tenía miedo de lo que podría ocurrirle a Simon si no escuchaba a sus hermanos. —Anthelia hablaba en voz baja. Cuando levantó la vista hacia la puerta, me di cuenta de que no quería que la oyeran.

—¿Por qué lo hiciste tú? —pregunté, enfadada.

—¿Hacer qué?

—Convertirte en parte de esta familia. Criar hijos entre ellos.

Enroscó un dedo en las puntas de su pelo y se tomó su tiempo antes de responder.

—Quería a Noel, así que no sentía que tuviera elección. —Hizo una pausa—. Pero la tenía. Y no pasa ni un solo día en el que no me pregunte si hice la elección equivocada.

—La hiciste. —Tragué saliva—. Sí que te equivocaste.

No sabía por qué Anthelia había escogido este momento para decir lo que había dicho, ni por qué yo sentía la necesidad de castigarla. Me pregunté si serían palabras que nunca le había dicho en voz alta a nadie. Pero la odié por haber decidido seguir este camino cuando el resto de nosotros habíamos nacido en él.

—¿Se querían? Mis padres, quiero decir —susurré, temerosa de la respuesta.

Ella suspiró.

—Eran buenos compañeros.

—Eso no es lo mismo.

—No, no lo es —confirmó con una sonrisa triste.

El golpeteo agudo y seco del martillo de plata resonó de repente y cerré los ojos. Respiré hondo a través del dolor en mi garganta. Ezra estaba en el taller. De vuelta al trabajo. ¿Qué más podía hacer?

Me puse de pie, seguí el sonido y dejé a Anthelia atrás en el comedor vacío. La puerta del taller estaba abierta. El aire frío salía ondulante hacia la casa caliente. El sonido se fue haciendo más fuerte a medida que Ezra bajaba el martillo con golpes enfadados. Cuando me asomé dentro, era una figura rígida delante de la forja, su perfil claramente recortado contra el resplandor.

Cerré la puerta con pestillo detrás de mí y fui hacia él, pero él no me miró mientras giraba en torno a la mesa. No dejó de columpiar el martillo hasta que levanté las manos y agarré su brazo. Los músculos de debajo de la piel estaban tallados en piedra, su pulso acelerado bajo las yemas de mis dedos. Tardó un momento en, por fin, girarse hacia mí, pero cuando lo hizo, no estaba ahí de verdad. El deshielo que había visto la víspera había desaparecido ahora, sustituido por el Ezra que había conocido la primera noche que llegué a Bastian.

—No te preocupes por el compromiso —dijo con voz hueca, y dejó caer el martillo sobre la mesa.

—¿A qué te refieres? Ya has oído a Henrik.

Dio un paso atrás para alejarse de mí y se ocupó con la abrazadera del yunque.

—Conozco a Simon. Puedo hacer un trato con él.

—¿Qué tipo de trato? —Sacudió la cabeza, pero no contestó—. Ezra. —Lo agarré del brazo otra vez y apreté la mano.

—Yo me ocuparé de eso —dijo. No me lo iba a decir, fuera lo que fuere.

Observé impotente cómo volvía a la mesa de trabajo. Se estaba deshilachando por dentro. Podía verlo. Pero por fuera, era una roca dura.

—¿Qué pasa con el fabricante de barcos?

—¿Qué pasa con él? —Sonaba exhausto.

—A lo mejor él te ayudaría. *Nos* ayudaría.

Ezra negó con la cabeza.

—Me costó un mundo poder conseguir que me aceptara como aprendiz. Jamás se enfrentaría a Henrik. Ni a Simon.

—Tal vez...

—Bryn —me cortó con brusquedad—. *Esto.* —Hizo un gesto hacia el taller a nuestro alrededor—. Esta es mi vida. Esta ha sido siempre mi vida. Que esté dando martillazos aquí en el Valle Bajo o los dé allí en el barrio comercial, es lo mismo. Pero verte a ti con Coen... —Sacudió la cabeza y se pasó una mano por la cara—. No sobreviviría a eso.

Cuando me miró, estaba derrotado. Asustado. Respiró despacio, con mesura, como si tratara de mantener en su interior lo que fuese que estuviera escapando. Como si estuviese a punto de romperse por las costuras.

Crucé el espacio que nos separaba y envolví mis brazos a su alrededor con fuerza. Traté de sentir ese silencio calmado que había sentido cuando desperté en su habitación. Pero había desaparecido. Pasó sus manos a mi alrededor y había dolor en la forma en que me abrazó. Una angustia en su respiración.

No lo solté, lo sujeté ahí hasta que apretó la cara contra el hueco de mi cuello y por fin soltó la respiración tensa que había estado conteniendo. Poco a poco, se relajó.

Este era el único sitio seguro de la ciudad. Este pequeño espacio en el que encajábamos. Y yo no era Eden. No pensaba ceder. Por nada. Si no había una forma de salir de esta, yo la crearía.

Cuando me aparté un poco para mirarlo, un único rastro centelleante bajaba por su mejilla para desaparecer por debajo de la línea de su mandíbula.

Lo sequé con el pulgar y miré a los ojos de Ezra.

—¿Todavía estamos en esto juntos?

Sopesó su respuesta antes de darla. Sus ojos abrasadores clavados en los míos.

—Sí.

En cuanto lo dijo, solté el aire.

—Entonces, tengo una idea.

TREINTA Y CINCO

Durante los dos días que llevaba abierto el salón de té, había estado a rebosar.

Estaba sentada en el reservado del fondo, observando desde detrás de la gruesa cortina de terciopelo. Los asientos estaban llenos, pero aun así, la puerta no hacía más que abrirse para dar paso a pequeños grupos que se deslizaban entre las mesas en las que ya había monederos enteros sobre los tapetes por las partidas de «tres viudas».

Lo más inquietante de la escena era que en el Valle Bajo habría acusaciones de hacer trampas y cuchillos sacados a causa de semejantes pérdidas. Pero aquí, entre los comerciantes, había tanto cobre en los bolsillos que era solo... una diversión. Una diversión prohibida y enfermiza.

Sujetaban sus delicadas tazas de té llenas de infusiones de orígenes exóticos con sus dedos llenos de joyas y tiraban su dinero ronda tras ronda. Y aun así, no había nada más que sonrisas. Risas y vítores.

Allá en la casa Roth, mi muy pequeño mundo se estaba desmoronando, pero aquí, el caos era un divertimento. *Absurdo*, lo había llamado Coen. Pero en este momento, era vomitivo.

Tenía que reconocer que mi plan era muy endeble y requería que una serie específica de estrellas se alinearan, pero tenía muy pocos hilos de los que tirar en esta ciudad y no tenía el tiempo suficiente para correr el riesgo de pedirle ayuda a Sariah. En cualquier caso, no estaba segura de si tenía ganas de meterla en este lío. Ella había construido su propio barco pero alejarse de esta familia. No iba a ser yo la que lo hundiera.

Saqué mi reloj de bolsillo del chaleco para comprobar la hora. Había puesto todas mis esperanzas en esta reunión y, cuanto más tarde se hacía, más tonta me sentía por pensar que funcionaría. Sin embargo, justo cuando me había convencido de que no vendría, Violet Blake apareció a la puerta del salón de té.

Su vestido morado chillón llamó la atención de todo el mundo en la sala y ella los observó con mirada hambrienta desde debajo de su sombrero. Disfrutaba de la atención. Y no le importaba quién pudiera saberlo. Ese sería un detalle importante si iba a conseguir convencerla de que me ayudara.

Retiró los guantes de encaje negro de sus manos y los sujetó con delicadeza en el aire hasta que llegó un camarero a recogerlos. Cuando se había regodeado lo suficiente en los mirones y los susurros, sus ojos recorrieron la casa de té hasta que me encontraron. Se deslizó por la sala con pasos de bailarina mientras yo salía del reservado.

—Bryn. —Me saludó con una sonrisa, sus labios perfectos como pintados por un pincel.

—Me alegro de que haya venido. —Hice un gesto hacia el banco y ella se sentó; luego extendió sus faldas por el asiento de terciopelo para que no se arrugaran.

—Una invitación del miembro más escandaloso del círculo de comerciantes es difícil de resistir.

La miré con expresión inquisitiva.

—Se ha enterado.

—¿De lo del patrocinio? Por supuesto que me enterado.

La estudié con atención. Eso no tenía sentido. Henrik había aceptado los términos de Simon, pero el Gremio no anunciaría los patrocinios a los comerciantes hasta la exhibición.

—Estoy muy atenta a todo lo que ocurre, Bryn. Esa es la razón de que sepa que esta no es una ocasión social —comentó.

Me alegré de que no estuviese interesada en andar de puntillas alrededor del tema. Puede que tuviera los modales de los gremios en su sangre, pero no estaba por encima de salirse de las normas. Agarré la tetera de la mesa y coloqué el colador sobre su taza.

—Huelo susurro de argón —musitó, y se inclinó hacia delante para aspirar el vapor mientras servía—. Esa es una infusión rara. ¿Intentas impresionarme?

Dejé la tetera entre nosotras.

—No sabía si ofrecerle té o cava.

—Lo que sea más caro. —Sonrió. Luego sujetó la cucharilla entre dos dedos y removió—. Bueno, ¿qué es lo que necesitas, querida? Porque supongo que necesitas *algo* de mí.

Crucé las manos sobre la mesa y me senté más erguida. Solo tendría una oportunidad de pedir esto y no había ninguna manera delicada de hacerlo.

—Me gustaría que asumiera el patrocinio de Henrik.

Hizo una mueca al instante, como si le doliera tragar el té. Su mano apretaba la servilleta contra sus labios antes de haber tragado siquiera, y la tela blanca se separó de su boca con un manchurrón rosa.

—¿*Qué*?

No mostré reacción alguna y mantuve la voz serena y confiada.

—El patrocinio de Simon todavía no ha sido anunciado. Me gustaría que lo asumiera usted antes de que eso ocurriera.

Los ojos azules de Violet brillaban con tal fuerza que parecían tallados en zafiro.

—¿Por qué demonios haría algo así? —Habló muy despacio.

Me eché hacia atrás para apoyarme en el respaldo sin apartar los ojos de los suyos.

—El anillo de comerciante no es lo único que entra en el trato de Henrik con Simon. También está el platero.

—Ezra. —Violet frunció el ceño. Su actitud cambió de repente mientras dejaba la taza en el platillo.

Ya había sabido que eso no le gustaría. Simon y ella ya estaban enfrentados y tener a Ezra en su taller solo iba a hacer de él una competencia aún más dura. Tener al platero más talentoso solo cimentaría la posición de Violet por debajo de Simon, tanto en dinero como en renombre.

—El salón de té también pasaría a formar parte del negocio de Simon.

Eso captó su atención.

—¿Por qué habría de aceptar eso Henrik?

—Porque a mí me casarían con Coen —contesté.

—Por supuesto que lo harían. —Violet sonrió con desdén—. Pregúntale a cualquier hombre del Gremio y te dirá que la respuesta a cualquier problema es tan simple como poner a alguien en su cama. —Suspiró—. Entonces. Simon le proporciona a Henrik el patrocinio y, a cambio, Henrik le da a su platero y a su sobrina, junto con sus pertenencias. —Puso las piezas del puzle sobre la mesa y las examinó—. He de reconocer que no me gusta cómo suena todo eso. Y Sariah no se alegrará cuando se entere de que Henrik te ha casado a las primeras de cambio.

—No, no se alegrará, pero no hay gran cosa que ella pueda hacer desde Nimsmire —comenté—. Si usted asumiera el patrocinio, evitará que Simon tenga esas cartas en la mano.

Violet pareció pensarlo; seguía removiendo su té aún después de que el azúcar se hubiese disuelto.

—Y quizá mi tía abuela podría hacerle algún favor también.

—Eso no es algo fácil de conseguir. —Sonrió.

—No, no lo es.

Fuera lo que fuere lo que estuviera pensando Violet, no se reflejó en su cara. Sabía bien cómo guardarse sus pensamientos para sí misma.

—¿Y el platero? —preguntó, una ceja arqueada—. ¿Yo también me lo quedaría?

Las palabras me irritaron y ella se dio cuenta.

—Él no es parte de ningún trato —contesté.

—Entonces la cosa no me sirve de mucho, ¿no crees? —Hizo una pausa mientras me evaluaba—. ¿Sabes?, tu tía abuela fue algo así como una mentora para mí. Fue la que me enseñó a sobrevivir en este mundo y tengo la sensación de que hizo lo mismo por ti. Así que no creo que tenga que explicarte que si convierto a Henrik en candidato al Gremio, evito que Simon gane algo. Eso está muy bien, pero si no gano nada yo misma, no es demasiado buen negocio.

Apoyé los codos en la mesa, sin importarme si era vulgar o no. De hecho, me dio la sensación de que la vulgaridad me serviría bien en este caso.

—¿Qué quiere, señora Blake?

—Quiero la cosa que Simon me arrebató a traición. Quiero el contrato con el *Serpiente*.

La miré pasmada y se me cayó el alma a los pies. Yo tenía un poder muy limitado en esta ciudad, y ninguno en absoluto con los comerciantes.

—¿El *Serpiente*? ¿Qué le hace creer que podría conseguirle algo así?

—O bien puedes, o bien no puedes, señorita Roth. —Pronunció mi nombre con gran cuidado, los ojos centellantes.

—Usted misma tendría muchas más probabilidades de conseguir ese contrato que yo.

—Cierto. Pero mi nombre no puede estar en ningún sitio cerca de esto. Sé que eres nueva aquí, pero la reputación de Simon como vengador lo precede. No importa cuántos barcos naveguen bajo mi bandera. No podría recoger mis ganancias si alguien me ha cortado el cuello, ¿no crees?

No, no podría. Si Simon se enteraba de su implicación en esto, Violet lo pagaría caro. No importaba qué tipo de lealtad sentía hacia Sariah, no iba a jugarse tanto el pellejo por mí.

—Encuentra una manera de conseguirme ese contrato y le daré a Henrik mi patrocinio. —Bebió un último trago de su té y se puso de pie. Alisó su vestido con sus delicadas manos—. Gracias por la invitación. Espero recibir otra muy pronto.

Le dediqué una sonrisa tensa.

Su atención flotó por toda la sala y las cabezas ya se estaban girando hacia ella. Enroscó la cadena de su collar alrededor de un dedo, y sus ojos refulgieron.

—La verdad es que es un saloncito de té muy bonito. —Su falda ondeó a su alrededor cuando dio media vuelta y se alejó de mí.

La observé marchar, maldiciendo en voz baja. Ya había sabido que era muy poco probable que me ayudase, pero era la única baza que tenía. Y lo que me había pedido era imposible. Sabía cómo funcionaban los contratos y había pasado el tiempo suficiente en compañía de comerciantes para saber que les importaba una cosa, una sola cosa: el cobre. Simon había pujado más alto que Violet. Era así de simple. Lograr que el timonel del *Serpiente* cambiara de opinión y mantuviera la boca cerrada era imposible. Tenía más opciones de hacer que Simon aceptara el trato él mismo.

Fruncí el ceño mientras contemplaba la taza de té, mi reflejo titilante sobre el líquido ámbar. La única manera de cambiar el contrato ahora era cancelarlo, y eso requería una firma y un sello. Aunque quizá no fueran los de Simon los que iba a necesitar.

TREINTA Y SEIS

Se me ocurrían solo dos sitios donde podría estar Coen a esta hora, y no estaba en el taller de Simon.

Ezra y yo estábamos en la bocana del puerto, contemplando los barcos a nuestros pies. Durante la última hora, Coen había estado en uno de los pantalanes más lejanos, supervisando la carga de la mercancía de uno de los comerciantes, pero no hacía más que comprobar la hora en su reloj, como si tuviese que estar en otro sitio.

No habría estado en los muelles si el cargamento no hubiese sido importante, así que supuse que sería alguna de sus piezas más valiosas, destinada a Nimsmire o a alguna otra ciudad portuaria con clientes adinerados necesitados de cosas bonitas. Simon no le confiaría la tarea a nadie más, y ahora que Ezra iba a volver a sus filas, Coen estaría haciendo méritos. Cuando de su padre se trataba, siempre los estaba haciendo.

Cada vez que sacaba el reloj de su chaleco, el nudo se apretaba más en mi estómago. Esta era la única manera que se me ocurría de obtener lo que necesitábamos, pero no conocía a Coen lo suficiente como para saber qué haría. De lo único de lo que estaba segura era de que quería a su padre. Lo adoraba, incluso. Y Violet Blake era nuestra única esperanza de escapar del plan de Simon.

Se me daba bien escuchar las palabras que la gente no decía; así averiguaba quiénes eran y qué querían. Y había sabido muy pronto después de conocer a Coen que él solo quería una cosa: la aprobación de su padre.

Cuando cargaron la última caja en el barco, Coen levantó una mano por el aire y le hizo un gesto al timonel sobre la cubierta. Echó a andar por el muelle al tiempo que se subía el cuello de la chaqueta y se calaba bien el sombrero. Sin embargo, no tenía ninguna posibilidad de fundirse con los demás. Era guapo y esbelto, con una chaqueta que llamaba la atención de todas las personas con las que se cruzaba. Puede que no fuese el hombre más importante del barrio comercial todavía, pero me daba la sensación de que con el tiempo llegaría a serlo.

—¿De verdad crees que esto funcionará? —preguntó Ezra, de espaldas a las escaleras.

Lo miré a los ojos. Los moratones de su cara empezaban a difuminarse, pero quedarían cicatrices visibles.

—No lo sé —repuse con sinceridad.

—¿Y si no funciona?

No tenía respuesta para esa pregunta. Si no podía darle a Violet lo que quería, ella no le daría a Henrik su patrocinio. Henrik aceptaría entonces el de Simon, y Ezra y yo entraríamos en el trato. La única otra opción era que nos arriesgáramos a escapar, pero mi tío nos perseguiría. Simon también. Ser el enemigo de un hombre peligroso era una cosa. Ser el enemigo de dos, otra completamente diferente.

Coen empezó a subir las escaleras y Ezra se separó de la farola. Se caló mejor el sombrero sobre los ojos y yo hice lo mismo, mientras vigilaba por el rabillo del ojo hasta que las botas de cuero rojo de Coen entraron en mi campo de visión. Eché a andar de inmediato para colocarme a su lado.

Coen tardó un segundo en percatarse de mi presencia, pero cuando lo hizo, sus pasos vacilaron.

—Bryn. —Dijo mi nombre como una exclamación ahogada.

Vio a Ezra a su otro lado y levantó las manos por el aire, como si se preparara para que uno de los dos lo golpeáramos. No sonaba como tan mala idea después de todo lo sucedido.

—*Camina* —masculló Ezra, su voz como un trueno.

Coen miró a nuestro alrededor antes de obedecer y seguir calle arriba en dirección contraria al puerto. Pasamos por debajo de la entrada y doblamos la esquina de la casa de comercio antes de que por fin se animara a hablar.

—Mira, Bryn. —Se quitó el sombrero y se pasó una mano por el pelo con nerviosismo—, no sabía lo que mi padre estaba haciendo con el patrocinio. Lo juro. No me dijo nada.

—Lo sé. —Puede que Coen fuese un tramposo, pero nunca había tenido la sensación de que me mintiera.

Su alivio al oír mi respuesta iluminó su rostro. Había sido obvio esa mañana en la biblioteca de Henrik que Coen estaba tan sorprendido como el resto de nosotros. En cierto modo, su padre lo había engañado a él también. Y lo que era más importante, a Coen le importaba lo que yo opinara de él. Eso me vendría muy bien.

—Pero eso no cambia que tengamos un serio problema. Tú tanto como el resto de nosotros.

Coen se detuvo.

—¿Yo?

Lo miré a los ojos.

—¿Quieres a Ezra de vuelta en el taller de tu padre?

Los ojos de Coen se deslizaron hasta Ezra, que estaba muy quieto a su lado.

—No especialmente.

—Entonces más vale que me escuches. —Empecé a caminar de nuevo y di unos cuantos pasos antes de oír que me seguía, sus botas sonoras sobre los adoquines.

—Muy bien. ¿Qué queréis? —dijo entre respiraciones.

—Sé que Simon está trabajando con Holland —empecé—. Le vende piezas bajo su propio sello. —Los detalles solo los estaba adivinando, pero su reacción lo confirmó.

Los ojos de Coen echaban chispas, y mantenía los labios fruncidos.

—No sabes nada.

—He visto el libro de contabilidad —dije.

—¿Qué? ¿Cómo?

Le lancé una mirada irritada.

—Aquella noche, cuando derramé el cava sobre mi vestido, me colé en el estudio de tu padre y forcé la cerradura de su armario. El nombre de Holland está ahí escrito más de cien veces. Y apostaría a que la mayoría de esas transacciones tuvieron lugar después de que ella perdiera su anillo de comerciante.

Coen parecía horrorizado, pero no sorprendido. Esa era una indiscreción que *sí* conocía.

—Y hay más de un comerciante en esta ciudad que me ayudaría a encontrar pruebas. Si eso ocurre, el Gremio se volverá contra Simon. Y entonces no necesitaremos un patrocinio porque habrá suficientes anillos para todos nosotros.

Coen estaba furioso, pero ya se había delatado. Estaba nervioso y ansioso, miraba por encima de su hombro cada pocos segundos. Como si temiera que alguien pudiese oírnos.

—¿Qué demonios queréis de mí? —gruñó.

Hice un gesto con la barbilla hacia la farola que teníamos delante, donde la calle se cruzaba con otra. Ezra empujó a Coen hacia ella y nos colamos en el estrecho pasadizo.

—Quiero que canceles vuestro contrato con el *Serpiente*.

Coen soltó una risa seca y nos miró a uno y a otro.

—No podéis estar hablando en serio. —Cuando no dijimos nada, hizo una mueca—. *No*.

—Hazlo o denuncio a tu padre ante el Gremio de las Gemas. —Mi voz ni siquiera sonaba como la mía. Mi ira era como aguardiente caliente en mis venas. No sentí nada mientras observaba su cara de terror. Sus movimientos frenéticos. Ahora era yo la que tenía el poder.

Coen miró arriba y abajo por la callejuela, su aliento formaba nubecillas de vaho en el frío de la tarde.

—Aunque quisiera, no podría hacerlo.

Ezra lo observó con una mirada de satisfacción. Estaba disfrutando de esto, de ver a Coen tan incómodo.

—Eres socio del negocio de Simon. Tú has firmado el contrato.

—El timonel del *Serpiente* no se lo tragaría. Insistiría en hablar con mi padre y ya sabes lo que él diría. Antes vería vuestros cuerpos flotando en el puerto que renunciar a ese contrato. Jamás aceptaría. No me importa lo que tengáis contra él.

—Puede que a él tampoco le importe —dije—. Pero a ti, sí. —Coen posó entonces los ojos en mí—. Quizá se deba a que lo quieres de verdad. O a que sabes que heredarás lo que sea que vaya a dejar atrás. Para mí no cambia nada. Solo necesito que hagas esto.

Coen estaba haciendo un esfuerzo por controlarse. Sus puños cerrados a los lados, la cara cada vez más roja.

—Cancela ese contrato o acabo con Simon. De una manera o de otra, Henrik conseguirá ese anillo. Es solo una cuestión de ver si tú sigues de pie al lado de tu padre al final de todo esto.

Casi no podía creer mis propias palabras, sobre todo porque las estaba diciendo en serio. Estaba totalmente dispuesta a reducirlos a cenizas y a alejarme caminando con las llamas a mi espalda. No había nada dentro de mí que se amilanara siquiera al pensarlo.

—¿Cuándo? —escupió Coen. Arqueé una ceja inquisitiva en su dirección—. ¿Cuándo necesitas que esté cancelado?

—Ahora —respondí—. Al anochecer como tarde. Pero no puede saberlo nadie. Todavía no.

Esa parte le tocaría gestionarla a Violet. No me importaba cómo fuera a hacerlo, siempre y cuando cumpliera su palabra.

—Si hacéis esto —masculló Coen, y parte de su ira rezumó de su interior—, no tendréis manera de escapar de él. Aunque yo no se lo diga, lo averiguará. Y mi padre os matará. —Me estaba mirando a mí y no eran palabras vacías. Estaba preocupado. Por una décima de segundo, casi creí que le importaba.

—No podrá encontrarnos —afirmé.

Coen frunció el ceño antes de que una expresión de comprensión se instalara en su rostro.

—¿Nos? —Miró de Ezra a mí y, después de un momento, dio la impresión de que se iba a echar a reír—. Por supuesto. —Sacudió la cabeza, se pasó ambas manos por la cara y soltó el aire—. Muy bien. Lo haré.

Solté una bocanada de aire temblorosa; tenía la sensación de que me caería al suelo a causa del alivio.

—Gracias.

El viento revolvió el pelo de Coen y lo empujó sobre su frente cuando bajó la vista hacia mí. Sopesó más de una vez lo que estaba a punto de decir. Al final, fue solo una advertencia.

—Ten cuidado, Bryn. Lo digo en serio.

Le eché una última mirada antes de dirigirme a la calle principal, pero cuando vi que Ezra no me seguía, me paré. Vi que daba un paso hacia Coen, hasta que estuvieron casi nariz con nariz.

—Ahora eres tú el que tiene los dados trucados —dijo Ezra.

Coen abrió los ojos como platos y vi cómo abría la boca, dispuesto a negarlo.

Pero Ezra no parpadeó. No habló. Y en su rostro, debajo de la ira, había tristeza. Era doloroso de ver.

Le dio la espalda a Coen, volvió a calarse bien la gorra y, cuando llegó hasta mí, le di la mano. Sus dedos se cerraron sobre los míos mientras caminábamos, pero no dejó de observar la calle a nuestro alrededor con recelo.

—¿Lo sabías? —susurré. Ezra asintió.

—Siempre lo supe.

TREINTA Y SIETE

LOS ROTH IBAN VESTIDOS CON SUS MEJORES GALAS, LAS botas relucientes y los relojes centelleantes, mientras esperábamos delante de la comisión del Gremio de las Gemas. Sería la primera vez que Henrik cruzara el umbral de esa puerta y, si Coen y Violet habían cumplido con sus respectivas partes del trato, no sería la última.

Casimir llevaba el cofre de madera tallada en sus brazos, equilibrado contra su ancho cuerpo. Los laterales y la tapa estaban decorados con incrustaciones de perlas y abulones que imitaban las leyendas de demonios marinos, con olas inmensas y huesos en el fondo del mar. Su cerradura de oro estaba pulida con tal brillo que reflejaba la luz del sol como un espejo.

En su interior, estaba todo por lo que Henrik había trabajado desde aquella agorera noche en que había tirado los dados en casa de Simon. También todo forjado por las manos de Ezra. Sus mejores obras. Sus creaciones más valiosas.

Todo lo que Ezra quería dejar atrás.

Las pesadas puertas se abrieron y un hombre con un traje verde esmeralda nos miró desde lo alto de las escaleras. Ya no parecíamos gemas sin pulir del Valle Bajo, tan solo desprovistas de la roca exterior y cortadas para el pesaje. No, ahora éramos brillantes gemas multifacéticas del barrio comercial.

El hombre nos hizo gestos con la mano para que pasáramos y Ezra se quedó cerca de mí mientras subía las escaleras. Su brazo rozó el mío. La única seguridad que teníamos sobre lo que estaba a punto de suceder era que ni Henrik ni Simon arriesgarían su lugar en el Gremio para sacar un cuchillo dentro de la comisión. Al menos, esperaba que no lo hicieran, aunque ya había subestimado a Henrik antes.

El ancho pasillo estaba bordeado de lustrosos paneles de madera recién aceitados, y el techo de cristal en lo alto envolvía el interior de la comisión en una intensa luz. Los cristales estaban impecables y el cielo azul parecía como pintado sobre nuestras cabezas.

El murmullo de voces aumentó a nuestro alrededor cuando el pasillo desembocó en una gran sala, donde los hombres y las mujeres del Gremio estaban reunidos, con copas de cava en las manos. Se habían puesto sus mejores galas y joyas para la ocasión, preocupados por mantener las apariencias delante de los dos candidatos al anillo. Sería tarea de Henrik impresionarlos con la colección si quería obtener sus votos.

Más de uno de los comerciantes me observó con mirada curiosa y atenta. Sus ojos recorrieron mi traje hasta llegar a mis lustrosos zapatos de cuero.

—Por aquí. —Una mujer nos indicó que avanzáramos hasta una larga mesa estrecha cubierta con una tela negra de seda.

Ahí era donde desplegaríamos la colección y cada miembro del Gremio daría su propia pasada y evaluación antes de la votación. Era un asunto delicado. Los comerciantes elegirían basados no solo en la belleza de las piezas, sino también en el candidato. La colección que fuese más impresionante aumentaría el renombre y el poder del Gremio de las Gemas, lo cual ayudaría a preservar el dominio del Consejo de Comercio del mar Sin Nombre por encima del de los Estrechos. Pero añadir un comerciante con tanto talento al Gremio también significaba competencia, y había una jerarquía muy feroz que mantener.

No tenía ninguna duda de que Henrik navegaría esas aguas traicioneras con mucho arte. Él sabía cómo encandilar y sabía cómo mentir. Y lo más importante, sabía cómo obtener lo que quería.

Al otro lado de la sala, la colección de Arthur ya estaba dispuesta y preparada para la exhibición. Había espejos de mano bañados en oro, peines de plata y copas con incrustaciones de diamantes. Arthur estaba cerca de la pared con sus compañeros, la chaqueta de su traje un poco demasiado apretada, pero se le veía muy confiado.

Casimir dejó el cofre sobre la mesa y Ezra sacó la llave dorada de su bolsillo para abrirlo. La sala se sumió en un silencio expectante cuando levantó la tapa. En el interior, una bandeja muy bien organizada contenía las piezas que iban a exhibir. La plata brillaba tanto que se oyó más de un susurro a nuestras espaldas.

Henrik parecía un gato, sus ojos enmarcados por arrugas guiñados de placer. Estaba confiado y tenía todas las razones del mundo para estarlo. También había hecho las paces con lo que iba a perder ante Simon, una ofensa que no quedaría sin contestación. Tendría que tener paciencia, pero en su mente, encontraría una manera de recuperar a Ezra. A mí, por mi parte, me dejaría para que me las apañara por mi cuenta.

Ezra manipulaba las piezas con sumo cuidado y las iba dejando en la mesa para que se vieran en un orden específico. Cuando llegó a los pendientes con forma de pájaro, un pequeño retortijón se agarró a mi estómago. La noche que me los había puesto me había convertido en una Roth, y apostaría a que también fue la noche que me enamoré de Ezra Finch.

Las conversaciones recomenzaron a nuestro alrededor y miré hacia la entrada, donde el traje de Coen estaba bañado en la luz del sol que se filtraba a raudales por el techo. Llevaba una chaqueta negra y una corbata plateada que hacía que sus ojos parecieran de un tono de azul aún más oscuro. Simon estaba a su lado, con una sonrisa cálida en la cara mientras saludaba a sus colegas comerciantes. Esta pantomima era tanto para los candidatos como para los patrocinadores. Hoy, todos los ojos estarían puestos en él.

Una vez que el maestro del Gremio de las Gemas diera inicio a la exhibición, el patrocinio de Simon sería anunciado de manera formal y eso lo convertiría en el hombre del momento. Poco sabía el Gremio de las Gemas que era un trato cerrado con Henrik como perdedor.

Cuando Coen me vio, su sonrisa plácida se diluyó y se alejó con disimulo de su padre. Vino hacia mí, zigzagueando entre los presentes hasta que estuvo a mi lado.

—Toma mi brazo —dijo, al tiempo que levantaba el codo.

Obedecí y enganché mi mano en el pliegue de su brazo mientras él echaba a andar por la parte de atrás de la sala. Docenas de ojos nos seguían y sabía por qué. Hacíamos buena pareja. Una que daría a nuestras familias una ventaja sobre los miembros de pura raza del Gremio de las Gemas. Pero yo ya no tenía ni el más mínimo interés en cumplir mi deber para con los Roth.

—¿Está hecho? —pregunté.

Coen aceptó una copa de cava de uno de los camareros y me la entregó antes de servirse una. Aún sonreía, pendiente de disimular de cara a su padre, que nos observaba desde la distancia.

Se llevó la copa a los labios.

—Está hecho.

Cerré los ojos y respiré hondo. Cuando los abrí, Coen me miraba con atención. Si no lo conociese bien, habría podido creer que había una expresión dolida en sus ojos.

—Gracias —murmuré, e hice ademán de apartarme de él. No obstante, él agarró mi mano y me lo impidió.

—Bryn. —Vaciló un instante.

—¿Qué pasa? —Hablé en voz baja, tratando de no despertar la curiosidad de la gente a nuestro alrededor.

—No volváis nunca —dijo muy serio—. Si lo hacéis, *os matará.*

Estaba segura de que iba a decir algo más. Quizás una despedida sentida de algún tipo, pero se limitó a mirarme una vez más antes de soltarme. Su mano resbaló de la mía y entonces desapareció entre la multitud.

Me abrí paso de vuelta hasta Ezra, pero otra mano me agarró por el camino e hizo que el cava diera vueltas por el borde de mi copa. Se derramó sobre mi mano y unas gotas cayeron al suelo.

—Cuidado. —La voz impregnada en miel de Violet Blake estaba de repente a mi lado. Tenía una sonrisa dulce en los labios, los ojos ribeteados de polvo centelleante—. Espero que tengas buenas noticias para mí —ronroneó.

—El contrato de Simon con el *Serpiente* está cancelado. Él todavía no lo sabe, pero ya no tiene nada que ver con ellos.

Violet hizo aletear sus pestañas en mi dirección.

—¿Y exactamente cómo has conseguido eso, pequeña Roth?

—¿Acaso importa?

Violet miró a su alrededor mientras remetía un mechón de pelo lustroso detrás de su oreja.

—Supongo que más vale que me prepare para el gran anuncio entonces. Es una suerte que me haya vestido de rojo, ¿no crees?

Bajé la vista hacia su precioso traje. La tela era del color de la sangre y era perfecto. Ella era perfecta.

—Hay un barco en el muelle esperando a dos pasajeros más. El *Mystic*. —Bebió un sorbo de su cava y dio unos golpecitos a la copa con su anillo de diamantes mientras apuraba su contenido.

—¿Qué? —La miré pasmada.

—No necesito que os quedéis por aquí para complicar las cosas una vez que el sol se ponga sobre este pequeño acuerdo.

—Gracias —dije, con la esperanza de que pudiera oír en mi voz lo sincera que era. Lo había hecho por sí misma, eso lo sabía, pero aun así le debería mucho por ello. Tendría una deuda con ella el resto de mi vida.

Sus labios se fruncieron de placer y levantó la barbilla. Me miró desde lo alto mientras me quitaba la copa de la mano. Sonreí cuando empezó a beber de ella.

—Más vale que os pongáis en marcha. El maestro empezará pronto.

Le dediqué una última sonrisa antes de abrirme paso entre los comerciantes. Cuando llegué a la mesa, mis tíos estaban alineados en un trío atractivo y la imagen me recordó a ese retrato del estudio. Solo les faltaba mi madre.

Mis ojos se cruzaron con los de Ezra, que vino hacia mí y abandonó el lado de Murrow.

Henrik contemplaba la sala con las manos cruzadas a la espalda. Estaba de pie, bien erguido; su bigote perfectamente recortado ocultaba la sonrisa de su boca, pero era visible en sus ojos.

—Ahora tienes que decidir —murmuré en voz baja mientras ocupaba un lugar a su lado.

Bajó la vista hacia mí.

—¿Qué?

Me metí las manos en los bolsillos para impedir que temblaran.

—En unos minutos, el maestro anunciará tu patrocinio por parte de Violet Blake. Si lo quieres.

Henrik le dio la espalda a la sala despacio, con los ojos abiertos de par en par.

—Bryn, ¿de qué estás hablando? —Todavía había emoción en su voz. Aún no comprendía lo que estaba pasando. ¿Cómo podría?

—Violet ha aceptado ser tu patrocinadora. Tendrás una aliada poderosa en el Gremio y no estarás comprometido con Simon.

—¿Por qué haría Violet algo así? —Ahora sonaba suspicaz

—Tienes que aceptar... —Mi voz tembló y tragué saliva para aclarar mi garganta—. Tienes que aceptar dejarnos ir.

—¿A quiénes? —Frunció el ceño y su bigote se ladeó.

—A Ezra —susurré—. Y a mí. —Poco a poco, la mirada en los ojos de Henrik se volvió salvaje—. Si aceptas el patrocinio de Simon, Ezra le pertenecerá. Puede que creas que puedes recuperarlo, pero no puedes. Y jamás tendrás el control del negocio de las gemas si Simon tiene a Ezra trabajando para él. —Hice una pausa—. Si aceptas el patrocinio de Violet, seguirás perdiendo a Ezra, pero Simon también lo perderá. El campo de juego quedará igualado.

A mi lado Ezra estaba escuchando, pero sus ojos volaban por la sala a nuestro alrededor.

—Simon es tu enemigo. Siempre será tu enemigo. Pero Violet puede ser una aliada.

—¿Y tú? —gruñó Henrik.

—A mí también me has perdido de un modo u otro. —Me miró, a la espera de una explicación—. Me perdiste en el momento en que intentaste venderme a Coen —musité en voz aún más baja—. Y aunque encontraras una manera de mantenerme aquí, jamás podrías volver a confiar en mí.

Henrik daba la impresión de haber tragado fuego. Su pecho bombeaba debajo de su chaqueta y el rojo de su piel parecía hervir.

—Arthur todavía tiene un patrocinador. Sigue siendo cuestión de él o yo. ¿Qué pasa si la votación no se inclina a mi favor?

Me encogí de hombros.

—Eso depende del destino —sentencié—. Siempre iba a depender del destino.

Se quedó callado. Detrás de él, Casimir, Noel y Murrow estaban absortos en su conversación, bebiendo cava y ajenos a la guerra silenciosa que se estaba disputando a solo unos pasos de ellos.

Metí la mano en el bolsillo de mi chaleco y saqué un grueso sobre. Henrik lo miró antes de tomarlo y abrir la solapa. Dentro había una llave y la escritura del salón de té, junto con el libro de contabilidad. En cuanto se dio cuenta de lo que era, lo guardó con discreción en su chaqueta para ocultarlo.

—Todavía puedes hacerlo. Puedes terminar lo que ella empezó —dije, con la garganta apretada.

Se quedó callado durante unos largos momentos antes de girarse otra vez hacia la sala y observé cómo, poco a poco, recuperaba la compostura. Pedazo a pedazo, se recompuso y recobró su actitud fría.

—Si te vas, te vas sin nada. —Ahora le hablaba a Ezra.

—Lo sé. —Había casi una ternura en la forma en que Ezra lo miró. Como si hubiera una parte de él que lamentara aquello. Y quizá la hubiera. Por lo poco que sabía, Henrik había sido la cosa más cercana a un padre que Ezra había tenido nunca. La casa de los Roth había sido su casa, aunque le hubiese cobrado un precio muy caro.

Henrik tragó saliva y suavizó la expresión de su cara hasta que pareció él mismo otra vez.

—He de reconocértelo —dijo, con un toque de ironía en la voz—. Para ser una chica criada en una bandeja de oro en Nimsmire, desde luego que te pareces mucho a una Roth.

No me quitó los ojos de encima y descubrí que me dolía el corazón al oír sus palabras. Era la única aprobación que tendría nunca de mi tío. Me pregunté si, para él, era un regalo de despedida.

Mire más allá de él, hacia donde estaba Murrow de pie al lado de la mesa. Nos estaba observando, su habitual sonrisa ahora ausente de su cara. Me miró con una expresión inquisitiva en los ojos, pero no pude responder.

No sabía cómo decirle adiós. Él pertenecía a este lugar. Siempre pertenecería a este lugar.

Mientras lo pensaba, me regaló una pequeña sonrisa y se volvió hacia su padre. Era una despedida amable. Una suave.

De repente noté la mano de Ezra sobre mi espalda. Parpadeé y echamos a andar. Hacia la luz. El murmullo de la sala se fue perdiendo a medida que avanzábamos por el pasillo y, cuando salimos a la calle, respiré la bocanada de aire más profunda de mi vida. Un aire teñido de sal y de libertad inundó mis pulmones y nuestras botas golpearon los adoquines al unísono. Mi corazón se desbocó.

Ezra levantó las manos, desató la corbata de seda verde que llevaba al cuello y la dejó caer a la calle. La tela revoloteó detrás de nosotros mientras desabrochaba los botones superiores de su camisa y la abría con sus manos llenas de cicatrices. Casi podía sentir cómo se aflojaban las cuerdas a su alrededor. No más *ordenado y puntual*. No más puños cerrados ni palabras reprimidas en cenas familiares ni órdenes que obedecer.

A nuestra espalda, estaban llamando al orden a la comisión. En cuestión de momentos, comenzaría la exhibición y el Gremio inspeccionaría la colección de Ezra sin tener ni idea de que se había marchado. De que no volvería nunca. Se emitirían los votos, y mi tío saldría de ese edificio con un anillo en el dedo, o bien no lo haría. A lo mejor no me enteraría nunca.

La entrada del puerto apareció delante de nosotros y me detuve en el escalón superior para buscar entre las popas hasta que lo vi. La tripulación del *Mystic* se afanaba en cubierta, desenrollando las velas sobre los mástiles a medida que preparaban el barco para zarpar.

—¿A dónde va? —preguntó Ezra a mi lado. Con el aspecto que tenía, el pelo desgreñado revuelto delante de la cara debido al viento, era como mirar a una persona diferente. Una a la que solo había atisbado aquella noche en su habitación cuando lo besé en la oscuridad y él se deshizo entre mis brazos.

—No lo sé —admití—. ¿Te importa?

Ezra sonrió. No fue una sonrisa pesada y restringida como antes. Esta vez había luz en sus ojos cuando contestó.

—No —murmuró—. No me importa.

AGRADECIMIENTOS

ESTE LIBRO FUE UNA LOCURA DE PRINCIPIO A FIN, Y HE tenido mucha suerte de haber podido reunir a tanta gente en mi esquina para lograr que cobrara vida.

Los más merecedores de mi agradecimiento son, como siempre, mi familia. Joel, Ethan, Josiah, Finley y River, gracias por mantener mi mundo lleno de amor y risas.

Gracias a Barbara Poelle, que hizo su mejor magia de agente para asegurarse de que este libro viera la luz del día. Y a mi editora, Eileen Rothschild, por quien recibieron el nombre los Roth. Gracias por tu inquebrantable convicción de que podía hacer esto.

Gracias a Vicki Lame, que se puso la capa de editora superhéroe para este proyecto. ¡Qué giro más afortunado del destino!

Otro libro, otro gracias al resto de mi equipo de Wednesday Books: Sara Goodman, Lisa Bonvissuto, DJ DeSmyter, Alexis Neuville, Mary Moates, Brant Janeway y la diseñadora de la cubierta, Kerri Resnick, por dedicar sus manos a otra cubierta asombrosa más.

Gracias a Kristin Dwyer, que me convenció para que dejara de ser tan cauta y llamara a mi agente para hablarle de este proyecto. Cuando no. Paraba. De atormentarme. No sé si de verdad puedo poner por escrito, y que quede constancia para siempre, que tenías «razón»... Pero sí diré que me alegro de haberte escuchado.

Un enorme gracias a Carolyn Schweitz, mi mano derecha y también la única parte operativa de mi cerebro. Sin ti, literalmente no hubiese terminado esta novela, así que estoy muy agradecida de tenerte en mi equipo.

Gracias a Natalie Faria, mi lectora beta, cuyos ojos siempre son unos de los primeros en ver cualquiera de las historias que escribo.

Me considero muy afortunada de contar con una red de apoyo tan asombrosa, que me anima, celebra mis victorias y mantiene mi cabeza cuerda. Gracias a toda mi familia, a mis asombrosos amigos y a mi increíble comunidad escritora por haber emprendido esta aventura conmigo.